诗词曲联语

格津小讲

陈良煜 李玲珑 / 编著

汕头大学出版社

图书在版编目（CIP）数据

诗词曲联语格律小讲 / 陈良煜，李玲珑编著 . -- 汕
头：汕头大学出版社，2023.2
ISBN 978-7-5658-4943-5

Ⅰ . ①诗… Ⅱ . ①陈… ②李… Ⅲ . ①诗词格律－基
本知识－中国 Ⅳ . ① I207.21

中国国家版本馆 CIP 数据核字（2023）第 031659 号

诗词曲联语格律小讲
SHICIQU LIANYU GELÜ XIAOJIANG

编　　著：陈良煜　李玲珑
责任编辑：胡开祥
责任技编：黄东生
封面设计：黑眼圈工作室
出版发行：汕头大学出版社
　　　　　广东省汕头市大学路 243 号汕头大学校园内　邮政编码：515063
电　　话：0754-82904613
印　　刷：廊坊市海涛印刷有限公司
开　　本：710mm×1000mm　1/16
印　　张：16
字　　数：242 千字
版　　次：2023 年 2 月第 1 版
印　　次：2023 年 3 月第 1 次印刷
定　　价：62.00 元
ISBN 978-7-5658-4943-5

目录

第一讲　诗的特征

一、诗的社会意义

在人类文学史上，最早出现的文学作品几乎都是以诗歌为主的韵文形式。人们运用它或摹写世上风云、民间疾苦；或寄情于美人、香草，风花雪月；或奋志于金戈铁马、民族忧患。大至宇宙沧海，小到草木虫鱼；外容天下大事，内纳个人隐秘，几乎无所不歌，无所不咏。

诗一直是人们表达自己丰富情感的主要形式。中国自第一部诗歌总集《诗经》问世以来，屈原、李白、杜甫、陆游等大诗人层出不穷，他们如灿烂的星汉，照耀着文学发展的里程。内容广博、形式多样、数量浩瀚的诗、词、曲，在文学的长河中，奔腾、汹涌，滋润、激励着后人，冲击着人们的心田。人们谈诗、吟诗、诵诗、听诗，不仅因为它朗朗上口，给人以快感和享受，更重要的是它能给人以启迪、感动与力量。诗歌把整个世界和诗人的全部人生纳入自己的表现领域。只要一个人心中有诗，他就不会感到精神贫乏；只要他会欣赏诗，他就会受到鼓舞，获得心灵的慰藉。

诗是人心的苏醒，是离我们心灵最近的事物，使我们从平庸、浮华与困顿中醒过来见到自己的真身。"两个黄鹂鸣翠柳，一行白鹭上青天"，这里的文字，平凡得不得了，但是读起来舒服极了，有一种对生命与宇宙的通透感。"黄四娘家花满蹊，千朵万朵压枝低。留连戏蝶时时舞，自在娇莺恰恰啼。"小路上花团锦簇，长满花朵的枝条被压得低垂下来，彩蝶在花瓣上翩翩飞舞，流连忘返。耳中传来黄莺清脆自在的啼鸣。区区二十八个字，一种盎然的、勃勃生机的画面立马出现在我们的脑海里。这些明丽纷繁的画面充满了动感和生命的张力，我们不仅嗅到了浓郁的花香，也感受到了诗人在春天所获得的内心愉悦。类似的诗读多了，你就会感受到生命的活力、生命的亮丽。

诗使人们通过艺术想象，将生活变得更充实、更深刻、更有自觉性、更有意义。人们通过欣赏诗歌的美，将美好或丑恶、伟大或平凡、高尚或卑贱、崇高或渺小、真实或幻想等各种经验变为己有。在实际生活中，死亡、痛苦、不幸、生离死别等均不能给人以快感，可是，在诗歌里，它们却变成了可供欣赏的美，可以陶冶读者的情操。

诗以最简练、最集中、最含蓄、最少量的词语，表达出凝练而深蕴的美学内涵，具有巨大的潜能。它以其特有的理解度、感受度、想象度和情感度，为读者构筑了一个可供其思维任意驰骋的多维空间。

二、诗的特征

（一）节奏鲜明

说话与唱歌看似并不相干。但我们都听过"说唱艺术"，"说的比唱的还好听"这一类的话。"说""唱"为何要放在一起，或做比较呢？我们稍加留心，"说的比唱的还好听"的的确确大有人在。我们熟悉的侯宝林、马三立等人的相声，赵丽蓉、巩汉林等人的小品，山东快书和评书，动物世界栏目赵忠祥的配音等，节奏的和谐、引人入胜的程度难道不胜过一般的歌唱？

据传某国有一著名女演员，拿着一张菜谱用另一国家的语言当众朗诵，用的是她演悲剧时的腔调，那沉痛苍凉、凄苦激烈的声音，竟使在座的人为之泣下，人们起初不知道她究竟朗诵的是哪一部著名悲剧，到后来才弄清楚那不过是一张菜谱罢了。

朱自清曾在其《论雅俗共赏》中说过："过去一般读者大概都会吟诵，他们吟诵诗文，从那吟诵的声调或吟诵的音乐得到趣味和快感，意义的关系很少……，民间流行的小调以音乐为主，而不注重词句，欣赏也偏重在音乐上，跟吟诵诗文也正相同。"

达尔文从生物学的角度，论述了动物的鸣音与人类的歌唱，最初都有引诱异性的作用。歌唱与漂亮的羽毛一样，也是"性"的特征。《诗集传》指出："凡诗之所谓'风'者，多出于里巷歌谣之作，所谓男女相与咏歌，各言其情者也。"朱光潜指出，《国风》的内容大半为男女赠答之歌是无疑义的。汉的乐府、南朝的子夜歌、现代的吴歌、陕北的信天游、青海的花儿，在中国歌风最盛的区域，歌舞是男女恋爱的必备技能，每年节日，男女群居山中，纵情歌舞，情投意合者即成婚姻。原始宗教仪式，从简单到繁复，始终与歌舞同根并生，在歌舞狂欢状态下，性欲作为人自然属性中"最强的本能"与社会属性中生殖崇拜的信仰意识，就成为祭祀歌舞中令人沉醉不已的内容，因此，称"风"为性爱祭祀歌也无不可。但现今的《国风》中的字句是死的、呆板的，它的灵魂应是有浓烈抒情意味的音乐曲调。

人们在欢乐、悲哀、兴奋、消沉时讲话的音调是不尽相同的，这就是语言的韵律，语言的韵律同人们在不同情感支配下所唱出的不同歌曲是完全不一样的，这种韵律也称为"语言的音乐性"。语言的韵律是由节奏带来的，但语言和音乐的节奏是有区别的。音乐的节奏只是强弱的交替，具有普遍性，所以音乐被称为"人类共同的语言"，而语言的节奏具有民族特点，除了强弱的交替外，还可有长短、高低的交替，如西方语言因为复音词多，每一复音词都是长短音相间或是轻重音相间的，便于构成长短律或轻重律。

就如唱歌，唱来唱去虽然都是七个音符，可是在不同的音乐家手中，可产生出截然不同的乐曲。梨园就有旦、末、净、丑行当，在不同的表演艺术家身上，戏的韵味大相径庭，这就是调度之功。一首诗、一篇文，就是一个炒勺，语言的声韵如同厨子手下的佐料，不外乎五味，懂得色、香、味、形，煎、炒、熘、炸，甜、酸、咸、辣，就可手下生花。相同的佐料、相同的厨灶用具，做出的菜的味道往往高下悬殊，有的使你馋涎欲滴，有的却让人大倒胃口，这功夫、手艺就是使佐料各得其所，恰到好处。书面语言，尽管本身是无声的，但是执笔人在书写它时、阅读者在心头或口头朗诵它时，却是有声的。可以毫不夸张地说，节奏、音律是诗歌的灵魂。如：

大风歌

刘邦

> 大风起兮云飞扬，
> 威加海内兮归故乡，
> 安得猛士兮守四方！

这首诗是刘邦称帝后的第七年（称汉王后的第十二年），即在位的最后一年（前195年）率部击破黥布叛军，在回归途中到了故乡沛县有感而发之作。《史记·高祖本纪》载："置酒沛宫，悉召故人父老子弟纵酒，发沛中儿得百二十人，教之歌。酒酣，高祖击筑，自为歌诗曰'大风起兮云飞扬，威加海内兮归故乡，安得猛士兮守四方！'令儿皆和习之。高祖乃起舞，慷慨伤怀，泣数行下。谓沛父兄曰：'游子悲故乡，吾虽都关中，万岁后吾魂魄犹乐思沛。且朕自沛公以诛暴逆，遂有天下，其以沛为朕汤沐邑，复其民，世世无有所与。'沛父兄诸母故人日乐饮极欢，道故旧为笑乐。"之后，刘邦回到长安，数月后就因病亡故，"崩长乐宫"。

这是一首楚辞体式的诗歌，节奏明晰有致，音律铿锵，适于歌唱。这正与刘邦作为一个帝王的身份暗合，也与酒酣之际脱口而出的情景相应。首句风起云涌，既是自然景观的客观描述，又暗喻当时的时代风云，为全篇抒发豪情壮志交代了背景。"威加海内兮归故乡"是说刘邦平息叛乱后荣归故里，"威加海内"掩饰不住的是一派得意之情。最后一句却表达了一种深沉的忧虑和激切的希望：大计初定，急需有志有识、有勇有谋之士效忠刘氏王朝，安定四方。全诗气势恢宏、豪迈雄壮，极富帝王气派。历史上的刘邦起兵抗秦，建立西汉，势及四方，这首歌正抒发了他作为一个帝王的宏图伟略和不可一世的英雄气概。刘邦作诗不多，这一首由于凝聚了他对故土的热爱和图谋霸业的壮志，气吞山河，因而具有历传千世而不移的魅力。

刘邦是一位雄才大略的君主。宋人陈岩肖《庚溪诗话》说："汉高帝《大风歌》，不事华藻，而气概远大，真英主也。"刘邦转战十四年，终于赢得天下，回到故乡，自称游子，说明他不是以皇帝的身份对臣民说话，而是以乡里的身份对父兄说话。并把沛作为自己的汤沐邑，可见他对故乡和故乡人民的深厚情感。全诗三句，写了过去、现在、未来。过去孕育着未来，未来发展着过去，而现在是过去和未来的桥梁，三句浑然一体。诗中出现的都是大的形象，风、云、海内、故乡、猛士、四方等，形成全诗的宏大气势，风是大风，云是飞扬的云，士是猛士，给人强烈的动感，在读者面前显出的是叱咤风云、气壮山河的景象。整首诗的核心是一个"威"字。整首诗围绕着"威"而咏唱。

全诗三句，每句都押韵，"扬、乡、方"，该韵听起来悠扬、昂扬，尤其是平声，更有高亢、宏远的效果。四声的提出，是在南朝齐梁时代，但这并不是说这之前的诗人作诗选韵不辨平仄，《大风歌》选用这几个字，与整首诗的气概和情调相吻合。第一句"风、云、飞"等平声造成高昂的气势，第二句"威、归"等平声渲染盛大的氛围；第三句仄声字较多，透露出某种隐忧，调子略显低沉。这种平仄的运用，也是同内容相吻合的。

诗与歌合为诗歌，它们连在一起，说明了两者的密切关系，许多诗都是可以唱的，为唱而作的诗，也可用乐器伴奏。作为歌，节奏鲜明、音律铿锵是基本的要求。《大风歌》的曲谱我们现在无从得知，但其节奏学界认为应是每句四拍：

> 大风 / 起兮 / 云飞 / 扬，
> 威加 / 海内兮 / 归故 / 乡，
> 安得 / 猛士兮 / 守四 / 方！

这里"兮"是语助词，据有的学者考证，此字古音读如"啊"，如此，这首诗的节奏就是这样：

> 大风 / 起啊 / 云飞 / 扬，
> 威加 / 海内啊 / 归故 / 乡，

安得 / 猛士啊 / 守四 / 方！

"啊"可长读（唱），也可短读（轻唱），如把"啊"省去，这首诗的节奏是：

大风 / 起，云飞 / 扬，

威加 / 海内 / 归故 / 乡，

安得 / 猛士 / 守四 / 方！

这是一种略有参差而大体上整齐、有力的节奏，又是一种略有变化而基本上单纯、质朴的旋律。这种节律同这首诗歌的内容是紧密结合的。有人说：刘邦作《大风歌》是"发乎其中而不自知"，是有一定道理的。好的诗歌往往是"发乎其中"，即思想情感是自然流露、喷涌，不得不发。所以刘邦的诗尽显英雄本色，成为"冠绝千古"之作。

只要是诗，节奏鲜明是基本特点。无论是《诗经》，还是《楚辞》概莫能外。近体诗、词，更是如此。（白日 / 依山 / 尽，黄河 / 入 / 海流）（日照 / 香炉 / 生 / 紫烟）（大江 / 东去，浪 / 淘尽，千古 / 风流 / 人物）

（二）韵律悦耳

曾子说过："出辞气，斯远鄙倍矣。"（《论语·泰伯》）意即只有讲究言辞与声调才能避免鄙陋粗野和错误。刘勰在《文心雕龙·声律》中说："声有飞沉，响有双叠，双声隔字而每舛，叠韵杂句而必睽，沉则响发而断，飞则声飏不还，并辘轳交往，逆鳞相比。"这与沈约的"低昂互节""宫羽相变"是一致的。"异音相从谓之和，同声相应谓之韵"，通过诗文中的平仄交替、语音的抑扬起伏，形成鲜明的节奏感。在同一位置上，每个若干字句，让同一元音重复一次，形成反复回环之美，有利于表现诗句的节奏与情绪的起伏。人们在表情达意时既要求达意明确，也希望自己的话好听，对方愿意听。做到好听，既包括选词、炼句的神奇微妙，也包括语音韵律的优美动听。现在的民歌、戏曲唱词、儿歌、快板、顺口溜中的节拍框架依然为这类文化的形式基础，也从一个侧面说明中国古典诗词曲长久以来一直受人们喜爱。

诗用鲜明的节奏和韵律，形成优美的乐感，是最高的语言艺术。抑扬顿挫和回环、反复是形成汉语韵律音乐性的主要因素。

1. 抑扬顿挫

我国的文艺创作，素有讲究音韵美的优良传统，一篇作品，不仅要炼意、炼字，还要炼音。诗、词、歌、赋、骈文、散文，都有自身的声韵特点，不通音韵，就难以通其妙。姚鼐在《论文辑要》中说："诗文要从声音证入，不知声音，总是门外汉。"语言的韵律首先表现在节奏的抑扬顿挫上。汉语诗的节奏，其基本形式是平平仄仄，仄仄平平。平一般可延长、张扬，故为长律；仄一般短促、抑止，故作短律。上下两句抑扬相反，可曲尽变化之妙。如《诗·周南·关雎》："参差荇菜，左右流之。"每两字构成一个单位，而以下字为重点，如此，就形成了抑扬顿挫的结果。之所以能收到如此美妙的效果，就是因为诗歌是语言艺术。该诗描写爱情，而爱情充满着幻想和情趣，它跟美妙的音乐一样令人陶醉。英国诗人汤姆逊在《葡萄树》诗中写道："音乐就是爱情的酒浆，爱情的欢乐就是歌唱。"由上例可知，最迟，从《诗经》时代，人们就已经自觉地应用语言的韵律了。

人们认识音韵的这种微妙关系始于魏晋，历宋、齐、梁几朝众多学者的研究才逐渐弄明白，齐梁之间的沈约等是完成这种研究的代表，沈约的《四声谱》是这方面的代表性著作。

沈约在《宋书·谢灵运传论》中说："欲使宫羽相变，低昂互节，若前有浮声，则后须切响，一简之内，音韵尽殊，两句之中，轻重悉异。"我们朗诵优美的唐诗时，往往有一种唱了自己喜爱的歌曲式的满足，这是因为唐诗有严格的格律。平仄交错、平仄相对，极尽音调和谐、抑扬顿挫之能事，使那时诗歌的音调音韵之美达到了一个高峰。

诗文区分四声，讲究平仄，为唐诗创作的空前繁荣从音调方面准备了条件。王勃的"落霞与孤鹜齐飞，秋水共长天一色"，李白的"抽刀断水水更流，举杯消愁愁更愁"，杜甫的"无边落木萧萧下，不尽长江滚滚来"……它们和谐工整，令人百读不厌就因为它们具有浓郁的音乐美。

绝句之三

杜甫

两个黄鹂鸣翠柳，一行白鹭上青天。

窗含西岭千秋雪，门泊东吴万里船。

仄仄平平平仄仄，平平仄仄仄平平。

平平仄仄平平仄，仄仄平平仄仄平。

这首诗描写杜甫在浣花溪草堂闲居时的浣花溪边春景。这些景物的画面色彩清丽：嫩黄的小鸟，翠绿的柳林，雪白的鹭鸶，蔚蓝的青天，四种色彩。"千秋"指出时间的凝重，"万里"点出空间的辽阔。该诗，每句一景，其中动景、静景、近景、远景交错映现，构成了一幅绚丽多彩、幽美平和的画卷，令人心旷神怡，百读不厌。

清代的一名厨师在这首《绝句》的启发下，用鸡蛋制作出四种菜肴：两个炖蛋加几片青菜 —— 两个黄鹂鸣翠柳；蛋白煎了切丝，排成队形 —— 一行白鹭上青天；蛋白炒成一团 —— 窗含西岭千秋雪；一碗清汤里放几片蛋壳 —— 门泊东吴万里船。

到了宋代，认真填词的人对四声有了更为严格的要求，关键处绝不随便，一个字声调未尽妥善，写的人往往沉吟终日。填词的人懂得：表现柔婉缠绵或悠扬凄清之情多用平声，表现幽咽沉郁之情多用入声，上声字常用来表现矫健峭拔的风格，去声字常用来表现宏阔悲壮的情调。虽然它们不是绝对的，但确有道理在。

人们寄托悲壮或豪迈情怀时常选择《满江红》这样的词牌来填词，因为这个词牌多用去声字押韵，特别能表现悲壮豪迈的格调。如：

满江红·写怀

岳飞

怒发冲冠，凭栏处、潇潇雨歇。

抬望眼，仰天长啸，壮怀激烈。

三十功名尘与土，八千里路云和月。

莫等闲、白了少年头，空悲切。

这首词是岳飞"精忠报国"的誓言，充分表现出岳飞的"浩然之气"。"怒发冲冠"和"潇潇雨歇"隐含着荆轲动身刺秦王前唱的"风萧萧兮易水寒，壮士一去兮不复还。"的典故。其中讲到荆轲唱完这首歌后，听的人都非常愤慨，愤慨到"发上指冠"。荆轲是一个壮士，他敢于一个人去刺秦王，这种英雄气概令人敬仰。由此我们就能理解岳飞是以荆轲的豪气，来比自己今天的豪气，加上"冠、歇、烈、月"等这些去声字的运用，使我们感到词中有一种非常豪迈、高尚、壮烈的气概。

浪淘沙令·帘外雨潺潺

李煜

帘外雨潺潺，春意阑珊，罗衾不耐五更寒。

梦里不知身是客，一晌贪欢。

独自莫凭栏，无限江山，别时容易见时难。

流水落花春去也，天上人间。

五更时，帘外的雨声是谁感觉到的呢？是"罗衾不耐五更寒。梦里不知身是客，一晌贪欢"的人。"罗衾"，丝绸做的被子。"一晌"，指短时间。这个人在睡梦中，由于寒冷，冻醒了，梦破了。于是听见"帘外雨潺潺"。"阑珊"，是衰落的意思。这里无处不是景，无处不是情，情景交融，读起来使人回肠荡气。

"独自莫凭栏"是自我劝诫，因为"无限江山"已经全属于别人了，怕见这失去的大好河山。昔日的帝王，今天做了囚徒，怎能不痛心呢？这种伤痛可以说是肝肠寸断，遗恨无涯。"别时容易见时难。流水落花春去也，天上人间。"如我们把它当作美好事物的象征，而珍惜它，可惜它的消失，不是一件有意义的事？

该词押平声调，抒发了对昔日生活的怀恋之情，上片写幽禁生活的凄苦、孤寂，下片直接抒怀，今昔对比正如人间天上，比喻帝王生活一去不返。李煜的词之所以造诣高，与他有深厚的文化修养、妙解音律分不开。

王国维在《宋元戏曲考·序》中说："唐之诗，宋之词，元之曲，皆所谓一代之文学，而后世莫能继焉者也。"元曲是当时雅俗共赏的崭新的艺术形式，它通过不同宫调中各种曲牌或各种曲牌多种形式的组合，或崇尚自然率真，或追求清丽雅正，以广阔的题材、通俗的语言、活泼的形式、清新的风格、生动的描绘、多样的手法，揭示社会现实，成为文人咏志述怀的工具。

总之，古代精研诗词的人，既赋诗填词，也精研音律，往往一面吹箫弹琴，一面改正诗词的字眼，使其更富有音乐性，更能"协乐"。如柳永，不仅善于填词，也精通音律，很受教坊乐工的推崇。

从汉乐府到唐诗、宋词、元曲，填词配曲在表达喜怒哀乐时，音调的高低、快慢、轻重各有不同。如词在没与音乐分离前，词人填词先要选择词牌，称为选调，即某一类词牌只适宜表现某种内容，不宜混用。如表现激越情感的常用词牌有《满江红》《六州歌头》《水龙吟》《永遇乐》等，表现友情的有《桃源忆故人》《长相思》等。后来词与音乐分离，词牌和词的内容也逐渐失去联系，虽然如此，《满江红》一类词牌至今仍用来抒发悲壮情感，用于庆贺的词也不能用《凄凉犯》《惜分飞》等词牌。除了选调，语速的快慢也是很重要的，如：

江城子·密州出猎
苏轼

老夫聊发少年狂，左牵黄，右擎苍，锦帽貂裘，千骑卷平岗。

为报倾城随太守，亲射虎，看孙郎。

酒酣胸胆尚开张。鬓微霜，又何妨！

持节云中，何日遣冯唐？

会挽雕弓如满月，西北望，射天狼。

江城子·乙卯正月二十日夜记梦

苏轼

十年生死两茫茫，不思量，自难忘。

千里孤坟，无处话凄凉。

纵使相逢应不识，尘满面，鬓如霜。

夜来幽梦忽还乡，小轩窗，正梳妆。

相顾无言，惟有泪千行。

料得年年肠断处，明月夜，短松冈。

两首词使用同一个词牌《江城子》，但在朗读时，前一首描写的是打猎的壮阔场面，同时也表现了作者要为国杀敌的雄心壮志，所以要用高中语调，语速应略快。后一首是作者悼念亡妻之作，词中抒发的是对亡妻的深切怀念之情，所以要用低沉语调，语速应缓。

除了节奏的抑扬顿挫、形式的回环往复外，讲求韵律的严整更是任何语言都不例外的。每一国家最古老的文学作品都是韵文作品，现在流行的摇篮曲、儿童的启蒙书籍、格言谚语、宗教宣传诗等，绝大多数都是韵文，之所以如此，除了记诵的方便外，还因为朗朗上口，乐音极强。

音乐美是诗歌区别于其他文学体裁的特质。古人云："情动于中而形于言；言之不足，故嗟叹之；嗟叹之不足，故歌咏之。"每一个民族最早的诗歌都是依靠音乐的翅膀飞进心田，飞越历史的。直到今天依然如此：一首悦耳动听的歌曲，总比拗口令更容易赢得人们的喜爱，也更容易传得久远。

事实上，诗歌正是以富有音乐性的节奏和韵律，来对粗硬的、强烈的、充满许多不确定性的内在情感，实施有效的美学上的控制。有序的、节律化的运动，使情感的传达更为有效和完美。所以，我们在创作和修改诗歌的时候，不可以忽视诗歌的音乐美，要注意语音声调的和谐、语言节奏的优美。

例如，毛泽东《七绝·为女民兵题照》的原稿是：

飒爽英姿五尺枪，曙光初照演兵场。

中华儿女多奇志，不重红装重武装。

后来，毛泽东发现"不重红装重武装"这一句读起来拗口，就对他身边的工作人员说："发表时，把'重'字改为'爱'字，就顺口喽。"这才有到处被引用的名句"不爱红装爱武装"。原来，"不重红装重武装"这一句之中就有一个"红"和两个"重"都是 ong 韵，再加上"妆"和"装"都是 uang 韵，其 uang 的韵尾与 ong 的韵尾相同，这就形成了类似拗口令的句子。改两个"重"为"爱"，就避免了这一问题。

文字不仅是概念的符号，而且是宜于诵读的有声语言。诗歌的音乐美只有在吟诵时才能表现出来，所以，一首诗写好以后，自己一定要念一念，看看是不是顺口悦耳。范仲淹写过一篇《严先生祠堂记》，文章写好以后，就拿它向好友李伯泰征求意见。李伯泰拿到文章以后就大声地朗诵起来。文章中有四句歌：

云山苍苍，江水泱泱。

先生之德，山高水长。

李伯泰读到这里的时候，就停下来，说："第三句中'德'字，音调急促、狭窄，念起来别扭，若改成'风'就没有这个毛病了。"范仲淹一听，觉得非常有理，就采纳了好友的意见，改"德"为"风"，留下了一段文坛佳话。其实，这样一改，不仅具有了音乐性，读起来悦耳动听了，还丰富了句子的内涵，因为"风"还含有影响的意思，而"德"没有这层意思。

我国当代散文家曹靖华在谈到文章写作的时候也曾经说过："下字如珠落玉盘，流转自如，令人听来悦耳，读来顺口。"诗是什么？诗是心的音乐，自然更应该做到悦耳动听。为了增强诗歌的感染力，我们在选词造句时，需要考虑到词语的声音、押韵，注意节奏和声调的配合，使诗歌更具有音乐美。

就语言节奏讲，虽然韵文种类繁多、异彩纷呈，但万变不离其宗，平仄交错这个基调没有改变。需要注意的是，我们必须从意义的停顿上去看诗文词曲的节奏，然后才能欣赏它。节律的语感是对言语的深层的解读和认知，像王勃《滕王阁序》："落霞与孤鹜齐飞，秋水共长天一色"，应分为如下节拍"落霞—（与）孤鹜—齐飞，秋水—（共）长天——色"。李煜《虞美人》"问君能有几多愁，恰似一江春水向东流"，也应为"问君—能有—几多愁？恰似——江春水—向东流"。

汉语节奏中的对立（如平仄、长短）是汉语节奏的主旋律。唐代形成的近体诗，它除了五言、七言的齐整和押平声韵外，每句之中的平仄交错和上下联之间的平仄相对，上联的对句和下联的出句平仄相连，形成了"对立—往复—对立"的平仄律节奏。

近体诗的这种节律是人们对汉语本质特征规律性认识的结果，唐诗标志着我国诗歌的高峰，不是没有道理的。

散文中的名篇，在音韵上也极讲究往复回环，如《醉翁亭记》中全文共用"也"二十一个，"而"二十四个，句尾"者"十个。"也"一般用在陈述句尾，它的反复出现尽情抒发了作者自得其乐的情致；"而"字常用来连接句子或句中成分，"而"的应用使文章舒缓从容；"者"字表停顿。三个虚字的一再应用，充分表现出作者山水之乐，"得之心而寓于酒"的悠闲自适。"也""而""者"的或分或合，反复应用，既使读者为作者的情致所深深感染，又使文章形成一种回环往复的韵律，读时轻重疾徐，一唱三叹，悦耳动听，容易记诵。

好的散文，都很注意平仄的交替应用，不过使用得较灵活罢了。如郦道元《水经注·巫峡》："自三峡七百里中，两岸连山，略无阙处；重岩叠嶂，隐天蔽日，自非亭午夜分，不见曦月……"文中的平仄或对立，或交错，但平仄的总量一直保持在一个均衡的水平中。

所有脍炙人口、令人百读不厌的文章，如《岳阳楼记》《醉翁亭记》《赤壁赋》等，除了文辞的优美，其韵律的抑扬顿挫、和谐美妙无不与熟练地应用平仄的对立、交错息息相关。所以，把节奏看作诗歌的筋骨也未尝不可。

2. 回环、反复

李清照的《声声慢》："寻寻觅觅，冷冷清清，凄凄惨惨戚戚……"连用七对叠字，但这十四个字并非死的形式，而是活的创造。十四字虽浅近，却字字有力、字字有神、字字有情，七对叠字贴切、新奇而自然地表达了作者难以诉说的沉痛。如泣如诉，层层深入，顿起惨雾愁云，给全词定下了低沉凄楚的基调。徐釚《词苑丛谈》中称誉这十四字如"大珠小珠落玉盘"。除了叠字，大量运用齿音（四十一字）、舌音（十六字）、入声韵，也加强了该词凄楚、幽怨的效果。若我们仔细吟诵，就可体会得到，如：

钗头凤·红酥手

陆游

红酥手，黄滕酒，满城春色宫墙柳。

东风恶，欢情薄。

一怀愁绪，几年离索。

错！错！错！

春如旧，人空瘦，泪痕红浥鲛绡透。

桃花落，闲池阁。

山盟虽在，锦书难托。

莫！莫！莫！

陆游在家乡绍兴沈园游玩，与前妻唐琬在园中相遇。据《齐东野语》等载，陆游初娶表妹唐琬为妻，两人感情很好。但陆母不喜欢这个外甥女媳妇，最终迫使陆游休了妻子。陆游后又娶妻，唐琬改嫁了赵士程。陆游在三十一岁，有了三个孩子后，偶然在沈园和唐琬相遇。唐琬与丈夫一起来沈园的，唐琬见陆游，遣仆人致送酒肴。陆游的《钗头凤》就是在这样的情景下写成的。写好后，将它题在沈园壁上。据说唐琬看了这首词，也和了一首：

钗头凤·世情薄

世情薄，人情恶，雨送黄昏花易落。

晓风干，泪痕残。

欲笺心事，独语斜阑。

难！难！难！

人成各，今非昨，病魂常似秋千索。

角声寒，夜阑珊。

怕人寻问，咽泪装欢。

瞒！瞒！瞒！

不久唐琬便郁郁而终。陆游一直没忘这位无辜被弃、郁郁早逝的前妻。在他的诗作中，曾再三提到那次沈园的会面，表示难以释怀的悲痛。

"红酥手，黄縢酒，满城春色宫墙柳。"一个明媚的春日，陆游唐琬来到郊外游玩，在一道宫墙边，柳荫下摆开仆人带来的酒菜，两人坐下小酌。在陆游的记忆里，唐琬一双红润细软的手，捧着满满一杯黄封酒，宫墙边一行杨柳长条依依，眼前花繁叶茂，春意盎然。但这种美好的生活没维持多久。"东风恶，欢情薄，一怀愁绪，几年离索。"暗点出一场家庭惨变。陆游不好直指母亲的不是，只好说"东风恶"，夫妻关系不能维持下去，所以说"欢情薄"，忽然东风横吹"满城春色"，把一切美好的欢情都吹成了泡影。这一切都是为什么，作者无法解答，只有一叠声的长叹：错！错！错！

"春如旧，人空瘦，泪痕红浥鲛绡透"这几句指唐琬，陆游眼中的前妻，仍如春天一样美丽可爱，但比从前消瘦多了。可知这几年，她的心情显然非常不好，想必她的眼泪时常把手帕都湿透了。"桃花落，闲池阁，山盟虽在，锦书难托"美满的姻缘已成过去，纵然春光大好，又有什么用呢？再想起从前夫妻俩的山盟海誓，彼此表示永远相爱，盟誓虽不假，但如今连托人捎一封信给她，也变成不可能了。眼看着唐琬遣人送来的酒菜，陆游的心情非常激动，简直想冲上前去，拉着唐琬痛哭一场。但这毕竟是不可能的。他只好又长叹几声"莫！莫！莫！"（不行啊，不行啊，不行啊！）

这是以作者个人的感情创痛经历谱就的一支心曲。笔调如泣如诉，深婉缠绵，的确可称为声情并茂，特别是"错！错！错！""莫！莫！莫！"三个仄声叠字的运用，不仅增添了抒情的力度和韵味，传达出了非常丰富、强烈而隽永的思想感情，同时也强化了前面所表现的无可奈何的痛苦心情，诵读时令人回肠荡气，唏嘘感喟。

无题

无名氏

春水春池满，春时春草生。

春人饮春酒，春鸟弄春声。

该诗每句嵌两个"春"，回环往复，把春天的盎然生机写得淋漓尽致。

清军入关时，清政府强迫汉人剃发成满式，社会遂流传《剃头诗》刺其事：

闻说头堪剃，无人不剃头。

有头终须剃，无剃不成头。

头自由他剃，剃还是我头。

世间剃头者，人亦剃其头。

每句都有"剃""头"二字，寓庄于谐，嬉笑怒骂中充满辛辣嘲讽意味和不平怫郁之气。

白云歌送刘十六归山

李白

楚山秦山皆白云，白云处处长随君。

长随君，君入楚山里，云亦随君渡湘水。

湘水上，女萝衣，白云堪卧君早归。

全诗粘带连环，语词重沓咏歌，使全诗声流韵转，情意缠绵，含意深厚，意境超远，充分体现了诗人清逸高洁的风格，成为歌行中的上品。

四时诗·翠蕉连环图诗之二·夏

万树

夏沼风荷翠叶长，沼风荷翠叶长香。

风荷翠叶长香满，荷翠叶长香满塘。

之三·秋

秋月横空奏笛声，月横空奏笛声清。

横空奏笛声清怨，空奏笛声清怨生。

两首诗的相邻句子，都用六字顶连，排列如鳞片，叠压覆盖，层层推进，别有一种层叠复沓的韵味。

白雪遗音·桃花冷落

华广生

桃花冷落被风飘，飘落残花过小桥。

桥下金鱼双戏水，水边小鸟理新毛。

毛衣未湿黄梅雨，雨滴红梨分外娇。

娇姿常伴垂杨柳，柳外双飞紫燕高。

高阁佳人吹玉笛，笛边鸾线挂丝绦。

绦结玲珑香佛手，手中有扇望河潮。

潮平两岸风帆稳，稳坐舟中且慢摇。

摇入西河天将晚，晚窗寂寞叹无聊。

聊推纱窗观冷落，落云渺渺被水敲。

敲门借问天台路，路过西河有断桥。

桥边种碧桃。

该诗从头至尾句句勾连，最后又用"桃"字回到开头，首尾和各句之间环环相扣，像一人从家中出发，走一站停一下，经历了九曲十八弯后，终于又回到家中了。回头看行程，绕了一个大圈子，而一幅生机勃勃的春景图也一览无余地呈现在我们眼前了。

张若虚的《春江花月夜》读来像小提琴奏出的小夜曲或梦幻曲，含蕴、隽永，内在情感虽那样深沉、热烈，读的时候却又是那样自然、平和，就像脉搏跳动一样有规律，有节奏。充满了如"江畔何人初见月？江月何年初照人？人生代代无穷已，江月年年只相似……"这样的句式。它们既前呼后应，回环往复，又转换变化，层出不穷，音乐的节奏感强烈而优美，所以被王闿运誉为"孤篇横绝"，闻一多说该诗是"诗中的诗""顶峰上的顶峰"。

刘希夷《代悲白头翁》中的"年年岁岁花相似，岁岁年年人不同"。"年年岁岁、岁岁年年"颠倒重复，语言精粹，令人警醒，不仅排沓回荡，音韵优美，也强调了时光流逝的无情事实和听天由命的无奈情绪。

总之，语言中抑扬顿挫的美、严整有序的美、回环往复的美，是形成诗的韵律即音乐美的基本因素。

诗作为语言、文学艺术的一种重要表现形式，不仅属于创立它的那个时代，也属于以后的各个时代，为后代的人们所共有。比如在我国，《诗经》《楚辞》的时代虽已过去，但秦汉以后各个时代都有用"四言体""骚体"写出的优秀作品；"汉乐府""四六骈文"的时代早已过去，但汉、魏、晋、南北朝各代创作的大量乐府诗和骈文体的优秀作品仍在流传。至今，这些古典文学艺术形式仍旧在历史的审判台前，顽强地向我们证明着它们旺盛的生命力。

我国是诗的国度。唐诗、宋词、元曲在中国的文学史上占有重要地位，对后代的影响极其深远，值得大书特书。本讲主要以诗、词、曲的格律为重点，剖析其为历代广大民众喜闻乐见的原因。

"格律"是古典诗歌形式要求的总称。"格"，指格式，包括某一诗体的句数、每句的字数、节奏、某些句子的格式（句式）、对仗（类似修辞的"对偶"）等；"律"，就是音律，包括每句各字的平仄（声调高低）、某句的押韵、用韵的要求等。

中国的古典诗歌，是我国古代文学宝库中璀璨夺目的明珠。它以其丰富多彩的内容意境抒发感情，读来抑扬顿挫、朗朗上口，形式与内容的完美结合，构造了古典诗歌特有的华美的境界，是中外任何自由体诗歌所无法比拟的。这也是许多名篇至今还为人吟诵欣赏、学习、写作的原因所在。

然而，在现实生活中，我们也常见到这样的情况，在学习、欣赏唐诗、宋词、元曲时虽然感受到了它们的妙处，但让自己说，却往往说不上来，好一点的也只是说"思想内容"如何如何高、深，"艺术技法"如何妙、巧，"艺术形象"如何美、好。若要问他为何这些诗词百读不厌？这种和谐的美究竟是如何表现出来的？可能绝大部分人是答不上来的。

我们还常看到不少人将自己的诗作标上"七律""七绝""五律""五绝"等名目，或写上"调寄浪淘沙""调寄满江红""调寄天净沙""调寄雁儿落"等。但引不起人们的关注，读起来也总感到比较平庸，没有读古诗的那种强烈的乐感。这是因为，它们不是"平仄"不合，就是不合"谱式"，在格律上不合诗、词、曲的要求！其实，只要了解了格律的一些常识，跨越了这道门槛，就是另一番明媚的天地了。

中国古典诗歌有三个明显的特征：

第一，内容以抒情为主。其中一些著名的叙事诗如白居易的《长恨歌》《琵琶行》等，不以创造人物为主，而是以抒发作者对人物、事件的感受为主。因此，它特别适合抒发作者个人的情感。

第二，篇幅一般比较短小。如少有的长诗《孔雀东南飞》也不过三百五十七句，一千七百八十五字。有些民歌，最短的只有十三个字。比较多见的五绝，也只有四句、二十个字。但仍然是一首完整的诗。

第三，有较严格的格律要求。在古代，我们有很多富有诗意的抒情散文名篇，却没有散文诗、自由诗。尽管古今格律的尺度有宽严的不同，但格律在古典诗歌中的应用是普遍的，尤其是格律诗，特别讲究格律。

欣赏古典诗歌，自然要体会其思想内容和蕴含的意境。但如果能够通过形式去了解内容：在阅读古典诗歌的时候，如果能够知道关于诗词格律的一些基本知识，那就更能欣赏其中的艺术美，更能体会情感内容和艺术形式的统一性了。换个角度，如果能够掌握一些古体诗歌格律的基本常识，那么，写作者个人丰富多彩的思想、情感就可以发挥得淋漓尽致了。

第二讲　古典诗歌的格律基础与词汇特点

一、韵

韵是古典诗歌格律的基本要素之一。作者在诗歌中用韵，叫"押韵"。自《诗经》后所有的诗歌，包括民歌，几乎没有不押韵的。

所谓韵，就是相当于汉语拼音中的韵母。一个汉字的拼音一般都有声母，有韵母。例如"方"字拼成 fāng，其中 f 是声母，ang 是韵母。再看"帮"bāng、"长"cháng 等，它们的韵母都是 ang，所以它们是同韵部的字。

凡是同韵部的字都可以押韵，也就是把同韵的几个字都放在句尾，所以也叫"韵脚"，一首诗里都用一个韵部的字作韵脚，就叫"押韵"。例如：

闺怨

王昌龄

闺中少妇不知愁，春日凝妆上翠楼。
chóu　　　　　　　lóu

忽见陌头杨柳色，悔教夫婿觅封侯。
sè　　　　　　　hóu

女主人公正当青春年少，对生活、对前途充满了乐观展望，在当时"功名只向马上取，真是英雄一丈夫"的时代风尚影响下，让其夫"觅封侯"，所以少妇不知愁，是可以理解的。一个春日，经过一番精心打扮，登上了自家的翠（青色）楼，以观春色。忽然眼前的陌头杨柳竟勾起了她许多从未明确意识到过的感触与联想。蒲柳先衰，青春易逝，联想起千里悬隔的夫婿和当年折柳赠别 —— 悔叫夫婿觅封侯的强烈念头从内心深处冒了出来。该诗生动地显示了少妇心理的迅速变化，却不说出变化的具体原因和过程，留下想象空间让读者自己去体会。（从突变联想到渐进）

这里的"愁""楼"和"侯"押韵，因为它们的韵母都是 ou。"色"字不押韵，依照诗律，像这样的四句诗，第三句诗是不用押韵的。

在汉语拼音中，a、o、e 的前面有时还有 i、u、ü，如 ia、ua、ie、üe；后边有时还有 i、o、n、ng，如 uai、ao、iao、an、ian、uan、üan、iang、uang、iong、un、ueng、ün 等，这种 i、u、ü 叫作韵头，i、o、n、ng 叫作韵尾。不同韵头、韵尾的字也算是同韵字，因为它们的韵干（韵的主干）也可以押韵。例如：

蚕妇

杜荀鹤

粉色全无饥色加，岂知人世有荣华。

年年道我蚕辛苦，底事浑身着苎麻。

"加""华""麻"的韵母是 ia、ua、a，韵母虽不完全相同，但它们的韵干都是 a，因此也是同韵字，押在一起，读起来同样谐和。

押韵的是为了声韵的谐和。同类的音韵在不同句的同一位置上的重复，这就构成了声音回环的美。

但是，为什么当我们读古人的诗的时候，常常会觉得它们的韵并不是十分和谐，甚至很不和谐呢？这是因为时代变迁，语音起了变化，我们用现代的语音去读古诗词，自然就会有这样的现象了。例如：

寒食

韩翃

春城无处不飞花，寒食东风御柳斜。

日暮汉宫传蜡烛，轻烟散入五侯家。

xié 和 huā、jiā 不是同韵字，但是，唐代"斜"字读 jiá，和现代上海、杭州等地"斜"的读音一样。因此，在当时是谐和的。又如：

江南曲

李益

嫁得瞿塘贾，朝朝误妾期（qī）。

早知潮有信，嫁与弄潮儿（ér）。

在这首诗里，"期"和"儿"都是押韵的；但是按今天普通话去读，qī 和 ér 就不能算押韵了。如果按照上海话的读音将"儿"这个字念为 ní（接近古音），那就谐和了。

今天我们当然不太可能（也没必要）完全按照古音去读古人的诗歌，不过我们应该明白这个道理，才不会去怀疑古人所押的韵是不和谐的。同样，如果你日常所说话的语音不是属于北方语音区的，写作古体诗歌的时候，有些地方就可以纯熟地运用你所熟悉的家乡方言的语音来押韵了。

二、古汉语词汇特点

古代汉语是人类历史上最丰富、最精练的语言，言简意赅的成语就是例证，而古典诗歌的语言又是最精粹的。诗歌用经过反复锤炼过的最合适的语言来表达最美好、丰富和微妙的思想感情。譬如：

琴歌

（《列女传》："齐人杞梁殖袭莒，战死，其妻哭于城下，七日而城崩，琴歌为殖死后其妻援琴之歌。"）

乐莫乐兮新相知，悲莫悲兮生别离。

乌鹊歌

（《彤管记》："韩凭为宋康王舍人，妻何氏美，王欲之，捕舍人，筑青陵之台。何氏作《乌鹊歌》以见志，遂自缢。"）

南山有乌，北山张罗。乌自高飞，罗当奈何。

上邪

上邪！	老天啊！
我欲与君相知，	我愿意和爱人同心永结，
长命无绝衰。	爱情永远不衰竭。
山无陵，	除非：巍巍高山变平地，
江水为竭，	滔滔江水干涸，
冬雷震震，	冬天响起了"隆隆"的滚雷，
夏雨雪，	夏天下起鹅毛大雪，
天地合，	上天和大地融合，
乃敢与君绝！	只有当这五种情况都出现，
	我才敢同郎君恩情绝！

逢雪宿芙蓉山主人
刘长卿

日暮苍山远，
天寒白屋贫。
柴门闻犬吠，
风雪夜归人。

夕阳西下，沉没在远处的青山之中，
天寒气冷，白雪覆盖的茅屋里没有什么物品。

柴枝做成的大门外传来狗叫，

原来是有人冒着风雪夜晚归家。

从上面的例子可以知道，古典诗歌的词汇十分精练，它可以用极少的字数来表达极其丰富的意义。

诗歌，要在短小的篇幅里表现尽可能多的内容，尤其要求语言简练精美。古代汉语的言简意赅的语法特点奠定了古典诗歌的语言特色。

古典诗歌最大的特征就是有很多单音词，一字一音，一音一义。这就使得诗人写诗时，在字音字义之外，还可以在词汇、语法方面加上种种不相同的排列组合，构成诗句中奇偶的变化。发展到现代汉语以后，单音词就基本成了双音词或多音词。掌握了这个特征，我们在写作古体诗歌的时候，就要尽量把现代汉语的词汇转化为单音词。

譬如：

参加 —— 与（yù，动词）　　杯子 —— 杯

被子 —— 衾　　　　　　　　考虑、顾虑 —— 虑

太阳 —— 日　　　　　　　　黄昏 —— 暮

太阳下山 —— 日暮　　　　　深夜回家 —— 夜归

这样就可以在有限的字数内表达比较丰富的思想内容了。

诗歌来源于生活，来源于人民的生产劳动，因此，最早产生的是民谣、民歌，运用的都是当时的生活语言。各个时代的文人将当时的民歌加以归纳、分析，在体制、形式上做了相应的规定，以便于诗歌创作与提高。自第一部诗歌总集《诗经》问世后，各时代的诗人都很好地继承和发扬了这一优良传统以贴近生活。

诗歌的语言就是把生活语言进行了加工改造的文学语言，具有准确、精练、生动、形象的特点。

在有些情况下，生活语言是可以不经过加工而直接进入诗歌的，而且，有时候这种生活语言的运用还是必要的、有益的。例如：

悲秋歌

刘细君

（《汉书·西域传》曰："武帝元封中，遣江都王建女细君为公主，以妻乌孙王昆莫。公主至其国，自治宫室居，岁时一再与昆莫会，置酒饮食。昆莫年老，言语不通，公主悲，乃自作歌。"）

吾家嫁我兮天一方，远托异国兮乌孙王。

穹庐为室兮旃为墙，以肉为食兮酪为浆。

居常土思兮心内伤，愿为黄鹄兮还故乡。

又如：

马上作

戚继光

南北驱驰报主情，江花边草笑平生。

一年三百六十日，都是横戈马上行。

这首诗描写了作者为保卫国防而"南北驱驰"到处奔波的军旅生活，抒发了自己一生为国献身的自豪感。"一年三百六十日"是口语，但用在了这首诗里，平易自然，恰到好处。

但是，一般来说，诗的语言不等于生活语言，应该是生活语言的加工改造。要创作出精美的诗篇，不能满足于书面语言的照搬，也不能满足于生活语言的照抄。诗里的语言，不论瑰丽的也好，质朴的也好，均需经过锤炼加工。

第三讲　古体诗的格律

一、古体诗的类别

古代的诗，有古今诗之分。唐以前的诗和唐后的拟古诗都可称古体诗。由于它没有严谨的格律限制，形式比较灵活多样，所以也可称为自由诗，主要有以下四类。

（一）四言诗

以《诗经》为代表。如《关雎》：

> 关关雎鸠，在河之洲。窈窕淑女，君子好逑。
> 参差荇菜，左右流之。窈窕淑女，寤寐求之。
> 求之不得，寤寐思服。悠哉悠哉，辗转反侧。

与这类诗相同的还有曹操的《观沧海》《短歌行》。

短歌行

> 对酒当歌，人生几何？譬如朝露，去日苦多。
> 慨当以慷，忧思难忘。何以解忧？惟有杜康。
> ……

唐以后，写四言诗的人就很少了。

（二）五言诗

简称"五古"。从汉到唐以前，五言最为流行，可说是这一期间的正统诗体。《古诗十九首》中的：

行行重行行

行行重行行，与君生别离。相去万余里，各在天一涯。

道路阻且长，会面安可知？胡马依北风，越鸟巢南枝。

相去日已远，衣带日已缓。浮云蔽白日，游子不顾反。

思君令人老，岁月忽已晚。弃捐勿复道，努力加餐饭。

汉魏文人的诗，《孔雀东南飞》《陌上桑》等多用五古；唐代诗人也有不少拟古诗，如李白的《古风五十九首》、杜甫的"三吏""三别"等。五古这种体裁显得沉郁深邃，古朴凝重。以下为例：

春思
李白

燕草如碧丝，秦桑低绿枝。

当君怀归日，是妾断肠时。

春风不相识，何事入罗帏。

（三）七言诗

简称"七古"。如：

燕歌行
曹丕

秋风萧瑟天气凉，草木摇落露为霜，群燕辞归鹄南翔。

念君客游思断肠，慊慊思归恋故乡，君何淹留寄他方？

贱妾茕茕守空房，忧来思君不敢忘，不觉泪下沾衣裳。

援琴鸣弦发清商，短歌微吟不能长。

明月皎皎照我床，星汉西流夜未央。

牵牛织女遥相望，尔独何辜限河梁？

但唐以前七古数量不多，到了唐代，七古盛行，而且篇幅较长。如张若虚的《春江花月夜》、杜甫的《饮中八仙歌》《哀江头》、白居易的《琵琶行》《长恨歌》等。七古以七言为主，其间或有三言、四言、五言。如：

蜀道难
李白

噫吁嚱，危乎高哉！

蜀道之难，难于上青天！

蚕丛及鱼凫，开国何茫然！

尔来四万八千岁，不与秦塞通人烟。

……

其险也如此，嗟尔远道之人胡为乎来哉！

剑阁峥嵘而崔嵬，一夫当关，万夫莫开。

所守或匪亲，化为狼与豺。

……

又如：

将进酒
李白

君不见黄河之水天上来，奔流到海不复回。

君不见高堂明镜悲白发，朝如青丝暮成雪。

……

五花马、千金裘，呼儿将出换美酒，与尔同销万古愁。

兵车行
杜甫

车辚辚，马萧萧，行人弓箭各在腰。

爷娘妻子走相送，尘埃不见咸阳桥。

……

君不闻汉家山东二百州，千村万落生荆杞。

……

长者虽有问，役夫敢申恨？

且如今年冬，未休关西卒。

县官急索租，租税从何出？

信知生男恶，反是生女好。

生女犹得嫁比邻，生男埋没随百草！

君不见青海头，古来白骨无人收。

新鬼烦冤旧鬼哭，天阴雨湿声啾啾。

这些都不是一律七言到底。但传统的诗集或选本，往往将这类古诗或乐府诗也列入七言古诗类。

（四）杂言诗

杂言诗任何时期都有，每句字数不限。两汉乐府民歌和后世的没有明显句式规定的诗都属此类。如：

乐府诗集·东门行

出东门，不顾归。来入门，怅欲悲。

盎中无斗米储，还视架上无悬衣。

拔剑东门去，舍中儿母牵衣啼：

"他家但愿富贵，贱妾与君共哺糜。

上用仓浪天故，下当用此黄口儿。今非！"

"咄！行！吾去为迟，白发时下难久居。"

不仅三、五、七言杂用，而且有一、四、六言的句子。

总之，古体诗的句式主要根据内容、语气、形象等的需要使用，与律诗截然不同，这对词的形成，其影响无疑是深远的。

二、古诗的用韵

先看下面这几首诗：

北朝民歌·敕勒歌

敕勒川，阴山下。

天似穹庐，笼盖四野。

天苍苍，野茫茫，风吹草低见牛羊。

南北朝民歌因地域不同而风格迥异。南朝清新、淳朴、明快；北朝粗犷、豪迈、质朴。这首《敕勒歌》即是代表。全诗并不长，却被流传为最能表现塞外风光的千古绝句，原因就在它自然天成，气象宏大。

首两句交代了敕勒川的地理位置，在阴山脚下。中间两句以穹庐作比，写出了范围之广，一望无垠。而就在这天苍苍、野茫茫的草原上，风过之处，牛羊成群，又使整幅画面充满了动感与野趣。整首诗由远及近，由静及动，既符合视觉观察的特点，又突出了极目之处的广阔、苍茫，从而勾勒出一幅生动立体的草原放牧图，也抒发了敕勒人对家园的赞美、眷念之情。

龟虽寿

曹操

神龟虽寿，犹有竟时。

腾蛇乘雾，终为土灰。

老骥伏枥，志在千里。

烈士暮年，壮心不已。

盈缩之期，不但在天；

养怡之福，可得永年。

幸甚至哉，歌以咏志。

南朝钟嵘写了一部《诗品》，品评诗人，区分等第，把曹操的诗置于下品。可是，曹操的诗却有一种震撼人心的巨大力量，使后代无数英雄志士为之倾倒若狂。据《世说新语》记载：东晋时重兵在握的大将军王敦，每酒后辄咏曹操"老骥伏枥，志在千里。烈士暮年，壮心不已"。以如意击打唾壶为节，壶口尽缺。

写这一组诗时，曹操刚击败袁绍父子，平定北方乌桓，踌躇满志，乐观自信，充满建功立业的豪情壮志，此时他已经五十三岁了。想起人生路程，诗一开头便无限感慨地吟道："神龟虽寿，犹有竟时。腾蛇乘雾，终为土灰。"《庄子·秋水篇》说："吾闻楚有神龟，死已三千岁矣。"曹操反其意而用之，说神龟纵活三千年，可还是难免一死呀！《韩非子·难势篇》记载："飞龙乘云，腾蛇游雾，云罢雾霁，而龙蛇与螾螘同矣！""腾蛇"和龙一样能够乘云驾雾，本领可谓大矣！然而，一旦云消雾散，就和蚯蚓蚂蚁一样，灰飞烟灭了！

古来雄才大略之主如秦皇汉武，服食求仙，亦不免于受神仙长生之术的蛊惑，而独曹操对生命的自然规律有清醒的认识，这在谶纬迷信猖炽的时代是难能可贵的。更可贵的是如何对待这有限的人生？曹操一扫汉末文人感叹浮生若梦、劝人及时行乐的悲调，慷慨高歌曰："老骥伏枥，志在千里。烈士暮年，壮心不已。"曹操自比一匹上了年纪的千里马，虽然形老体衰，屈居枥下，但胸中仍然激荡着驰骋千里的豪情。他说，有志干一番事业的人，虽然到了晚年，但一颗勃勃雄心永不会消沉，一种对宏伟理想的追求永不会停息啊！

这首诗始于人生哲理的感叹，继发壮怀激烈的高唱，复而回到哲理的思辨："盈缩之期，不但在天；养怡之福，可得永年。"曹操对人生的看法颇有一点辩证的思维，他首先讲尊重自然规律，人总是要死的。接着讲人在有限的生命里，要积极进取，建功立业。最后再谈到人在自然规律面前也不是完全无能为力的，一个人寿命的长短虽然不能违背客观规律，但也不是完全听凭上天安排。如果善于保养身心，使之健康愉快，不是也可以延年益寿吗？曹操所云"养怡之福"，不是指无所事事，坐而静养，而是说一个人精神状态是最重要的，不应因年暮而消沉，而要"壮心不已"，要有永不停止的理想追求和积极进取的精神，永远乐观奋发，自强不息，保持思想上的青春。曹操以切身体验揭示了人的精神因素对健康的重要意义，从这方面来说，它不又是一篇绝妙的养生论吗？！

《龟虽寿》更可贵的价值在于它开辟了一个诗歌的新时代，汉武帝罢黜百家，独尊儒术，把汉代人的思想禁锢了三四百年，弄得汉代文人不会写诗，只会写那些歌颂帝王功德的大赋和没完没了地注释儒家经书，真正有感情、有个性的文学得不到发展。直到东汉末年天下分崩，风云扰攘，政治思想文化发生重大变化，作为一世之雄而雅爱诗章的曹操，带头离经叛道，给文坛带来了自由活跃的空气。他"外定武功，内兴文学"，身边聚集了"建安七子"等一大批文人，他们都是天下有志之士，生活在久经战乱的时代，思想感情常常表现得慷慨激昂。正如《文心雕龙·时序》说："观其时文，雅好慷慨，良由世积乱离，风衰俗怨，并志深而笔长，故梗概而多气也。"尤其是曹操，鞍马为文，横槊赋诗，其诗悲壮慷慨，震古烁今，前无古人，后无来者。这种充满激情的诗歌所表现出来的爽朗刚健的风格，后人称为"建安风骨"，曹操是最突出的代表。千百年来，曹操的诗就是以这种"梗概而多气"的风骨及其内在的积极进取精神，震荡着天下英雄的心灵。也正是这种可贵特质，使建安文学在中国文学史上闪烁着夺目光彩。钟嵘将曹操置于下品，主要是嫌其"古直"而少文采，殊不知曹操这样一位豪气盖世的英雄，是不屑于雕章琢句的。六朝时人很讲究文采华美，所谓"俪采百字之偶，争价一句之奇"，钟嵘对曹操的评价过低，显然是时代风气使然。我们知道，任何文学——包括诗歌在内，文采较之内容，毕竟是第二位的。关于曹操的文学地位，过去常为其政治业绩所掩，而不为人重视，其实，他在中国文学发展史上，是有卓越贡献的，特别是对建安文学而言有开创之功，实在是应当大书一笔的。

观沧海

东临碣石，以观沧海。

水何澹澹，山岛竦峙。

树木丛生，百草丰茂。

秋风萧瑟，洪波涌起。

日月之行，若出其中；

星汉灿烂，若出其里。

幸甚至哉，歌以咏志。

《观沧海》这首诗，从字面看，海水、山岛、草木、秋风，乃至日月星汉，全是眼前景物，这样纯写自然景物的诗歌，在我国文学史上，曹操以前似还不曾有过。它不但通篇写景，而且独具一格，堪称中国山水诗的最早佳作，特别受到文学史家的厚爱。这首诗写秋天的大海，能够一洗悲秋的感伤情调，写得沉雄健爽，气象壮阔，这与曹操的气度、品格乃至美学情趣都是紧密相关的。展现出一个雄心勃勃的政治家和军事家，真是使人读其诗如见其人。

在这首诗中，景和情是紧密结合着的。作者通过写沧海，抒发了他统一中国建功立业的抱负。但这种感情在诗中没有直接表露，而是蕴藏在对景物的描写当中，寓情于景中，句句写景，又是句句抒情。"水何"六句透露出作者对祖国的热爱，激起了统一祖国的强烈愿望。同时作者以沧海自比，通过写大海吞吐宇宙的气势，来表现诗人自己宽广的胸怀和豪迈的气魄，感情奔放，却很含蓄。"日月"四句是写景的高潮，也是作者感情发展的高潮。宋人敖陶孙说曹诗"如幽燕老将，气韵沉雄"。这首诗展现得淋漓尽致。

登幽州台歌

陈子昂

前不见古人，后不见来者。

念天地之悠悠，独怆然而涕下。

歌，是诗体的一种，属于能唱的乐府诗，音节、格律比较自由，是富于变化的古体诗。

这是一首千古不朽的绝唱。"前不见古人"（往前遇不着古代的圣人），远者指唐尧、虞舜、文武、周公、孔子，近者指有盛世治绩的唐太宗。"后不见来者"（往后也看不到未来的贤哲），指未来是否得贤者治国，恐难预期。这十个字是何等的胸襟？是何等的气势？

以作者的时代背景来说，作者怀有经世济民的才识，对当时的政治、文学提出了很多改革的计划，但都被当道诸公所拒；尤其是对于文学的改革，更费了许多的心血，而未获当道者的支持，因此作者在其诗中往往表现出很大的悲愤和不满。但作者并未在诗中直接表现出他对时政的不满，作者只是浩叹：前不见往日的圣哲治绩，后不见贤能之士参与时政；把满腔的愤慨，遥寄到前人和后人的身上，含蓄藏锋，笔力万钧。

"念天地之悠悠，独怆然而涕下。"（想到天地的无穷无尽，不禁悲从中来，独自掉下眼泪），下两句虽有感伤，但不像一般的感怀诗那样一味地为个人感伤到底，此是诗人高明之处。

这首诗的语言雄劲有力，简练质朴，毫无斧凿矫揉的痕迹。这在初唐诗坛尤为可贵。另外，在语言节奏上，此诗吸取了长短参差的楚辞句法。前两句各五言，三个停顿：前—不见—古人，后—不见—来者，打破了一般五言诗"上二下三"的节奏；后两句各六言，四个停顿：念—天地—之—悠悠；独—怆然—而—涕下。两句中各增一虚字："之"和"而"。这样，前两句音节急促，后两句音节舒缓，两相配合，有效地表达了抑郁而强烈的感情。

总之，古体诗用韵，形式灵活，仅《诗经》据王力先生研究就有二十多种押韵方式。

（一）从用韵位置来看，多用在句尾

如《魏风·硕鼠》《秦风·无衣》等；也有用在句中的，其后多为虚词"之、矣、也、只、思、止、兮、猗"等。如：

周南·芣苢

采采芣苢，薄言采之。采采芣苢，薄言有之。

每两句的结尾处都是"之"，韵位都在"之"字前。

（二）古诗的用韵，疏密不一

隔句用韵，押韵在偶句的较多。如：

秦风·蒹葭

蒹葭苍苍，白露为霜。所谓伊人，在水一方。

溯洄从之，道阻且长。溯游从之，宛在水中央。

蒹葭萋萋，白露未晞。所谓伊人，在水之湄。

溯洄从之，道阻且跻。溯游从之，宛在水中坻。

蒹葭采采，白露未已。所谓伊人，在水之涘。

溯洄从之，道阻且右。溯游从之，宛在水中沚。

　　每章除第一句入韵外，其余都是双句句尾入韵。第一章用阳部字；第二章除"晞"用微部字外，其他四个韵脚都是脂部字；第三章都是之部字。这是后代诗歌押韵最常见的格式。

　　句句用韵的在《诗经》和上古诗歌中也比较多。如：

鄘风·相鼠

相鼠有皮，人而无仪！人而无仪，不死何为？

相鼠有齿，人而无止！人而无止，不死何俟？

相鼠有体，人而无礼！人而无礼，胡不遄死？

　　第一章用歌部"皮、仪、仪"押韵；第二章用之部"齿、止、止、俟"押韵；第三章用脂部"体、礼、礼、死"押韵。

（三）古诗可一韵到底，也可中间换韵

一韵到底的如：

周南·卷耳

采采卷耳，不盈顷筐。嗟我怀人，置彼周行。

陟彼崔嵬，我马虺隤。我姑酌彼金罍，维以不永怀。

陟彼高冈，我马玄黄。我姑酌彼兕觥，维以不永伤。

陟彼砠矣，我马瘏矣。我仆痡矣，云何吁矣。

第一章用阳部"筐、行"为韵；第二章用微部"嵬、隤、罍、怀"为韵；第三章用阳部"冈、黄、觥、伤"为韵；第四章用鱼部"砠、瘏、痡、吁"为韵。每章都用同韵部的字。

中间换韵的如：

卫风·氓

桑之未落，其叶沃若。于嗟鸠兮，无食桑葚！

于嗟女兮，无与士耽！士之耽兮，犹可说也。

女之耽兮，不可说也。桑之落矣，其黄而陨。

自我徂尔。三岁食贫。淇水汤汤，渐车帷裳。

女也不爽，士贰其行。士也罔极，二三其德。

前章"落、若"，铎韵；换"葚、耽"，侵韵；又换"说、说"，月韵。后章"陨、贫"，文韵；换"汤、裳、爽、行"，阳韵；又换"极、德"，职韵。

较长的古体诗一般都换韵，一韵到底的不多。

（四）交韵、抱韵、遥韵

交韵如：

周南·兔罝

肃肃兔罝，椓之丁丁。赳赳武夫，公侯干城。

肃肃兔罝，施于中逵。赳赳武夫，公侯好仇。

肃肃兔罝，施于中林。赳赳武夫，公侯腹心。

其中每章"罝、夫"，鱼部，隔句相押。第一章耕部字"丁、城"；第二章幽部字"逵、仇"；第三章侵部字"林、心"，为隔句相押。这种"ABACAD"的交错用韵，在后世的词中仍有出现。

抱韵如：

小雅·伐木

伐木丁丁，鸟鸣嘤嘤。出自幽谷，迁于乔木。

嘤其鸣矣，求其友声。相彼鸟矣，犹求友声。

矧伊人矣，不求友生。神之听之，终和且平。

其中"谷、木"为屋部字；其他"丁、嘤、鸣、声、声、生、听、平"，都是耕部字，形成耕部字将屋部字夹在中间的"ABBA"形式。

遥韵如：

卫风·木瓜

投我以木瓜，报之以琼琚。匪报也，永以为好也！

投我以木桃，报之以琼瑶。匪报也，永以为好也！

投我以木李，报之以琼玖。匪报也，永以为好也！

该诗三章，章与章之间，在同样的位置上，句式相似，并相互为韵，造成一种遥相呼应的格式，用符号表示则为"AABCCBDDB式"。第一章"瓜、琚"，鱼部；"报、好"，幽部。第二章"桃、瑶"，宵部；"报、好"，幽部。第三章"李、玖"，之部；"报、好"，幽部。各章内每句用韵，三章句末均以幽部字押韵，句式相似，给人以照应复叠之感。

后代古体诗继承《诗经》韵例而比较常见的有以下几种：

1. 双句用韵，一韵到底

如：

送宇文太守赴宣城
王维

寥落云外山，迢递舟中赏。

铙吹发西江，秋空多清响。

地迥古城芜，月明寒潮广。

时赛敬亭神，复解罢师网。

何处寄相思，南风吹五两。

其中双句句尾的"赏、响、广、网、两"，均为养韵。

2. 句句用韵，一韵到底

具有代表性的是《柏梁诗》："日月星辰和四时。骖驾驷马从梁来。郡国士马羽林材。总领天下诚难治。和抚四夷不易哉……"传说是汉武帝与群臣在柏梁台上的联句诗，其诗共二十五句，句句用平声韵，一韵到底，句数多成单。类似《柏梁诗》的，中唐以前称"柏梁（平声）体"。如：

燕歌行
曹丕

秋风萧瑟天气凉，草木摇落露为霜，群燕辞归雁南翔。

念君客游思断肠，慊慊思归恋故乡，君何淹留寄他方？

贱妾茕茕守空房，忧来思君不能忘，不觉泪下沾衣裳。

援琴鸣弦发清商，短歌微吟不能长。

明月皎皎照我床，星汉西流夜未央。

牵牛织女遥相望，尔独何辜限河梁？

该诗句句用平声阳韵，一韵到底，句数多成单。又如：

白纻辞

李白

吴刀剪彩缝舞衣，明妆丽服夺春晖。

扬眉转袖若雪飞，倾城独立世所稀。

激楚结风醉忘归，高堂月落烛已微，玉钗挂缨君莫违。

句句押微韵字。因韵脚太密，音节急迫，这种格式如用于五言，更显得短促，所以五言少见。如果句句用韵，但中间换了韵，或虽然一韵到底，但用的是仄声韵，这样的七古都不能算柏梁体。

3. 中间换韵，换处不定

较长的古体诗一般都换韵，不论五言、七言或杂言，也不论句句用韵或隔句用韵；何处换韵，也无定格。如杜甫《石壕吏》，四句一换；白居易《长恨歌》，既有两句一换，也有四句一换；岑参《白雪歌送武判官归京》，两句一换；岑参《走马川行奉送封大夫出师西征》，则是三句一换，比较特殊。现录如下：

君不见，走马川，雪海边，平沙莽莽黄入天。

轮台九月风夜吼，一川碎石大如斗，随风满地石乱走。

匈奴草黄马正肥，金山西见烟尘飞，汉家大将西出师。

将军金甲夜不脱，半夜军行戈相拨，风头如刀面如割。

马毛带雪汗气蒸，五花连钱旋作冰，幕中草檄砚水凝。

虏骑闻之应胆慑，料知短兵不敢接，车师西门伫献捷。

全诗换了五次韵，换韵时，一般内容也有所改变。

古体诗用韵，因上古没有韵书之类作依据，作者都按当时读书音来定，不同地区的作家也带进一些方音。中古以后，古体诗用韵也相对较宽，相邻的韵往往通用，并且不讲平仄，句式自由，平仄声都可相押。

第四讲　近体诗的格律

一、近体诗的特征

近体诗又称"今体诗"。这是沿用唐人的称谓。近体诗源于齐梁的"永明体"。"永明体"是古诗自《诗经》、汉魏以来，发展到永明年间时，由沈约、谢朓等有意识地注意排除声、韵、调的"弊病"，把古代汉字本来就有的四种声调（平上去入）较为和谐地运用到五言诗句中，创制出一种有抑扬顿挫之声韵美的初期"律体诗"。初唐，"永明体"在五古和七古的基础上，吸收了六朝崇尚骈偶和讲究音律的风习，经过几代人的辛勤探索而逐渐定型。《唐书·宋之问传》较全面地记叙了这个发展变化的过程："魏建安后迄江左，诗律屡变，至沈约、庾信，以音韵相婉附，属对精密，及（宋）之问、沈佺期，又加靡丽，回忌声病，约句准篇，如锦绣成文，学者宗之，号曰沈宋。"元稹在《唐故工部员外郎杜君墓系铭序》中说："沈宋之流，研练精切，稳顺声势，谓之为律诗。"

近体诗体现了我国古典诗歌音韵美的最高成就，标志着我国诗歌艺术进入了一个光华灿烂的新天地。自从唐人的律诗正式统治诗坛以后，一千多年来，没有哪一种诗体能完全替代它。这是因为近体诗具有如下优越性：篇幅短小，言约意广；形式定型，眉目清爽；平仄有致，韵调和畅；易记易诵，长久难忘。

近体诗以律诗最为典型。近人闻一多《律诗的研究》说："律诗兼有古诗、绝句、乐府的作用，学者万一要遍窥中国诗的各种体裁，研究了律诗，其余的也可以知其梗概。"弄清了律诗的结构，其他诗体也能迎刃而解。

（1）律诗分为四联。一、二句称为首联，三、四句称"颔联"，五、六句称"颈联"，七、八句称"尾联"。每联单句称"出句"，双句称"对句"。

（2）偶句用韵，一般押平声韵，一韵到底。

（3）每句之内平仄交错，即各句内每个节奏点上的平仄必须相反；在每联内部，出句和对句平仄的关系是"对立"；在相邻两联间上一联的对句与下一联出句的关系是"粘"（相同）。

（4）律诗的中间两联要求对仗，对仗不仅要平仄相对，而且句法、结构、意义也要求相对。绝句可对可不对。下文分别讲解。

二、近体诗的平仄

字音有声调，声调不同，意思不同（如：妈麻马骂、烟盐眼燕），这是汉语的特点。语音的高低、升降、长短构成了汉语的声调，而高低、升降则是主要的因素。拿普通话的声调来说，一共有四个：阴平（第一声）是一个高平调（不升不降叫平），阳平（第二声）是一个中升调（不高不低叫中），上声（第三声）是一个低升调（有转折，有时是低平调），去声（第四声）是一个高降调。

古代汉语也有四个声调，但是和今天普通话的声调种类不完全一样。古代的四声是：

（1）平声。到后代分为阴平和阳平。

（2）上声。古代为仄声。到后代有一部分变为去声。

（3）去声。古代为仄声。到后代仍是去声。

（4）入声。古代为仄声。其发音特征是一个短促的调子。

辨别四声，是辨别平仄的基础。古人们把四声分为平仄两大类。平，就是平声（普通话分为阴平、阳平），仄就是上去入三声（普通话归为上声、去声，入声分别归入四声）。"仄"，就是"侧"，不平的意思。如果让平仄这两类声调在诗词中交错使用，就能使声调多样化，不至于单调。近体诗充分应用汉语的这种特点，将汉语音乐化，从而形成古人所说的"抑扬顿挫""声调铿锵"的效果。

例如首联的出句是"平—仄—平",那么,对句就是"仄—平—仄",第二联的出句是"仄—平—仄",对句是"平—仄—平",第三联出句又是"平—仄—平",对句又是"仄—平—仄",第四联出句是"仄—平—仄",对句又是"平—仄—平"。这样一对一粘,就造成了既整齐又错落的音韵之美。如:

题李处士幽居

温庭筠

水玉簪头白角巾,瑶琴寂历拂轻尘。

浓阴似帐红薇晚,细雨如烟碧草春。

隔竹见笼疑有鹤,卷帘看画静无人。

南山自是忘年友,谷口徒称郑子真。

诗的第一、二两句:

水玉簪头白角巾,瑶琴寂历拂轻尘。

这两句的平仄是:

仄仄平平仄仄平　平平仄仄仄平平

诗的第三、四两句:

浓阴似帐红薇晚,细雨如烟碧草春。

这两句的平仄是:

平平仄仄平平仄　仄仄平平仄仄平

就本句来说,每两个字一个节奏。仄仄的后面跟着的是平平,平平后面跟着的是仄仄。这就是交替。就对句来说,"水玉""瑶琴"是仄仄对平平;"簪头""寂历"是平平对仄仄;"角""轻"是仄对平。下联的"细雨"对"浓阴",是仄仄对平平;"如烟"对"似帐",是平平对仄仄;"碧草"对"红薇",又是仄仄对平平;"春"对"晚"是平对仄。这就是相对。

上联的对句"瑶琴寂历拂轻尘"，下联的出句"浓阴似帐红薇晚"其平仄是：

平平仄仄仄平平

平平仄仄平平仄

两句的平仄又相同，这就是"相粘"。

以此类推，于是造成了整齐而"抑扬顿挫""和谐悦耳"的听觉效果。

本来只用普通话去辨别平仄是很方便的，但由于入声演变，分别派入现在的四声，这就给现代人带来了一些麻烦。如果你是北方人，由入声变成去声和由入声变成上声的字都不妨碍我们辨别平仄（也都属于仄声），只有由入声变成了平声（阴平、阳平）的字才会造成辨别平仄的困难。我们遇到诗词格律上规定用仄声的地方，而诗人却用了一个今天读起来是平声的字，可能就是古代的入声字，应该引起我们的怀疑。（注意：凡韵尾是 n，ng 的字，就不会是入声字。）

区别入声字，解决的办法是：

（1）掌握常见的入声字，遇到古代押入声韵的诗词作品时顺推。如岳飞《满江红》，如你知道"月"属入声，则韵脚"歇、烈、月、切、雪、灭、缺、血、阙"均为入声无疑。

（2）记住一些属于入声的声旁。如"录、鹿、卖"，则"禄渌逯碌绿、麓漉辘簏……"也属入声。

（3）有些方言的入声差不多全归入了"阳平"，例如青海方言、四川方言的大部就是这样。"一壹移衣依、叶页业液噎耶椰爷"不分，实际上"一壹、叶页业液噎"为中古入声，"移衣依、耶椰爷"为中古平声。掌握了这个规律，就可识别一些入声字了。

（4）最保险的是多翻字典，如《康熙字典》《词源》对每字的中古声调都标了出来，掌握起来可保万无一失。

四声和韵的关系是很密切的，在韵书中，不同声调的字不能算是同韵。在诗词中，不同声调类的字一般不能押韵。

三、近体诗的押韵

近体诗的韵律规范、简明、实用，可分四点。

（一）偶句句末必须用韵

如：

何满子

张祜

故国三千里，深宫二十年。

一声何满子，双泪落君前。

夜上受降城闻笛

李益

回乐烽前沙似雪，受降城外月如霜。

不知何处吹芦管，一夜征人尽望乡。

（二）首句可入韵，也可不入韵

这要看诗属何类，五言以首句不入韵为正格（如上例《何满子》）；七言以首句入韵为正格。如：

沈园·其一

陆游

城上斜阳画角哀，沈园非复旧池台。

伤心桥下春波绿，曾是惊鸿照影来。

晚唐以后，形成了一种风尚，七言首句往往借用邻韵的字作韵脚。邻韵的韵母发音相近，韵书往往将它们排在邻近部类，如东、冬、钟、江，支、脂、之、微，鱼、虞、模……韵学家把《广韵》的二百零六韵分为十六摄，每摄中所包括的韵，也就是发音相近的韵，一般可视为邻韵。清钱大昕曾说："五七言近体第一句，借用旁韵，谓之借韵。"（《十驾斋养新录·卷十六》）如：

三峡歌

陆游

十二巫山见九峰，船头彩翠满秋空。

朝云暮雨浑虚语，一夜猿啼明月中。

"峰"属冬韵，"空""中"属东韵，借冬韵的字来与东韵字相押，东与冬是邻韵。

（三）不能中途换韵，要一韵到底

要避免用错韵和该用韵的地方不用韵。宋以前近体诗出韵的情况极少，宋以后情况要多一些，大多由于传抄、语言演变或方音影响造成。如：

雨

陈与义

霏霏三日雨，蔼蔼一园青。雾泽含元气，风花过洞庭。

地偏寒浩荡，春半客竛竮。多少人间事，天涯醉又醒。

有些抄本第二句是"蔼蔼一园春"，从表意来说，"青""春"各有所长，也都符合诗意。但从用韵来看"庭、竮、醒"都是青韵字，以韵而推，应为"青"，而"春"为真韵字。"青""春"两字，唐、宋时读音相距甚远，不是一韵，也非近韵。元明时，两韵才逐渐合流。如将"青"改为"春"这就出了韵。出韵被当时视为很严重的事，假如是科场应试，无论诗意多妙，出了韵就不合格。所以我们不能拿今天的读音去衡量唐宋。

（四）近体诗大多用平声韵，这是正格

所以，凡句尾押韵的必是平声字，句尾不入韵的必是仄声字。

如：

瑶瑟怨

温庭筠

冰簟银床梦不成，碧天如水夜云轻。

雁声远过潇湘去，十二楼中月自明。

因此，少数用仄声韵的近体诗，有人视其为变体。

四、近体诗的用韵标准

近体诗用韵要求严格，大家必须遵守一个共同的用韵标准，否则各行其是，就会造成用韵的混乱。于是唐孙愐编写出《唐韵》，对《切韵》进行了修订，规定有些韵可以"同用"，凡同用的韵，作诗时可以用来押韵，把同用的韵合并起来，共有一百一十二个。成为唐人写近体诗用韵的依据。到了宋真宗时，《大宋重修广韵》（简称《广韵》）编成，后世写诗用韵都以它为标准。《广韵》列二百零六韵，并明确规定同用的范围。宋人刘渊在此基础上，编撰了《壬子新刊礼部韵略》，共一百零七韵。以后，金人王文郁又刊行了《平水新刊礼部韵略》，将《广韵》中未注明同用的上声"迥"与"拯""等"，去声"径"与"证""嶝"也分别合并，共得一百零六韵，即上平、下平各十五韵，上声二十九韵，去声三十韵，入声十七韵。此后近体诗即以此为据。这一百零六韵，称"平水韵"，也称"诗韵"。"平水韵"通行广远，除了写诗用外，许多著名的工具书，如《佩文韵府》《经籍纂诂》等，也按其韵目次序进行编排。

律诗一般只用平声韵，所以这里我们只谈平声韵。

在韵书里，平声字多，所以分为两卷，等于说平声上卷，平声下卷。

上平声十五韵：

| 一东 | 二冬 | 三江 | 四支 | 五微 | 六鱼 | 七虞 | 八齐 |

| 九佳 | 十灰 | 十一真 | 十二文 | 十三元 | 十四寒 | 十五删 |

下平声十五韵：

| 一先 | 二萧 | 三肴 | 四豪 | 五歌 | 六麻 | 七阳 | 八庚 |

| 九青 | 十蒸 | 十一尤 | 十二侵 | 十三覃 | 十四盐 | 十五咸 |

东、冬、先、萧等都只是这个韵的代表字，只表示韵母的种类。至于"东"和"冬"这两个韵的读音，在普通话里根本没有分别，但在古代是有区别的，写律诗的时候不能把它们混用，必须遵守。

《红楼梦》有这样一段故事：林黛玉叫香菱写一首咏月的律诗，限定用寒韵。香菱苦思冥想了好久，探春隔窗笑说道："菱姑娘，你闲闲罢。"香菱怔怔地答道："'闲'是十五删的，你错了韵了。"由此可见近体诗用韵的严格。

不论是平声三十韵还是仄声各韵，所包括的字数很不相称，有些韵很宽（字数很多），有些韵很窄（字数很少）。写诗时，用宽韵选字范围就大，所以很自由，用窄韵因为选择不多，往往令人局促。

近体诗用韵要求严格，规定用平声韵，且只能同本韵部字相押，字数很少的窄韵和字较艰僻的险韵，也不能与其他的韵通押。前人按韵部所包括的字数多少，把平声韵分为宽韵、中韵、窄韵和险韵四类：

宽韵：支、先、阳、庚、尤、东、真、虞；

中韵：元、寒、鱼、萧、侵、冬、灰、齐、歌、麻、豪；

窄韵：微、文、删、青、蒸、覃、盐；

险韵：江、佳、肴、咸。

唐宋的文人，有时故意用窄韵和险韵来显示自己的才华。如：

雪后书北台壁二首
苏轼

黄昏犹作雨纤纤，夜静无风势转严。

但觉衾裯如泼水，不知庭院已堆盐。

五更晓色来书幌，半夜寒声落画檐。

试扫北台看马耳，未随埋没有双尖。

城头初日始翻鸦，陌上晴泥已没车。

冻合玉楼寒起粟，光摇银海眩生花。

遗蝗入地应千尺，宿麦连云有几家。

老病自嗟诗力退，空吟《冰柱》忆刘叉。

上首用盐韵，下首用佳韵。韵与意会，毫无牵强凑泊之迹，旧时评论此诗："才高气雄，下笔前无古人。"推为用窄韵和险韵的名作。

要记住某字属某韵，除硬记外，可采用辨字形和背作品等办法。如从"林"得声的字有琳、淋、霖、禁、襟等，属侵韵；从"今"得声有琴、吟、衿、妗、芩、岑等，也属侵韵。如：

登楼
杜甫

花近高楼伤客心，万方多难此登临。

锦江春色来天地，玉垒浮云变古今。

北极朝廷终不改，西山寇盗莫相侵。

可怜后主还祠庙，日暮聊为《梁甫吟》。

其中"侵"是韵目的代表字，其他与之相押的"心、临、今、吟"，自然也属侵韵无疑。

五、近体诗的节奏

任何语言都有节奏，如小商贩出售几种货物，他们就会把货物的名称按音节、节奏排列起来叫卖，如："萝卜、土豆、大白菜；香蕉、苹果、大鸭梨。"音节是二二三格式。如果没有三音节的词，就会在最后一个音节的词后加"啦"，如："猪手、猪心、猪肝啦；韭菜、油菜、豆角啦。""啦"不再是轻声，而读五十五调。在平时读轻声的词，如"萝卜、土豆、白菜、香蕉、苹果、鸭梨、豆腐"，在叫卖场合大都变为五十五调。之所以这样，都是为了使声音更清晰、传得更远。中国北方在货物名称后加"啦"，如："黄瓜啦""大米啦""玩具啦""报纸啦"，该处"啦"也读五十五调，主要也起到呼应平衡的作用。诗之所以为诗，就因为有鲜明的节奏，作为近体诗，其节奏就更为严整、有序。

近体诗的句式有五言和七言两种，六言极少。五言读为"二一二"或"二二一"节奏的较多，如：

美人／卷／珠帘，深坐／颦／蛾眉。（李白《怨情》）
炉火／照／天地，红星／乱／紫烟。（李白《秋浦歌十七首·其十四》）
欲穷／千里／目，更上／一层／楼。（王之涣《登鹳雀楼》）
与君／离别／意，同是／宦游／人。（王勃《送杜少府之任蜀州》）

也有"三二"和"一四"的，如：

快剪刀／除辫，干牛肉／作糇。（章炳麟《狱中赠邹容》）
青／惜峰峦过，黄／知橘柚来。（杜甫《放船》）

七言大多可读为"二二一二"或"二二二一"节奏，如：

两个／黄鹂／鸣／翠柳，一行／白鹭／上／青天。（杜甫《绝句》）
出师／未捷／身／先死，长使／英雄／泪／满襟。（杜甫《蜀相》）

永夜 / 角声 / 悲 / 自语，中天 / 月色 / 好 / 谁看。　（杜甫《宿府》）

无边 / 落木 / 萧萧 / 下，不尽 / 长江 / 滚滚 / 来。　（杜甫《登高》）

旧时 / 王谢 / 堂前 / 燕，飞入 / 寻常 / 百姓 / 家。（刘禹锡《乌衣巷》）

也有"二三二"的，如：

五更 / 鼓角声 / 悲壮，三峡 / 星河影 / 动摇。　　　（杜甫《阁夜》）

有人将仄起式读为"四二二四"，即除了押韵字外，必须在第一句第四字、第二句第二字、第三句第二字、第四句第四字处停顿吟咏。如五绝：

春雪
刘方平

飞雪带春 / 风，徘徊 / 乱绕空。

君看 / 似花处，偏在洛城 / 中。

如七绝：

柏林寺南望
郎士元

溪上遥闻 / 精舍钟，泊舟 / 微径度深松。

青山 / 霁后云犹在，画出西南 / 四五峰。

将平起式读为"二四四二"，即除了押韵字外，必须在第一句第二字、第二句第四字、第三句第四字、第四句第二字处停顿吟咏。如七绝：

逢入京使
岑参

故园 / 东望路漫漫，双袖龙钟 / 泪不干。

马上相逢 / 无纸笔，凭君 / 传语报平安。

如五绝：

登鹳雀楼

畅当

迥临 / 飞鸟上，高出世尘 / 间。

天势围平 / 野，河流 / 入断山。

律诗的节奏，后四句重复前三句即可。一般说来，音律的节奏与语言的自然节奏应该一致，一个语义单位或一个双音词，最好不跨两个节奏。必须跨的，在诵读时，也要服从音律节奏的规范。如：

相见 / 时难 / 别亦 / 难，东风 / 无力 / 百花 / 残。　　　　（李商隐《无题》）

三万 / 里河 / 东入 / 海，五千 / 仞岳 / 上摩 / 天。

（陆游《秋夜将晓出篱门迎凉有感》）

苦恨 / 年年 / 压 / 金线，为他 / 人作 / 嫁 / 衣裳。　　　　（秦韬玉《贫女》）

其中"相见时""三万里""五千仞""他人"属语言中的词组，是一个自然节奏，但跨在两个节奏之间，这是例外。"新诗改罢自长吟"（杜甫《解闷》），可见古人的诗是在吟诵中不断修改的，因为这和歌唱有关。吟诗就是把诗按声调节奏有规律地读出来。要吟诵好一首诗，不仅要抑扬顿挫地读出来，更重要的是首先要理解所吟诵诗的意境及作家的处境、用意，甚至遣词造句的重点所在，这样方能传情达意。

因为音随时转，古时产生的诗歌我们现在读不一定和谐、符合今韵。如北朝时的民歌《敕勒歌》，再如唐陈子昂的《登幽州台歌》。有人认为这些诗既不整齐也不押韵，更无比兴，能响彻千古，主要靠的是内容。其实这些诗是押韵的。上首前半部分"下、野"相押，下首"者、下"相押，押的都是唐时的"马韵"。不过属于古诗而已。唐时高适有《封丘作》，前四句是：

我本渔樵孟诸野，一生自是悠悠者。

乍可狂歌草泽中，宁堪作吏风尘下？

其中"野、者、下"就是韵脚，也押马韵，但现在我们读来也不押韵。所以衡量一首诗是否押韵，其依据是当时的韵部，而不是今天的音韵系统。这是需要格外留心的。

我们考察古人的近体作品时要依据《平水韵》。如今天有的同学要作近体诗，也不一定完全按一百零六韵去创作。这是因为：首先每个时代都有那个时代的标准韵书。隋代陆法言的《切韵》为二百零六韵或一百九十三韵，宋代平水人刘渊和金人王文郁根据实际合并为《平水韵》，即《诗韵》（一百零七韵或一百零六韵）；元人周德清据当时实际，将入声归入平、上、去中，写出了《中原音韵》；明代的《洪武正韵》据当时实际定为七十六韵；清人戈载又根据词的用韵实际写出了《词林正韵》，将词韵分为平、上、去声十四部，入声五部，共十九部等。其次，各代的韵部虽在逐渐合并中，但每个时代的韵部分合也很不一致。

我们要作近体诗，依据《平水韵》就靠近了唐人，但在《词林正韵》十九韵的基础上稍作修改也是可行的，如限定用平声、邻韵可通押等。1965年版的《诗韵新编》就是一部很好的当代韵书，因为它既考虑到了作近体诗的需要，也照顾到以普通话语音为标准的诗歌作者的需要，将韵分为"麻、波、歌、皆、支、儿、齐、微、开、模、鱼、侯、豪、寒、痕、唐、庚、东"十八部，而且每部按阴、阳、上、去、入五声分列，有助于辨认五声、平仄，有利于我们作近体诗。

六、近体诗的类别

近体诗首先必须符合下列几条：平仄固定，韵脚位置和韵脚声调固定，字数、句数固定。一般可分为四大类：绝句、律诗、排律、古风式的律诗。每大类下又可分若干种。绝句和律诗，数量最多，成就也最大。排律往往成了作家逞才使气的艺术格式，名篇不多。七言律诗每句七字，每首八句，共五十六字；五言律诗每句五字，每首八句，共四十字。绝句分别减半，即截取律诗的一半，七言绝句四句二十八字，五言绝句四句二十字。排律必须是偶句，并在十句以上，以五言为多，其余与律诗无别。古律在字数、句数上与一般的律诗和绝句相同，但在用韵、平仄或对仗上与正格略有出入。

绝句	五言：如宋之问《渡汉江·岭外音书断》
	七言：如杜牧《泊秦淮·烟笼寒水月笼沙》
律诗	五言：如杜甫《春夜喜雨·好雨知时节》
	七言：如李商隐《无题·昨夜星辰昨夜风》
排律	五言：如杜甫《寄李十二白二十韵·昔年有狂客》
	七言：如白居易《太湖书事寄微之·烟渚云帆处处通》
古律	七言：如崔颢《黄鹤楼·昔人已乘黄鹤去》
	五言：如李白《静夜思·床前明月光》

如果其他条件都相符合，只是把平声韵换成了仄声韵，是否算近体诗呢？如押上声：

湘中纪行·浮石濑

刘长卿

秋月照潇湘，月明闻荡桨。石横晚濑急，水落寒沙广。

众岭猿啸重，江空人语响。清晖朝复暮，如待扁舟赏。

再如押入声：

忆旧游

顾况

悠悠南国思，夜向江南泊。

楚客断肠时，月明枫子落。

又如全诗没有对仗句：

夜泊牛渚怀古

李白

牛渚西江夜，青天无片云。登舟望秋月，空忆谢将军。

余亦能高咏，斯人不可闻。明朝挂帆去，枫叶落纷纷。

对这些情况，学者意见有分歧。实际上，也可视为近体，起码应归入古风式的律诗类中，因为近体诗的核心是平仄的合理搭配。

五律与七律、五绝与七绝虽均属律诗，但二体对不同风格的适应性却有较大差异。朱自清在《唐诗三百首指导大概》中说："论七绝的称含蓄为'风调'。风飘摇而有远情，调悠扬而有远韵，总之是余味深长。这也配合着七绝的悠长的声调而言，五绝字少节促，便无所谓'风调'。"试以鱼玄机的《江陵愁望有寄》为例：

> 枫叶千枝复万枝，江桥掩映暮帆迟。
> 忆君心似西江水，日夜东流无歇时。

我们完全可以将这首七绝压缩为五绝：

> 枫叶千万枝，江桥暮帆迟。
> 忆君如江水，日夜无歇时。

可以看出，压缩后意义虽然没变，但总感到缺点什么。缺了点什么呢？缺的就是"风调"。首句不仅用"千""万"写出了枫叶之多，而且通过"枝"的重复，从声音上状出枝叶之繁。

而"枫叶千万枝"则字减而音促，没有上述那种好处。"掩映"二字写出了枫叶遮住望眼，对于传达诗中人焦灼的情绪是有帮助的。"掩映"属双声，在句中为同义排比，声调悠长而较"江桥暮帆迟"悦耳。前两句写盼人不至，后两句接着写相思之情。猛看起来"忆君如江水，日夜无歇时"好像就足够了，"西江""东流"很像闲笔赘词，但细读起来，"西""东"彼此呼应，造成抑扬顿挫的情调，使诗读起来有一唱三叹之义。如删夷了这四个字，虽意思不差，却缺了韵调之美。

总之，此诗用重复、排比、反义等手段形成的悠扬飘摇的风调很适于抒情，是五言诗所不能达到的。

第五讲　近体诗律例

近体诗的基本要素是平仄，可以说没有近体诗平仄的合理搭配，就没有近体诗的格律。唐人在批判地继承"永明体"讲求四声的理论遗产的同时，将四声归并为"平仄"两项，"平"指今天的平声字（包括今天的阴平、阳平），平声的调子不升不降，音可延长；"仄"是不平的意思（包括古代的上、去、入三声），其调子有升有降而短促，一旦延长就会变调。把"四声"并为"平、仄"两项，并有规律地应用到诗歌形式中，这是由"四声"论诗到"二声"论诗的一次重大变革，其结果不仅简单易记，从音韵学的角度讲，以平仄论诗的节奏，比四声论诗更鲜明，更具音乐性，也更便于吟诵。根据以上内容，我们可以拟出近体诗的格律模式，以"—"表示平，"｜"表示仄，"＋"表示可平可仄，"△"表示平声韵脚。现以韩愈的七律《左迁至蓝关示侄孙湘》为例：

首联　（出句）　　　一封朝奏九重天，

　　　　　　　　　　　＋—＋｜｜—△　　　对

　　　　（对句）　　　夕贬潮阳路八千。

　　　　　　　　　　　＋｜——＋｜△　　　粘

颔联　（出句）　　　欲为圣明除弊事，

　　　　　　　　　　　＋｜＋——｜｜　　}　对　（对仗）

　　　　（对句）　　　肯将衰朽惜残年！

　　　　　　　　　　　＋—＋｜｜—△　　　粘

颈联 （出句） 云横秦岭家何在？

　　　　　　　+－+|+－| ｝对 （对仗）

　　 （对句） 雪拥蓝关马不前。

　　　　　　　+|－－+|△ 　　　 粘

尾联 （出句） 知汝远来应有意，

　　　　　　　+|+－+|| 　　　 对

　　 （对句） 好收吾骨瘴江边。

　　　　　　　+－+||－△

　　传统诗学按诗的首句第二字和末尾一字的不同，把律诗分为不同类型。第二字为平声，称平起，末字为平声，称平收，因为句尾是平声就表示押韵，所以又称入韵。如"－－|||－－"，就是"平起平收式"，或称"平起入韵式"。首句只有四种句型，按上述近体诗的格律特征，分别以这四种句型为第一句，便可推出律诗的各类格式。七律有四种，五律也有四种，五律只不过将七律每句前的（两个字）一个节奏丢掉而已。绝句截取律诗而成，或取前两联，或取中间两联，或取后两联，或取首尾两联，不得将各联上下句拆散截取。这样七绝与五绝也各有四种格式；律诗共八种，绝句共八种，总共十六种。所有规范的律诗与绝句，都在这十六种格式之内。我们只要列出首句的起收形式，就可推出全诗的平仄格式。分述如下。

一、七言律诗

其一，平起平收（入韵）式，如：

隋宫
李商隐

紫泉宫殿锁烟霞，欲取芜城作帝家。

玉玺不缘归日角，锦帆应是到天涯。

于今腐草无萤火，终古垂杨有暮鸦。

地下若逢陈后主，岂宜重问后庭花！

其二，平起仄收（不入韵）式，如：

酬乐天扬州初逢席上见赠

刘禹锡

巴山楚水凄凉地，二十三年弃置身。

怀旧空吟闻笛赋，到乡翻似烂柯人。

沉舟侧畔千帆过，病树前头万木春。

今日听君歌一曲，暂凭杯酒长精神。

其三，仄起仄收（不入韵）式，如：

遣悲怀

元稹

昔日戏言身后事，今朝都到眼前来。

衣裳已施行看尽，针线犹存未忍开。

尚想旧情怜婢仆，也曾因梦送钱财。

诚知此恨人人有，贫贱夫妻百事哀。

其四，仄起平收（入韵）式，如：

登高

杜甫

风急天高猿啸哀，渚清沙白鸟飞回。

无边落木萧萧下，不尽长江滚滚来。

万里悲秋常作客，百年多病独登台。

艰难苦恨繁霜鬓，潦倒新停浊酒杯。

二、五言律诗

其一，平起平收（入韵）式（七言仄起平收式去掉每句的前二字），如：

晚晴

李商隐

深居俯夹城，春去夏犹清。

天意怜幽草，人间重晚晴。

并添高阁迥，微注小窗明。

越鸟巢干后，归飞体更轻。

其二，仄起平收（入韵）式（七言平起平收式去掉每句的前二字），如：

送梓州李使君

王维

万壑树参天，千山响杜鹃。

山中一夜雨，树杪百重泉。

汉女输橦布，巴人讼芋田。

文翁翻教授，不敢倚先贤。

其三，仄起仄收（不入韵）式（七言平起仄收式每句去掉前二字），如：

春夜喜雨

杜甫

好雨知时节，当春乃发生。

随风潜入夜，润物细无声。

野径云俱黑，江船火独明。

晓看红湿处，花重锦官城。

其四，平起仄收（不入韵）式（七言仄起仄收式去掉每句前二字），如：

送友人

李白

青山横北郭，白水绕东城。

此地一为别，孤蓬万里征。

浮云游子意，落日故人情。

挥手自兹去，萧萧班马鸣。

三、七言绝句

其一，平起平收（入韵）式，与七律平起平收式前两联一样，如：

早发白帝城

李白

朝辞白帝彩云间，千里江陵一日还。

两岸猿声啼不住，轻舟已过万重山。

出塞

王昌龄

秦时明月汉时关，万里长征人未还。

但使龙城飞将在，不教胡马度阴山。

其二，仄起平收（入韵）式，与七律仄起平收式前两联一样，如：

征人怨

柳中庸

岁岁金河复玉关，朝朝马策与刀环。

三春白雪归青冢，万里黄河绕黑山。

晚春

韩愈

草树知春不久归，百般红紫斗芳菲。

杨花榆荚无才思，惟解漫天作雪飞。

其三，平起仄收（不入韵）式，与七律平起仄收式前两联相同，如：

近试上张水部

朱庆馀

洞房昨夜停红烛，待晓堂前拜舅姑。

妆罢低声问夫婿，画眉深浅入时无？

约客

赵师秀

黄梅时节家家雨，青草池塘处处蛙。

有约不来过夜半，闲敲棋子落灯花。

其四，仄起仄收（不入韵）式，与七律仄起仄收式前两联相同，如：

九月九日忆山东兄弟

王维

独在异乡为异客，每逢佳节倍思亲。

遥知兄弟登高处，遍插茱萸少一人。

夜上受降城闻笛

李益

回乐烽前沙似雪，受降城外月如霜。

不知何处吹芦管，一夜征人尽望乡。

四、五言绝句

其一，平起平收（入韵）式，与五律平起平收式前两联相同，如：

闺人赠远
王涯

花明绮陌春，柳拂御沟新。
为报辽阳客，流芳不待人。

鹧鸪词
李益

湘江斑竹枝，锦翅鹧鸪飞。
处处湘云合，郎从何处归？

其二，仄起平收（入韵）式，与五律仄起平收式前两联相同，如：

塞下曲
卢纶

林暗草惊风，将军夜引弓。
平明寻白羽，没在石棱中。

行宫
元稹

寥落古行宫，宫花寂寞红。
白头宫女在，闲坐说玄宗。

其三，仄起仄收（不入韵）式，与五律仄起仄收式前两联相同，如：

问刘十九

白居易

绿蚁新醅酒,红泥小火炉。

晚来天欲雪,能饮一杯无?

渡汉江

宋之问

岭外音书绝,经冬复历春。

近乡情更怯,不敢问来人。

其四,平起仄收(不入韵)式,与五律平起仄收式前两联相同,如:

宿建德江

孟浩然

移舟泊烟渚,日暮客愁新。

野旷天低树,江清月近人。

送别

王维

山中相送罢,日暮掩柴扉。

春草年年绿,王孙归不归?

五、排律

排律是律诗的扩展,只不过句数多些罢了,排律除首、尾两联外,其他各联都要求对仗,因而体制宏大,非高才者难以驾驭。五言排律如:

寄李十二白二十韵

杜甫

昔年有狂客,号尔谪仙人。

笔落惊风雨，诗成泣鬼神。

声名从此大，汩没一朝伸。

文采承殊渥，流传必绝伦。

龙舟移棹晚，兽锦夺袍新。

白日来深殿，青云满后尘。

乞归优诏许，遇我宿心亲。

未负幽栖志，兼全宠辱身。

剧谈怜野逸，嗜酒见天真。

醉舞梁园夜，行歌泗水春。

才高心不展，道屈善无邻。

处士祢衡俊，诸生原宪贫。

稻粱求未足，薏苡谤何频。

五岭炎蒸地，三危放逐臣。

几年遭鵩鸟，独泣向麒麟。

苏武先还汉，黄公岂事秦。

楚筵辞醴日，梁狱上书辰。

已用当时法，谁将此义陈？

老吟秋月下，病起暮江滨。

莫怪恩波隔，乘槎与问津。

唐代科举的试帖诗都是六韵十二句的五言排律，如：

省试湘灵鼓瑟
钱起

善鼓云和瑟，常闻帝子灵。

冯夷空自舞，楚客不堪听。

苦调凄金石，清音入杳冥。

苍梧来怨慕，白芷动芳馨。

流水传潇浦，悲风过洞庭。

曲终人不见，江上数峰青。

七言排律较少见，如：

泛太湖书事寄微之
白居易

烟渚云帆处处通，飘然舟似入虚空。

玉杯浅酌巡初匝，金管徐吹曲未终。

黄夹缬林寒有叶，碧琉璃水净无风。

避旗飞鹭翩翩白，惊鼓跳鱼拔剌红。

涧雪压多松偃蹇，岩泉滴久石玲珑。

书为故事留湖上，吟作新诗寄浙东。

军府威容从道盛，江山气色定知同。

报君一事君应羡，五宿澄波皓月中。

六、古风式的律诗

在律诗尚未定型时，诗人们写出了一些中和古风和律诗的诗，如：

黄鹤楼
崔颢

昔人已乘黄鹤去，此地空余黄鹤楼。

黄鹤一去不复返，白云千载空悠悠。

晴川历历汉阳树，芳草萋萋鹦鹉洲。

日暮乡关何处是，烟波江上使人愁。

前半首多用重字，前三句中每句中都有"黄鹤"；第三句只用一个平声字"黄"，其余六字皆仄；第四句尾"三平调"，犯近体诗之大忌；颔联对仗不工，完全是古风的格调。只有后半首才符合律诗要求。但这是从后代的眼光看的，当时律诗既然还没有定型，就没有应该不应该的问题。还有一些是诗人有意识地写的古风式的律诗，如：

月夜
杜甫

今夜鄜州月，闺中只独看。

遥怜小儿女，未解忆长安。

香雾云鬟湿，清辉玉臂寒。

何时倚虚幌，双照泪痕干。

其中颔联未用对仗，第三、七句中第四字处应仄声而用了"儿"和"虚"两个平声字。绝句如：

静夜思
李白

床前明月光，疑是地上霜。

举头望明月，低头思故乡。

第二、三句失粘，句中平仄也不合律。再如：

江雪
柳宗元

千山鸟飞绝，万径人踪灭。

孤舟蓑笠翁，独钓寒江雪。

第一句"飞"拗；第二、三句失粘；"灭、雪"为入声韵。

有人称此为"古绝""古风"或"拗体"。这些诗虽与格律诗的规定有偏差，但因为具有诗的基本韵律，再加上有优美的意境，所以仍都是脍炙人口、流传千古的好诗。

第六讲　近体诗的禁忌与拗救

近体诗由于格律很严，所以称为"律诗"。假如违律破格，该用韵的地方不用韵或用错了韵，称"失韵"；违背了粘对规则称"失粘"或"失对"，一首诗中用相同的字押韵称"犯重韵"等。除此之外，近体诗忌讳孤平和三平调。

一、孤平

孤平专指平脚字，即五言的"——｜｜—"（平起平收）和七言的"｜｜——｜｜—"（仄起平收）句式中，如"一、三、五"不论，除韵脚外，只剩下一个平声字。因此，这两类句子中，五言的第一字或第三字，七言的第一字、第三字或第五字必须有一字用平声，否则就犯了孤平。

二、三平调

三平调指的是在平声收尾的句子中，句尾三个平声字连用。如"｜｜———"或"——｜｜———"。在近体诗中，三平调是诗家的大忌。但在古体诗中，三平调是常见的。如"行行重行行""越鸟巢南枝""迢迢牵牛星""含英扬光辉""白杨何萧萧""服食求神仙"（《古诗十九首》）"尘埃不见咸阳桥""哭声直上干云霄""便至四十西营田""禾生陇亩无东西""君不见，青海头，古来白骨无人收。新鬼烦冤旧鬼哭，天阴雨湿声啾啾"（杜甫《兵车行》）。从实质上看，避免孤平、三平调主要是从声调的抑扬顿挫上考虑的。平仄两声在一句中大体上保持数量的平衡。

三、拗救

学习近体诗，应该明确"拗""救"的概念。"拗"是违拗的意思，由于平仄安排不当，造成了失粘、失对、孤平或三平调等毛病，可称为"拗"。某句拗称"拗句"，某字拗称"拗字"。既然拗是不合常规的，就得变拗为顺，于是诗家就想法解救。拗而能救，合称"拗救"，所谓"变而乃律"，是唐人首肯的，经过救了的句子就不再算有毛病了。三平调无法补救，只能避免。

拗救的原则是句中该用平声的地方用了仄声，就在本句或对句适当位置上，把该用仄声的字改用平声；该用仄声的地方用了平声，就把该用平声的地方改用仄声。

拗救只救有毛病的句子，主要放在节奏点和犯忌方面。救的方法主要有以下几种。

（一）孤平拗救

近体诗要求避免孤平，但出现了孤平又容许补救，其补救方法是：在"——||—"中，如果第一字（七言为第三字）改平声为仄声，那么第三字（七言为第五字）就必须改仄声为平声。如韦应物《奉送从兄宰晋陵》诗尾联："慰此断行别，邑人多颂声。"对句第一字用"邑"仄声，第三字用平声"多"来补救。又如杜甫《中丞严公雨中垂寄见忆一绝，奉答二绝》之二"何日雨晴云出溪"句中第三字"雨"拗，第五字"云"字救。

（二）本句自救

这里主要指"———||"句式中的自救。该句第四字（七言第六字）的仄声本应要"分明"，可是实际上却容许有拗有救，即第四字（七言第六字）因用平声而拗，那么第三字（七言第五字）就要改平为仄来相救。需要注意的是，这

时第一字（七言第三字）必须是平声。如唐李嘉佑《送裴五归京口》："还归五陵去，只向远峰看。"前句声律本为"——— | |"，而第四字该仄用了平声"陵"，就将第三字该平的字改用仄声"五"。又如张九龄《望月怀远》颔联出句："情人怨遥夜"，"遥"字拗，"怨"字救。

七言如唐张籍《凉州词》："边将皆承主恩泽，无人解道取凉州。"前句声律本为" | | ——— | |"，因第六字应仄而用了平声"恩"，所以将第五字该平的改用仄声"主"。这是第六字拗，第五字救。又如王维《送方尊师归嵩山》颔联出句："山压天中半天上"，第六字"天"拗，"半"字救。这种拗句多见于尾联的出句。如"襄阳好风日，留醉与山翁。"（王维《汉江临眺》）"千载琵琶作胡语，分明怨恨曲中论。"（杜甫《咏怀古迹》之三）。

（三）对句相救

对句相救是指一联之中的拗救。主要出现在" | | ——— |"和"—— | | —"两式中。分为相同位置的对句相救和不同位置的对句相救两种。前者如刘长卿《饯别王十一南游》："飞鸟没何处，青山空向人。""没"字拗，用"空"字救。又如杜甫《蜀相》："映阶碧草自春色，隔叶黄鹂空好音。""自"拗，用"空"救。这种拗句称为小拗，所以也可不救。

不同位置的对句相救。如白居易《赋得古原草送别》："野火烧不尽，春风吹又生。"前句第四字"不"应平而用仄，拗；下句第三字"吹"应仄而改用平，救。又如孟浩然《与诸子登岘山》："人事有代谢，往来成古今。"前句第四字"代"该平而用仄，拗；后句第三字"成"该仄而用平，救。又如杜甫《雨不绝》："阶前短草泥不乱，院里长条风乍稀。""不"拗，"风"救。

（四）本句对句并救

上述两种对句相救可与孤平拗救结合在一起，通常称为"一字两救"，如刘禹锡《金陵怀古》："潮满冶城渚，日斜征虏亭。"上句原为" | | —— |"，第一字"潮"该仄而平，所以将第三字"冶"该平改仄，这是本句救。下句本为

"——｜｜—"，第一字"日"应平而用仄，第三字"征"应仄而改为平，救了本句第一字。从两句关系看，下句第三字又补救了上句第三字，属对句救。这种救法运用较广，因为它仍然保持了声韵的交错和匀称之美，成为"—｜｜—｜""｜——｜—"的句式。又如杜甫《促织》："久客得无泪，放妻难及晨。""难"字既救了本句的"放"，又救了出句的"得"。又如许浑《咸阳城东楼》："溪云初起日沉阁，山雨欲来风满楼。""风"既救本句的"欲"，又救对句的"日"。

有关拗救的具体格式较多，各家说法也不尽一致，总的原则是要保持各句各联平仄的交错和均衡，从而保持全诗的和谐。

附一：四声八病

沈约提出五言诗在四声中应避免的八种弊病如下：

1. 平头：指五言诗上下两句头两个字声调相同。如"芳时淑气清，提壶台上倾。"

"芳时""提壶"均为平声。

2. 上尾：指五言诗出句和对句末尾的字声调相同。如"西北有高楼，上与浮云齐。"

"楼""齐"均为平声。

3. 蜂腰：指五言诗同一句内第二字与第五字声调相同。如"闻君爱我甘，窃独自雕饰。"

"君""甘"平声，"独""饰"仄声（入）。事实上律诗的"平平仄仄平，仄仄平平仄"就是典型的"蜂腰"，所以这种形式不算毛病。

4. 鹤膝：指五言诗第一句尾字与第三句尾字同声。如"拨棹金陵渚，遵流背城阙。浪蹙飞船影，山挂垂轮月。"

"渚""影"均为上声，犯鹤膝病。一般认为鹤膝不算病。

5. 大韵：指五言诗两句十字中，除了韵脚字外，其余九字中有与韵脚字同韵的字出现。如以"新"为韵脚，则其余九字不能再出现"人、津、邻、身、陈"等字。这是因为同韵字一多，朗诵起来节奏重点不明，并容易引起听觉上的错误。如"紫翮拂花树，黄鹂开绿枝，思君一叹息，啼泪应言垂。"

"鹂、枝、垂"均属"支"韵，故为"大韵病"。

6. 小韵：指在两句五言诗中一至九字之间有同韵的字出现。如"嘉树生朝阳，凝霜封其条。"

"阳"与"霜"同韵，犯了小韵病。

7. 旁纽：指五言诗一句中出现间隔开的双声字句。如"鱼游见风月，兽走畏伤蹄。"

"鱼""月"同为零声母；"兽""伤"声母相同。

8.正纽：指五言诗二句中有声母、韵母都相同，只是声调不同的"同音字"。如"轻霞落暮锦，流火散秋金。"

"锦"上声，"金"平声。

再如"旷野莽茫茫。"

"莽"，上声；"茫"，平声，很难读。

总之正是这些消极避忌病犯说，从积极方面促进了律诗格律的形成，从而使律诗达到了平仄搭配、韵调协和、粘对分明、工整连贯的艺术境地。

第七讲　诗的对仗

一、对仗的起源

古代诗歌里的"对仗"，在现在的修辞里称"对偶"。对是相对，仗是仪仗，古代的仪仗队是两两相对的，所以叫"对仗"。两句相对，上句叫出句，下句叫对句。对仗的两句中词性和词组结构要相同。这种对称美是我国人民美学观念中的一个突出特点，在我的音乐、绘画、建筑、服装和日常用具等方面都有突出的表现。

汉语也具备"对称"的特点，从古到今，语词中一直喜欢"偶句"（成双）和"骈语"（并列）。如我国最古老的诗《击壤歌》："日出而作，日入而息。凿井而饮，耕田而食。"词也要求如此。对仗的形式早已产生，如《尚书》中的"满招损，谦受益"，《诗经·采薇》中的"昔我往矣，杨柳依依。今我来思，雨雪霏霏"，《古诗十九首·行行重行行》中的"胡马依北风，越鸟巢南枝"，东汉辛延年《羽林郎》中的"长裾连理带，广袖合欢襦。头上蓝田玉，耳后大秦珠"……到南北朝时，由于讲究对偶的骈体文盛行，诗人在诗中使用的对偶句子就更普遍，如王勃《滕王阁序》："豫章故郡，洪都新府。星分翼轸，地接衡庐。襟三江而带五湖，控蛮荆而引瓯越。物华天宝，龙光射牛斗之墟；人杰地灵，徐孺下陈蕃之榻……落霞与孤鹜齐飞，秋水共长天一色。渔舟唱晚，响穷彭蠡之滨；雁阵惊寒，声断衡阳之浦……关山难越，谁悲失路之人？萍水相逢，尽是他乡之客……老当益壮，宁移白首之心？穷且益坚，不坠青云之志……"

不论是古文、古诗，还是骈文，在近体诗产生前，对仗只是修辞上的需要。近体诗的对仗，不仅是修辞上的需要，而且是格律上的规定。诗词中对仗的规则是：①出句和对句的平仄是相对的；②出句的字和对句的字不能重复（至少同一位置上的字不能重复）。律诗必须要有对仗句；律绝的对仗可有可无。这主要是因为绝句截取律诗的一半，可对仗可不对仗（如截取的是一、二、七、八句就不对仗）。由于律诗中使用对仗，对绝句也产生了影响，在唐人绝句及后代的一些绝句诗中，对仗句常见，但这只是作者的随意安排，并非格律规定。

截取了一、二、三、四句的如：

宿建德江

孟浩然

移舟泊烟渚，日暮客愁新。

野旷天低树，江清月近人。

截取了三、四、五、六句的如：

登鹳雀楼

王之涣

白日依山尽，黄河入海流。

欲穷千里目，更上一层楼。

绝句

杜甫

两个黄鹂鸣翠柳，一行白鹭上青天。

窗含西岭千秋雪，门泊东吴万里船。

截取了五、六、七、八句的如：

问刘十九
白居易

绿蚁新醅酒，红泥小火炉。

晚来天欲雪，能饮一杯无？

八阵图
杜甫

功盖三分国，名成八阵图。

江流石不转，遗恨失吞吴。

夜上受降城闻笛
李益

回乐烽前沙似雪，受降城外月如霜。

不知何处吹芦管，一夜征人尽望乡。

截取了七、八、一、二句的如：

秋风引
刘禹锡

何处秋风至？萧萧送雁群。

朝来入庭树，孤客最先闻。

枫桥夜泊
张继

月落乌啼霜满天，江枫渔火对愁眠。

姑苏城外寒山寺，夜半钟声到客船。

当然，我们不能因为以上绝句的对仗情况，就认为诗作者在先前考虑好了绝句的形式后才写绝句的。只要平仄、押韵、字数、句数等符合要求，关于绝句的对仗并不过分看重。

二、对仗的贫富

律诗的对仗一般要求颔联、颈联对仗，这是常例。如五言律诗：

春日忆李白
杜甫

白也诗无敌，飘然思不群。

清新庾开府，俊逸鲍参军。

渭北春天树，江东日暮云。

何时一樽酒，重与细论文。

七言律诗：

客至
杜甫

舍南舍北皆春水，但见群鸥日日来。

花径不曾缘客扫，蓬门今始为君开。

盘飧市远无兼味，樽酒家贫只旧醅。

肯与邻翁相对饮，隔篱呼取尽余杯。

贫的对仗只有一联，多放在颈联，一般称为"蜂腰格"，如：

与诸子登岘山
孟浩然

人事有代谢，往来成古今。

江山留胜迹，我辈复登临。

水落鱼梁浅，天寒梦泽深。

羊公碑尚在，读罢泪沾襟。

富的对仗有三联甚至四联。三联对的多一些。前三联对的如：

春夜别友人

陈子昂

银烛吐青烟，金樽对绮筵。

离堂思琴瑟，别路绕山川。

明月隐高树，长河没晓天。

悠悠洛阳道，此会在何年。

后三联对的如：

闻官军收河南河北

杜甫

剑外忽传收蓟北，初闻涕泪满衣裳。

却看妻子愁何在？漫卷诗书喜欲狂。

白日放歌须纵酒，青春作伴好还乡。

即从巴峡穿巫峡，便下襄阳向洛阳。

四联都对的如：

故西河郡杜太守挽歌

王维

天上去西征，云中护北平。

生擒白马将，连破黑雕城。

忽见刍灵苦，徒闻竹使荣。

空留左氏传，谁继卜商名。

长律除首尾两联可不对仗外，中间其余各联一律对仗，如：

学诸进士作精卫衔石填海
韩愈

鸟有偿冤者，终年抱寸诚。

口衔山石细，心望海波平。

渺渺功难见，区区命已轻。

人皆讥造次，我独赏专精。

岂计休无日，惟应尽此生。

何惭刺客传，不著报雠名！

通篇无对仗，算不算律诗？一般而言，只要平仄合律，也作律诗看。如《唐诗三百首》收录标准即如此。但这样的例子，也是特例，并非常格，如：

夜泊牛渚怀古
李白

牛渚西江夜，青天无片云。

登舟望秋月，空忆谢将军。

余亦能高咏，斯人不可闻。

明朝挂帆去，枫叶落纷纷。

三、对仗的种类

（一）工对

工对指出句对句的词性和词组对得要工整，即结构相似、词类相当。马建忠认为前人对词类的认识比较模糊。如对动词、形容词区分不清，但对名词却分得很细，所以名词中又往往分为若干小类，如人名、地名、物名、天文、地理等，形容词中又分为颜色、数量、形态等。同义词相对似工实拙，所以《文心雕龙》说："反对为优，正对为劣。"例如杜甫的诗句"两个黄鹂鸣翠柳，一行白鹭上青天",其中出句用了"两",是数字,对句也用数字类的字("一")与之相对。出句用了"黄""翠",属于颜色类,对句也用颜色类的字("白""青")与之相对。出句用了"鹂",对句就用了"鹭",都是鸟类。所以说,这是一联很好的工对。

掌握工对,总体须注意以下几条。

1. 同类对

如前所述,造出工对,最基本的方法就是:先取同门类(或邻近的)字词,用在出句和对句各相对应的位置上。例如:

转来深涧满,分出小池平。　　　　　　　（储光羲《咏山泉》）

绕郭荷花三十里,拂城松树一千株。　　　（白居易《余杭形胜》）

云盖青山龙卧处,日临丹洞鹤归时。　　　（刘禹锡《麻姑山》）

2. 习惯对

有些语词,在分类表上虽然并不属于同一门类,但因意义上的关联比较紧密,所以在传统习惯上,这些语词属于工对。如"诗"与"酒"、"歌"与"舞"、"声"与"色"、"心"与"迹"、"兵"与"马"、"人"与"地"、"老"与"病"、"无"与"不",等等。例如:

敏捷诗千首,飘零酒一杯。　　　　　　　（杜甫《不见》）

老添新甲子,病减旧容辉。　　　　　　　（白居易《除夜》）

无边落木萧萧下,不尽长江滚滚来。　　　（杜甫《登高》）

真正做到字字都对得很严格,那是少有的,通常也没有必要。一联诗中,只要多数字、主要字对得好,就算工对。特别是把数字、颜色、方位、叠字词对好了,就会显得很工。例如杜甫的"两个黄鹂鸣翠柳,一行白鹭上青天。"历来被认为是极好的工对,因为数字、颜色都对得特别好。至于"柳"字和"天"字,对得并不很工,那就不重要了。又如苏轼的"歌管楼台声细细,秋千院落夜沉沉。"

也是极好的工对。"歌管"与"楼台","秋千"与"院落",都有句中自对之美感,两句互对又很工整,特别是"细细"与"沉沉"两个叠字词对得很工,这就够了。所以该处"声"字和"夜"字对得并不很工,一般也不计较。

下面都是工对的句子:

青山横北郭,白水绕东城。	(李白《送友人》)
月下飞天镜,云生结海楼。	(李白《渡荆门送别》)
登宝钗楼,访铜雀台。	(刘克庄《沁园春》)
有时三点两点雨,到处十枝五枝花。	(李山甫《寒食》)
两岸严风吹玉树,一滩明月晒银砂。	
因寻野渡逢渔舍,更泊前湾上酒家。	(韦庄《夜雪泛舟游南溪》)
柳条绿日君相忆,梨叶红时我始知。	(白居易《渭村酬李二十见寄》)
疏影横斜水清浅,暗香浮动月黄昏。	(林逋《山园小梅》)
山河破碎风飘絮,身世浮沉雨打萍。	(文天祥《过零丁洋》)
七八个星天外,两三点雨山前。	(辛弃疾《西江月》)
满地芦花和我老,旧家燕子傍谁飞。	(文天祥《金陵驿》)
草枯鹰眼疾,雪尽马蹄轻。	(王维《观猎》)
渐与骨肉远,转于僮仆亲。	(崔涂《巴山道中除夜有怀》)
惊风乱飐芙蓉水,密雨斜侵薜荔墙。	(柳宗元《登柳州城楼寄漳汀封连四州》)
但愿暂成人缱绻,不妨常任月朦胧。	(朱淑真《元夜》)
信宿渔人还泛泛,清秋燕子故飞飞。	(杜甫《秋兴八首·其三》)
霜引台乌集,风惊塔雁飞。	(张谓《道林寺送莫侍御》)
酒似粥醲知社到,饼如盘大喜秋成。	(陆游《秋晚闲步邻曲以予近尝卧病皆欣然迎劳》)
一川花送客,二月柳宜春。	(綦毋潜《送郑务拜伯父》)

寅年篱下多逢虎，亥日沙头始卖鱼。　　（白居易《得微之到官后书备知通州

之事怅然有感因成四章》）

锦帐郎官醉，罗衣舞女娇。　　　　　（李白《寄王汉阳》）

（二）宽对

对仗求工过切，往往会妨害语义的表达，所以七言律诗的对仗句中，前四个字对得较严格，后三字，特别是最后一个字不讲究的情形比较常见。特别是最后一字，连词性都不对，我们把这样的例子称为"宽对"。例如：

不待金门诏，空持宝剑游。　　　　　（李白《寄淮南友人》）

遥知杨柳是门处，似隔芙蓉无路通。　（刘威《游东湖黄处士园林》）

首联和尾联的对仗，本属可用可不用，如果用对仗，就更宽松。有不少就是半对半不对，似对非对，都是可以的。例如：

渡远荆门外，来从楚国游。　　　　　（李白《渡荆门送别》）

遥怜小儿女，未解忆长安。　　　　　（杜甫《月夜》）

文章千古事，得失寸心知。　　　　　（杜甫《偶题》）

君游丹陛已三迁，我泛沧浪欲二年。　（白居易《夜宿江浦，闻元八改官，

因寄此什》）

霸祖孤身取二江，子孙多以百城降。　（王安石《金陵怀古四首·其一》）

一联中或是词性对得不很工，或是词组对得不太严，都称宽对。如：

三山半落青山外，二水中分白鹭洲。　（李白《登金陵凤凰台》）

春蚕到死丝方尽，蜡炬成灰泪始干。　（李商隐《无题》）

（三）借对

又称"假对"。凡属对仗的词语，字面能对而词义不能对，或谐音能对而字面不能对的都称"借对"，如：

酒债寻常行处有，人生七十古来稀。　　（杜甫《曲江》）

草轻蕃马健，雪重拂庐干。　　（杜甫《送杨六判官使西蕃》）

鸡鸣紫陌曙光寒，莺啭皇州春色阑。　　（岑参《奉和中书舍人贾至早朝大明宫》）

寄身且喜沧洲近，顾影无如白发何。　　（刘长卿《江州重别薛六柳八二员外》）

"寻常"与"七十"相对，本为工对（八尺为寻，倍寻为常），这里"寻常"为"平常"意。"拂庐"指吐蕃的帐篷，但"庐""驴"古音同，"驴"对"马"为借对。"紫""皇（黄）""沧（仓）""白"同此。

（四）隔句对

又叫"扇对"，如：

寄裴晤员外

郑谷

昔年共照松溪影，松折溪荒僧已无。

今日重思锦城事，雪销花谢梦何殊？

夜闻筝中弹潇湘送神曲感旧

白居易

缥缈巫山女，归来七八年。

殷勤湘水曲，留在十三弦。

苦调吟还出，深情咽不传。

万重云水思，今夜月明前。

实际上是一句对三句，二句对四句。扇对在词中也很多，如：

青未了、柳回白眼。红欲断、杏开素面。（史达祖《东风第一枝·咏春雪》）

香梦醒、几花暗吐。绿睡起、几丝偷舞。（高观国《东风第一枝·烧色回青》）

（五）流水对

一般对仗，出句和对句的内容是并列的，把两句颠倒过来，意思仍然说得通。流水对，则是把一件事、一个主题如同流水般地连续说下来。例如：

一从归白社，不复到青门。　　　　　（王维《辋川闲居》）

山中一夜雨，树杪百重泉。　　　　　（王维《送梓州李使君》）

却看妻子愁何在，漫卷诗书喜欲狂。　（杜甫《闻官军收河南河北》）

即从巴峡穿巫峡，便下襄阳向洛阳。　（杜甫《闻官军收河南河北》）

山重水复疑无路，柳暗花明又一村。　（陆游《游山西村》）

实际上，流水对与一般并列对仗相比，在字词的选择上，余地更小些，难度更大些，其中有些字更难免用宽对。这种对仗出句和对句之间有着时空上或因果上的连贯性，又名"走马对"。因为上句的意思延伸到下句，所以不能互换位置，次序不可颠倒。

（六）交股对

犹如人交股盘腿而坐，故名，也称"错综对"。如：

于今腐草无萤火，终古垂杨有暮鸦。　（李商隐《隋宫》）

"萤"对"鸦"，"火"对"暮"。又如：

裙拖六幅湘江水，鬓耸巫山一段云。　　（李群玉《筵中赠美人》）

"六幅"对"一段"，"湘江"对"巫山"。再如：

朝来又得东川信，欲取春初发梓州。　　（白居易《得行简书闻欲下峡先以诗寄》）

"朝来"对"春初"，"又得"对"欲取"，"东川"对"梓州"，"信"对"发"。

（七）合掌

出句与对句意思完全相同或基本相同的对仗叫"合掌"，恰如一人的两掌相合，没有区别、变化，是以情趣不足，为对仗所忌，应尽力避免。如：

地湿厌闻天竺雨，月明来听景阳钟。　　（《元萨天锡诗》）

其中"闻""听"义同，有人建议改"闻"为"看"，就避免了合掌之弊（见《蠖斋诗话》）。再如：

蝉噪林逾静，鸟鸣山更幽。　　（王籍《入若耶溪》）

"幽、静"义重。

以上主要讲的是律诗的对仗。古诗也有对仗，但一般来说，古诗的对仗不严格，可对可不对，即使对仗也不讲平仄、不避重字，甚至有意用重字。如：

鹑之奔奔，鹊之疆疆。　　（《诗经·鹑之奔奔》）

朝避猛虎，夕避长蛇。　　（李白《蜀道难》）

至于对联（楹联、春联等）一般比诗中的对仗要求严。对联原则上都应是工对。如"福如东海长流水，寿比南山不老松"，"生意兴隆通四海，财源茂盛达三江"等，都是工对。对对子，是一种技巧很高的艺术。写出好对联，需要懂平仄，懂词性，有思想，有意境。不仅要工对，还要对得恰切、巧妙。这方面有不少佳话。（见附五）

附二：怎样吟诵近体诗

杜甫《解闷》中说："新诗改罢自长吟。"可见古人作诗是在不断吟诵中修改的。

我们看老夫子们吟诗，留下的印象是：一声长来，一声高，摇头晃脑颇逍遥。由于作近体诗无人提倡，所以关于它的读法少有所闻。

据老专家、老前辈的说法，吟诵包括两方面，"吟"指长吟，即在一定的地方要曼声长吟；"诵"指朗诵或朗读，即在一定的地方要有顿挫，有节奏，声音适当拖长。一般认为，读诗首先要区分是平起还是仄起。平起、仄起以该诗第一句的第二字为标准。传统的读法是：

仄起诗除了押韵字外，必须在第一句第四字、第二句第二字、第三句第二字、第四句第四字处停、吟咏，即"四二二四式"。如七绝：

柏林寺南望

郎士元

溪上遥闻精舍钟，泊舟微径度深松。

青山霁后云犹在，画出西南四五峰。

如五绝：

春雪

刘方平

飞雪带春风，徘徊乱绕空。

君看似花处，偏在洛城中。

如要读七律、五律的仄起式诗，只需将"四二二四式"重复一遍即可。如七律：

登柳州城楼寄漳汀封连四州

柳宗元

城上高楼接大荒，海天愁思正茫茫。

惊风乱飐芙蓉水，密雨斜侵薜荔墙。

岭树重遮千里目，江流曲似九回肠。

共来百越文身地，犹自音书滞一乡。

如五律：

苏氏别业

祖咏

别业居幽处，到来生隐心。

南山当户牖，沣水映园林。

竹覆经冬雪，庭昏未夕阴。

寥寥人境外，闲坐听春禽。

平起读法都是“二四四二式”。如七绝：

逢入京使

岑参

故园东望路漫漫，双袖龙钟泪不干。

马上相逢无纸笔，凭君传语报平安。

如五绝：

登鹳雀楼

畅当

迥临飞鸟上，高出世尘间。

天势围平野，河流入断山。

同样，如要读七律、五律的平起式诗，只需将"二四四二式"重复一遍即可。如七律：

江村

杜甫

清江一曲抱村流，长夏江村事事幽。

自来自去堂上燕，相亲相近水中鸥。

老妻画纸为棋局，稚子敲针作钓钩。

多病所须唯药物，微躯此外更何求？

如五律：

新年作

刘长卿

乡心新岁切，天畔独潸然。

老至居人下，春归在客先。

岭猿同旦暮，江柳共风烟。

已似长沙傅，从今又几年。

首句不入韵的单句末字，需稍顿一下，以示一句。

如遇拗体，则不能死板地用以上规律去读。如：

赠汪伦

李白

李白乘舟将欲行，忽闻岸上踏歌声。

桃花潭水深千尺，不及汪伦送我情。

诗中"白、欲、踏、尺、及"均为入声，该处就不能顿挫吟咏，而应短促一点。

对一些拗句中的拗字，则应在此拗字处略示停顿，表示出作者在此处用拗救，使句中音韵有起伏跌宕感。如：

凉州词

王之涣

黄河远上白云间，一片孤城万仞山。

羌笛何须怨杨柳，春风不度玉门关。

"羌笛何须怨杨柳"中"怨""杨"仄平易位，在"杨"字处适当顿一下，就很有拗句的意味。

总之，吟诵的基本原则是"平长仄短"。要吟诵好一首诗，除抑扬顿挫合乎要求外，还要理解所吟诵诗的意思、境界，即作家的心情、处境、用意、遣词造句的重点等，方能传情达意。

第八讲　词的产生与性质

一、什么是词

词是律化的、长短句的、字数固定的诗。它是在诗的基础上产生的。诗符合一、三条，词三者兼有，曲合一、二条。

汉乐府中的大多数"诗"在性质上应算作较早的词，因为它也是用来歌唱的歌词，但因为时代不同，其曲调当然和宋代大不相同。

宋词起源于民间，始于梁，形成于唐，盛于宋。

人们为了让诗歌具有轻重、抑扬的音响效果，保留了格律诗的声律规则，但为了表情达意更丰富，特别是为了适应唱、舞的需要，又打破整齐划一的句式，发展了长短错落的形式。实际上，从句式的长短不一看，词与古风相同，所以词受杂言诗的影响很大。从《诗经》中我们就可看到许多杂言诗。如：

七月

二之日凿冰冲冲，三之日纳于凌阴。

四之日其蚤，献羔祭韭。

在唐以前，杂言诗一直很多。如：

上邪

上邪！我欲与君相知，长命无绝衰。

山无陵，江水为竭，冬雷震震，夏雨雪，天地合，乃敢与君绝。

临江王节士歌

陆厥

木叶下，江波连，秋月照浦云歇山。

秋思不可裁，复带秋风来。

秋风来已寒，白露惊罗纨。

节士慷慨发冲冠。

弯弓挂若木，长剑竦云端。

唐代的古体诗中，杂言古风占有重要地位。李白就有许多著名的篇章，如《蜀道难》《梁甫吟》《将进酒》《长相思》《梦游天姥吟留别》《战城南》等。因为这种诗体形式自由奔放，便于表达诗人丰富的思想情感。当然，词与古风是不同的，其根本点在于，词篇有定句，句有定字；古风则很自由。

《全唐诗附录》指出："唐人乐府原用律绝等诗，杂和声歌之。其并和声歌作实字，长短其句以就曲拍者为填词。"这说明有些词是律句、绝句在歌唱时加入泛声变成的。如：

调笑令

韦应物

胡马，胡马，远放燕支山下。

跑沙跑雪独嘶，东望西望路迷。

迷路，迷路，边草无穷日暮。

其中"胡马，胡马""迷路，迷路"恐怕就是由泛声变为实字的。

在乐府五言、七言的基础上，加字、减字也同样可成为词。如：

章台柳

韩翃

章台柳，章台柳，昔日青青今在否？

纵使长条似旧垂，也应攀折他人手。

也因为更多西域曲调的传入，"词"这种新的文学形式日渐形成。

据载，梁武帝的《江南弄》、陈后主的《玉树后庭花》、沈约的《乌夜啼》、隋炀帝的《迷楼歌》、贺知章的《柳枝》等均属较早的词。《花间集》卷七有孙孟文《河传》四首，其一是：

太平天子，等闲游戏，疏河千里。

柳如丝，偎倚绿波春水，长淮风不起。

如花殿脚三千女，争云雨，何处留人住？

锦帆风，烟际红，烧空，魂迷大业中。

宋王灼《碧鸡漫志》卷四称"水调《河传》炀帝将幸江都时所制"，可见这个调子的创始与炀帝开河有关，大约是隋代产生的。

《隋书·音乐志》中有"燕乐"，认为是北周以前从印度中亚细亚经新疆、甘肃传入中原，这种西域传来的音乐，到了隋唐时在各地流行，常被用于宴会上，故称为"燕（宴）乐"。据凌廷堪《燕乐考原》，认为"燕乐""以琵琶弦叶之"。由此可知，琵琶是当时新兴音乐中最主要的乐器。敦煌莫高窟中壁画上的乐器以琵琶为主，甚至有"反弹琵琶"的精美造型；白居易的《琵琶行》等，也可反证当时琵琶流行的盛况。这种音乐虽掺有当时民间音乐的成分，但其主体是自外传入的"胡乐"。随着大量西域曲调的传入，其旋律复杂多样，原来整齐的五七言诗大部分不能与乐曲相配，对于这些结构参差的乐曲，只能依照乐曲的节拍填制长短句的歌"词"。"词"这种体裁由此兴起。

在中、晚唐时的民间，词题材广阔，风格朴实清新，但不论文人、民间，这时词的格式没完全定型，经过晚唐、五代文人温庭筠、韦庄、冯延巳等人的大量创作后，调式才逐渐固定下来，艺术上也渐趋成熟。据赵崇祚《花间集》收录的词作就有五百余首，词调有八十余个。到两宋，词的创作空前繁荣，出现了柳永、苏轼、周邦彦、辛弃疾、姜夔等著名词人和多种风格、流派，艺术上达到了很高的造诣。

最初的词都合音乐，是用来歌唱的，所以唐、五代又称之为"曲""曲词""乐府""曲子词"。由于词的句子长短不一，又被称为"诗余""长短句"。

"词"是宋代文学的代表，像唐诗一样，是我国文学史上值得大书特书的文学式样。

菩萨蛮
李白

平林漠漠烟如织，寒山一带伤心碧。

暝色入高楼，有人楼上愁。

玉阶空伫立，宿鸟归飞急。

何处是归程？长亭更短亭。

忆秦娥
李白

箫声咽，秦娥梦断秦楼月，

秦楼月，年年柳色，灞陵伤别。

乐游原上清秋节，咸阳古道音尘绝。

音尘绝，西风残照，汉家陵阙。

这两首词称为"百代词曲之祖"，但是否出自李白之手，历来分歧很大。

二、词和律诗有何差别

因为词是用来唱的，要适应乐曲的变化，所以与律诗有如下不同：

（1）词是为乐曲而填的词，因为音乐的节拍长短不一，所以多是由长短句构成的。

（2）每首词都有一个调名，如《满江红》《西江月》《南歌子》《沁园春》《浪淘沙》等。每个曲调的句数、字数都是固定的，每个字有一定的声调。

（3）因为词配上音乐演唱一遍后，有时要再来一遍或几遍，所以一般都可以分成几段，其中以分两段的最多，也称为上阕、下阕或上片、下片等。

（4）不同曲调的词，押韵的位置不同，韵脚的位置和用韵的数目也不同。

（5）因为要以文字的声调来配合乐曲的声调，所以词对字的平仄要求较律诗严，有的不仅要辨平仄，还要辨四声的阴阳。

三、词与音乐的关系

乐府、律诗是词的两个源头，一是为了唱，一是格律很严。当然，词与古乐府诗是不同的，词所配合的音乐是新的音乐（主要以西北传入的各个少数民族的音乐与民间小曲为主）而不是古乐。清人刘熙载在其《艺概》中说："词即曲之词，曲即词之曲。"清楚地说明词与曲的关系是何等密切。唐宋人填词，是照乐谱的音律节拍来写的，所以填词又叫"倚声"。后来，一般的词人照前人的作品的字句平仄来填写，使词逐渐脱离了音乐，词便成了纯粹的诗体。

词受五言、七言绝句的影响很大，大多由此演变而来。演变方式主要是在绝句中增添散声、泛声、和声。所谓散声，就是在词曲演奏时，于乐曲旋律之外，另加声音。泛声是引长声音，无论是添加或引长的声音，经过"逐一声添个实字"于是就改变了绝句原有的句式，成为长短句式的词。所谓和声是指过去的乐曲中使用的重叠反复演唱的做法，与西洋乐的"和声"含义不同。

不论散声、泛声、和声，虽各有不同，但其性质同一，都是在原乐曲之外，根据需要而添加的声音，为了便于演唱，增强音乐效果。前人有把散声、泛声、和声集中在一首诗中使用的。如无名氏将王维著名的七言绝句《渭城曲》演变为长短句《阳关三叠》：

渭城曲

渭城朝雨浥轻尘，客舍青青柳色新。

劝君更尽一杯酒，西出阳关无故人。

阳关三叠

渭城朝雨，<u>一霎</u>浥轻尘，<u>更洒遍客舍青青</u>，<u>弄柔凝千缕</u>。更洒遍客舍青青，弄柔凝翠色。更洒遍客舍青青，弄柔凝柳色新，<u>休烦恼</u>，劝君更尽一杯酒，<u>人生会少</u>，<u>富贵功名有定分</u>。休烦恼，劝君更尽一杯酒，<u>旧游如梦</u>，<u>只恐怕</u>西出阳关，<u>眼前</u>无故人。<u>休烦恼</u>，<u>劝君更尽一杯酒</u>，只恐怕西出阳关，眼前无故人。

（——添加，为散声；～反复，为和声；演唱时拉长，为泛声。）

把两者加以对照，《渭城曲》为七言绝句，二十八字，经过添加散声、泛声、和声的《阳关三叠》长短句，字数增到一百一十五字，为原作字数的四倍多，词中"更洒遍""弄柔凝千缕""翠色""休烦恼""人生会少，富贵功名有定分""旧游如梦""只恐怕""眼前"等都是演唱时加上的散声。"更洒遍客舍青青""劝君更尽一杯酒"等演唱了两三遍，它们又属于和声。泛声是拉长的声音，只能在演唱时表现出来，如"哎……""哦……"等。

从艺术性方面比较，前者凝练，后者散漫。《渭城曲》中表现的情感是健康向上的。前两句写景，后两句是劝酒辞令，感情真挚。《阳关三叠》凭空添入"人生会少，富贵功名有定分""旧游如梦"等消极颓废思想，所以从词句的思想、艺术两方面看，《渭城曲》胜过《阳关三叠》。但从音乐性方面考虑，《渭城曲》只有二十八个字，而且每句句式相同，以这样的歌词，配乐曲演唱，显然有局限性，即便配上乐曲演唱，也不会取得良好的音乐效果。可是，经过乐工添上泛声、散声、和声，原诗字数增至四倍多，使乐工在谱曲时有施展技巧的广阔余地，而且把原诗的七个字一句的单调句式改为参差的长短句，便于乐曲随之起伏变化，丰富多彩，加以大量使用了反复演唱的和声字句，使人听起来，缠绵悱恻，荡气回肠，送别时的依依惜别气氛特别浓重，增强了艺术感染力。所以我们说，五言、七言绝句诗为了演唱上的需要，适当地增加散声、和声、泛声而成为长短句的，这种情况与青海花儿相似。如：

东山雾来西山的云，黄河里看，浪打了船上的扯绳。
有钱汉活得人上人，我活得难，老天爷不睁个眼睛。

如入令歌唱即成：

哎哟／黄河里／看呐……
哎哟／我活得／难呐……

散声有短有长，《水红花令》加上散声（衬词）达二十六字：

哎哟我的水红花你坐／你的大哥哥去里沙／妹子你们坐哎——你思想。

四、词与近体诗的关系

唐宋时的歌词受近体诗的影响，音乐失传后平仄便成了词的主要特征。如：

菩萨蛮
李白

平林漠漠烟如织，寒山一带伤心碧。
　　——｜｜｜——｜　　——｜｜｜——｜

暝色入高楼，有人楼上愁。
　　——｜｜｜　　｜——｜

玉阶空伫立，宿鸟归飞急。
　　｜——｜｜　　｜｜——｜

何处是归程？长亭更短亭。
　　｜｜｜——　　｜——｜

渔歌子

张志和

西塞山前白鹭飞，桃花流水鳜鱼肥。

｜｜—　—｜｜—　——｜｜｜——

青箬笠，绿蓑衣，斜风细雨不须归。

—｜｜　｜｜｜—　——｜｜｜——

从上例可看出，词中的平仄安排与近体诗相合。有人不改一字，仅改了一下标点，便将杜牧的七言绝句《清明》变为两首不同的词：

一

清明时节，雨纷纷。

路上，行人欲断魂。

借问酒家，何处有牧童？

遥指杏花村。

二

清明时节雨，纷纷路上行人，欲断魂！

借问酒家何处？

有牧童，遥指杏花村。

王之涣的《凉州词》也可以通过改标点变为两首词：

一

黄河远上，白云间一片孤城。

万仞山，羌笛何须怨，杨柳春风，不度玉门关。

二

黄河远，上白云，间一片孤城。

万仞山羌笛，何须怨杨柳春风，不度玉门关。

再如冯延巳的七言律诗《瑞鹧鸪》：

> 严妆才罢怨春风，粉墙画壁宋家东。
>
> 蕙兰有恨枝尤绿，桃李无言花自红。
>
> 燕燕巢时（儿）罗幕卷，莺莺啼处凤楼空。
>
> 少年薄幸知何处，每夜归来春梦中。

该诗为仄起平收式。

鹧鸪天
辛弃疾

> 壮岁旌旗拥万夫，锦襜突骑渡江初。
>
> 燕兵夜娖银胡觮，汉箭朝飞金仆姑。
>
> 追往事，叹今吾，春风不染白髭须。
>
> 却将万字平戎策，换得东家种树书。

该词为上下两片，《鹧鸪天》除了将《瑞鹧鸪》第五句的七字句改为了两个三字句外，其余的平仄、对仗、押韵等与律诗毫无区别。

有人把词称为"诗余"，即诗的别体，如从平仄方面看，是有道理的，文人的词深受律诗的影响，所以词中的律句特别多。

第九讲 词的用韵、平仄、对仗

一、词的用韵

词韵不同于诗韵,近体诗的用韵是有规定的,而词韵是后人根据宋词的用韵归纳出来的。最通行的词韵是清代戈载的《词林正韵》,大致上是根据诗韵的一百零六韵归并而成的。《词林正韵》分词韵为十九部,其中舒声(包括平上去)十四部、促声五部。这十九部与宋词用韵情况虽然有较大出入,但基本上反映了宋词的押韵情况,后来论词韵都以此为准。《词林正韵》用的是《集韵》的韵目,为了与诗韵对照,现改用《平水韵》的韵目,列表如后。(见"词韵十九部表",[清]戈载:《词林正韵·词准》,世界书局 1937 年版)需要注意的是,有些词的用韵不能用韵书去衡量,如洪希文的《沁园春·农乐丰年》中"红 hong、纷 fen、辰 chen、精 jing"相押;黄庭坚的《蓦山溪·春晴》中"便、盼、软"押韵。《蓦山溪》上、下片一般都在二、五、十句押韵,如李处全《蓦山溪·梨花过雨》:"梨花过雨,已是春强半。花恼欲颠狂,兴浑在,秋千架畔。搔头无语,斜日上帘栊。飞上下,语呢喃,又见双双燕。鱼吹细浪,镜面摇歌扇。藉草倒芳尊,衬香茵,落红千片。追奔蜗角,回首醉初醒。逢节物,且欢娱,莫待流年换。"同时代黄庭坚的《蓦山溪·春晴》:"朝来风日,陡觉春衫便。翠柳艳明眉,戏秋千,谁家倩盼。烟匀露洗,草色媚横塘,平沙软。雕轮转。行乐闻弦管。追思年少,走马寻芳伴。一醉几缠头,过扬州,珠帘尽卷。而今老矣,花似雾中看,欢喜浅。天涯远。信马归来晚。"该词上片二、四、五、八、九、十句押韵,下片二、五、

七、八、九、十句押韵。韵脚比一般的《蓦山溪》多出了一倍。从这点来说，词的用韵较诗相对要宽。词与诗在押韵上的最大区别是：诗基本上是偶句押韵的，词的韵位则是依据曲度，即音乐上的停顿决定的。每个词调的音乐节奏不同，韵位也就不同。

词用韵的主要特点如下。

（一）从韵脚的位置来看

既有句句押韵的，例如：

忆王孙
李重元

萋萋芳草忆王孙，柳外楼高空断魂，杜宇声声不忍闻。

欲黄昏，雨打梨花深闭门。

相似的还有《虞美人》《长相思》等。

以一韵为主，间押他韵的。如：

乌夜啼
李煜

林花谢了春红，太匆匆。

无奈朝来寒雨晚来风。

胭脂泪，留人醉，几时重？

自是人生长恨水长东！

"红、匆、风、重、东"为主韵，"泪、醉"二仄韵为次韵。

相似的还有《清平乐》《蝶恋花》等。

有数韵交叉押韵的。如：

钗头凤

陆游

红酥手，黄滕酒，满城春色宫墙柳。

东风恶，欢情薄。

一怀愁绪，几年离索。

错！错！错！

春如旧，人空瘦，泪痕红浥鲛绡透。

桃花落，闲池阁。

山盟虽在，锦书难托。

莫！莫！莫！

该词上片"手、酒、柳"与下片"旧、瘦、透"相押；上片"恶、薄、索、错"与下片"落、阁、托、莫"相押。

有叠韵的。如：

调笑令

韦应物

胡马，胡马，远放燕支山下。

跑沙跑雪独嘶，东望西望路迷。

迷路，迷路，边草无穷日暮。

"马、路"重叠两次。再如：

长相思

白居易

汴水流，泗水流，流到瓜州古渡头。吴山点点愁。

思悠悠，恨悠悠，恨到归时方始休。月明人倚楼。

词中两个"流"，两个"悠"。

有几句都押同字韵的。如：

阮郎归

黄庭坚

烹茶留客驻雕鞍，有人愁远山。

别郎容易见郎难，月斜窗外山。

归去后，忆前欢，画屏金博山。

一杯春露莫留残，与郎扶玉山。

该诗八韵，有四韵都为"山"，古人把这种体式称为"独木桥体"。

有四声通押的。如敦煌曲子词：

云谣集·渔歌子

洞房深，空悄悄，虚把身心生寂寞。

待来时，须祈祷，休恋狂花年少。

淡匀妆，周旋妙，只为五陵正渺渺。

胸上雪，从君咬，恐犯千金买笑。

词中"悄、祷、少、妙、渺、咬、笑"的中古音均为去声或上声，只有"莫"是入声。

也有隔句押韵的，例如《卜算子》《好事近》等；同一首词，有的地方可以句句押韵，有的地方又可以隔数句押韵，例如《六州歌头》等。总之，押韵格式极为多样。

（二）从平声韵和仄声韵的使用来看

词韵中同部的上声韵和去声韵可以通押，例如辛弃疾《摸鱼儿·更能消几番风雨》一词中，就是上声"雨、语、舞、土、苦"和去声"去、数、住、路、絮、误、妒、赋、诉、处"通押。有的词平声韵一韵到底，例如《江城子》《浪淘沙》《水调歌头》等。有的词仄声韵一韵到底，例如《摸鱼儿》《贺新郎》《念奴娇》

《满江红》等。有的词同部平仄互押（但互押的位置固定），例如：

西江月

苏轼

照野弥弥浅浪，横空隐隐层霄。

障泥未解玉骢骄，我欲醉眠芳草。

可惜一溪风月，莫教踏碎琼瑶。

解鞍欹枕绿杨桥，杜宇一声春晓。

上、下阕第二、三两句押平声韵，第四句押同部的仄声韵等。

有的词还平仄换（换成不同部的韵，换韵位置也是固定的），例如：

清平乐

黄庭坚

春归何处？寂寞无行路。

若有人知春去处，唤取归来同住。

春无踪迹谁知？除非问取黄鹂。

百啭无人能解，因风飞过蔷薇。

清平乐

毛泽东

天高云淡，望断南飞雁。

不到长城非好汉，屈指行程二万。

六盘山上高峰，红旗漫卷西风。

今日长缨在手，何时缚住苍龙？

上下两阕的第一、二句都押仄声韵，第三、四句都换平声韵。又如：

菩萨蛮·大柏地

赤橙黄绿青蓝紫，谁持彩练当空舞？

> 雨后复斜阳，关山阵阵苍。
>
> 当年鏖战急，弹洞前村壁。
>
> 装点此关山，今朝更好看。

换了"紫舞、阳苍、急壁、山看"四次韵。

前两句为仄韵，换两句平韵，又换两句仄韵，又换两句平韵。总之，平声韵和仄声韵的使用也极为复杂多样。

二、词的句式和平仄

（一）句式

近体诗通篇句式整齐，以五言七言为主，而词则长句短句交错，从一字到十一字不等，如《十六字令》："山，快马加鞭未下鞍，惊回首，离天三尺三。"十一字的如《水调歌头》："不知天上宫阙，今夕是何年？""不应有恨，何事长向别时圆。"

即便是五言七言的句式，停顿变化也较近体诗灵活。如：

① 壮志—饥餐—胡虏肉。　（岳飞《满江红》）

② 笑谈—渴饮—匈奴血。　（岳飞《满江红》）

③ 杨柳岸—晓风—残月。　（柳永《雨霖铃》）

④ 恨—西园—落红—难缀。（苏轼《水龙吟》）

以上只有①②节奏与近体诗相近。总之，词称为长短句，句式、长短不定，节奏也灵活，正表明了它与近体诗的重要区别。词的句式特点是长短不一，最短的一句仅有一字，最长的一句可达十一字。词的平仄安排复杂多样，不过仍以近体诗的五、七言律句和骈体文的四、六句型为基础，其他句型都是由这个基础变化而来的。

1. 一字句

词谱中只有"十六字令"的首句为一字句，限用平声字并且押韵。例如蔡伸

《十六字令》："天，休使圆蟾照客眠。"

2. 一字豆

一字豆是词的句法特点之一。它与一字句不同，并不独立成句，而是句中语气上很短的停顿。其作用在于领句，可领起一句或几句。多使用虚词或动词，大多用去声字。例如王安石《桂枝香》："正－故国晚秋，天气初肃。""叹－门外楼头，悲恨相续。"张孝祥《六州歌头》："念－腰间箭，匣中剑，空埃蠹，竟何成。"萨都剌《满江红》："但－荒烟衰草，乱鸦斜日。"

3. 二字句

一般是平仄，例如李清照的《如梦令》："知否？知否？应是绿肥红瘦。"冯延巳《三台令》："明月，明月，照得离人愁绝。更深影入空床，不道帷屏夜长。长夜，长夜，梦到庭花阴下。"

李珣《河传》："春暮，微雨，送君南浦，愁敛双蛾。落花深处，啼鸟似逐离歌，粉檀珠泪和。"

用平平的也见，例如周邦彦《满庭芳》："年年，如社燕，飘流瀚海，来寄修椽。"

4. 三字句

多用律句的末三字，常见的有仄平平、平仄仄、平平仄。仄平平如"鬓微霜，又何妨"（苏轼《江城子》），平仄仄如"胡未灭"（陆游《诉衷情》），平平仄如"伤漂泊""从军乐"（柳永《满江红》）。

5. 四字句

一般用七言律句的前四字，即平平仄仄，例如"长淮望断"（张孝祥《六州歌头》）；或仄仄平平，例如"怒发冲冠"（岳飞《满江红》）。还有一种是词特有的常见格式，即仄平平仄，例如"大江东去""江山如画""雄姿英发""人生如梦"（苏轼《念奴娇》）。

6. 五字句

五字句除使用五言律句外，常见的拗句有：仄仄仄平仄，例如"起舞弄清影"

（苏轼《水调歌头》）；仄平平仄平，例如"有人楼上愁"（李白《菩萨蛮》）；仄平平平仄，例如"看名王宵猎"（张孝祥《六州歌头》）。

7. 六字句

一般用七言律句的前六字。常见的有仄仄平平仄仄，例如"九地黄流乱注"（张元干《贺新郎》）；或平平仄仄平平，例如"除非问取黄鹂"（黄庭坚《清平乐》）。还有一种是词特有的常见格式，即仄仄仄平平仄，例如"何况落红无数""脉脉此情谁诉"（辛弃疾《摸鱼儿》）。

8. 七字句

七字句一般使用七言律句。

八字句至十一字句都可以看作是由两个上述句式复合而成，每个组成部分的平仄格式大致不超出以上所列句式的范围，就不一一列举了。

（二）词的平仄

词的平仄，这是词谱所严格规定了的，词人只按谱去填即可。如《十六字令》：

谱式	平，〇仄平平仄仄平。平平仄，〇仄仄平平。（〇表示可平可仄）
蔡伸	天，休使圆蟾照客眠。人何在，桂影自婵娟。
毛泽东	山，快马加鞭未下鞍。惊回首，离天三尺三。

由于词的字数、句数多少不等，所以平仄的对立或相粘，不可能像格律诗一样整齐，只是在使用律句的前提下，上句为平起，下句就仄起，反之也一样。相粘，也只是要求上下两句平起或仄起相同，并不要求两句间句式整齐，如：

画堂春（四十六字 双调 平声韵）
秦观

落红铺径水平池，弄晴小雨霏霏。杏园憔悴杜鹃啼，无奈春归。
〇平〇仄仄平平，〇平〇仄平平。〇平〇仄仄平平，〇仄平平。

柳外画楼独上，凭栏手捻花枝。放花无语对斜晖，此恨谁知！

〇仄〇平〇仄，〇平〇仄平平。〇平〇仄仄平平，〇仄平平！

青玉案（六十七字 双调 去声韵）

贺铸

凌波不过横塘路，但目送、芳尘去。

〇平〇仄平平仄，仄〇仄、平平仄。

锦瑟年华谁与度？

〇仄〇平平仄仄？

月桥花院，琐窗朱户，只有春知处。

〇平平仄，〇平平仄，〇仄平平仄。

飞云冉冉蘅皋暮，彩笔新题断肠句。

〇平〇仄平平仄，〇仄〇平仄仄仄。

试问闲情都几许？

〇仄〇平平仄仄？

一川烟草，满城风絮，梅子黄时雨。

〇平平仄，〇平平仄，仄仄平平仄。

虞美人（五十六字 双调 前上声后平声）

李煜

春花秋月何时了？往事知多少。

〇平〇仄平平仄？〇仄平平仄。

小楼昨夜又东风，故国不堪回首月明中。

〇平〇仄仄平平，〇仄〇平〇仄仄平平。

雕栏玉砌应犹在，只是朱颜改。

〇平〇仄平平仄，〇仄平平仄。

问君能有几多愁？恰似一江春水向东流。

〇平〇仄仄平平？〇仄〇平〇仄仄平平。

词是合乐的"曲之词",每一谱调都有律度,所以填词应守平仄四声,以文字的声调与所配乐曲的声调相配,使二者更富音乐性。李清照、姜夔、周邦彦等就特别讲究字声与乐调的配合。李清照曾批评苏轼等人的词作只注重平仄,不注意歌词分五音(喉、齿、牙、舌、唇)、五声(阴、阳、上、去、入)、清浊。

乐谱失传,这方面的讲究较为宽松,但对一些有特别规定的词牌,填词时还得按词谱的要求去处理。万树在《词律·发凡》中说:"夫一调有一调之风度声响,若上去互易,则调不振起,便成落腔。尾句尤为吃紧,如《永遇乐》之'尚能饭否'、《瑞鹤仙》之'又成瘦损'中'尚、又'必仄,'能、成'必平,'饭、瘦'必去,'否、损'必上,如此,然后发调,末二字若用平上,或平去或去去、上上、上去皆为不和。元人周德清论曲有'煞句定格';梦窗论词亦云某调用何音煞。虽其言未详,而其理可悟。"清人王鵕撰《中州音韵辑要》中认为:"音有阴阳,如'东'字之音清而幽,阴声也;'同'字之音浊而沉,阳声也……一调之中阴声多,则激越;阳声多则沉顿;必须相间用之,方能高下适宜。"

这里要强调一下去声在词中的作用。《词律·发凡》中说:"转折跌宕处多用去声……当用去声者非去声则激不起。""转折跌宕处"主要指承上启下的领句或上下相呼应的字。如姜夔的《长亭怨慢》中"树若有情时""第一是早早归来""算空有并刀"的第一字都为去声,而这些地方是音律吃紧处。《词律·发凡》认为:去声"激励劲远,其腔高",所以,只有去声才能振起有力。如毛泽东的词《沁园春·长沙》:"看万山红遍,层林尽染。"《沁园春·雪》:"望长城内外,惟余莽莽。""看、望"领句,显得刚劲有力。

词除了平仄安排复杂多样外,句子的句法结构,即句子的节奏也复杂多样。例如四字句节奏一般是二二,如"怒发-冲冠"(岳飞《满江红》),但也有上一下三的,如"是-离人泪"(苏轼《水龙吟》);或上三下一的,如"心字香-烧"(蒋捷《一剪梅》)。

这里就不一一细说了。

三、词的对仗

词的对仗和律诗相比更为自由，主要表现在以下三个方面：

第一，律诗的对仗是诗律的要求，有固定的位置；词的对仗则一般没有固定的位置，用不用对仗也比较自由。例如：

岳飞	"三十功名尘与土，八千里路云和月"	（对仗）
陈亮	"北向争衡幽愤在，南来遗恨狂酋失"	（对仗）
辛弃疾	"不念英雄江左老，用之可以尊中国"	（没有对仗）
柳永	"几许渔人飞短艇，尽载灯火归村落"	（没有对仗）

虽然如此，但出于修辞的需要和词人们的模仿，词的对仗还是有一定的习惯。一般来说，上下阕开头两句，如果字数相同，大多用对仗；有些词牌除首句外，在一定位置上也常用对仗，例如《满江红》上阕的五、六两句，下阕七、八两句就以对仗为常见，一字豆领起的几句一般也使用对仗。

第二，词既可以使用律诗式的对仗，即平仄相对；也可以使用非律诗式的对仗，即平仄不相对。例如苏轼《浣溪沙》："酒困路长惟欲睡，日高人渴漫思茶。"是律诗式的对仗。陆游《诉衷情》："心在天山，身老沧洲。"则为非律诗式的对仗。

第三，律诗的对仗要避免同字相对，词的对仗则可以同字相对。例如苏轼《水调歌头》："人有悲欢离合，月有阴晴圆缺。"王观《卜算子》："水是眼波横，山是眉峰聚。"等等。宋词的对仗不避重字，但讲究平仄，但不一定平仄相对，何处对仗，也有规定，所以比古诗严格。如：蒋捷《解佩令》："春晴也好，春阴也好……梅花风小，杏花风小。"史达祖《解佩令》："人行花坞，衣沾香雾……相思一度，秋愁一度。"张炎《一剪梅》："春到三分，秋到三分。"

第十讲　宫调、词调与词牌、词谱

一、宫调

宫调也叫"宫音"，词本来是配了音乐供演唱用的。《淮南子·原道训》说："故音者，宫立而五音形矣。"即只要一个曲调的第一级音的高低确定了，其他音的高低也就随之确定了。所以，宫音在乐曲中居于核心地位。中国古代把"宫、商、角、徵、羽"称为五音，按音阶高低排列起来，就形成了一个五音音阶，相当于现在的：

宫≈1、商≈2、角≈3、徵≈5、羽≈6

后来加上"变徵"≈#4、"变宫"≈7

这样五音成了七音，相当于今天的七音了。

作为音级，这七个音只有相对音高，没有绝对音高。也就是说，它们的音高是随着调子而转移的。但是相邻的两音距离却固定不变，因而只要第一级的音高确定了，其他各级的音高也就确定了。由于"宫、商、角、徵、羽"等七音没有绝对的音高，故在实际音乐中，它们的音高就要用"律"来确定。《孟子·离娄上》："师旷之聪，不以六律，不能正五音。"说的就是这个道理。

我们知道，任何乐曲都是由若干个（五至七）基本的音所构成，归纳这些基本的音而组成的音列，称为"调式"。调式中，有一个音一直处于核心地位，称为"主音"，其余各音则倾向并围绕着它，同它构成一定的音程关系。调式所包含的音数量不一，各音同主音构成的音程不尽相同而有多种型式。中国古代的律制，用三分损益法将一个八度分为十二个不完全相等的半音。各律从高到低依次是：（古人为了准确地确定实际音高，用十二个长度不同的竹管，吹出十二个高度不同的标准音，来确定乐音的高低，因此把这十二个标准音称为"十二律"）

① 黄钟　② 大吕　③ 太簇　④ 夹钟　⑤ 姑洗　⑥ 中吕

⑦ 蕤宾　⑧ 林钟　⑨ 夷则　⑩ 南吕　⑪ 无射　⑫ 应钟

又按奇数为阳，偶数为阴的理论，把十二律中的 ① 黄钟、③ 太簇、⑤ 姑洗、⑦ 蕤宾、⑨ 夷则、⑪ 无射称为"阳律"或"六律"；把 ② 大吕、④ 夹钟、⑥ 中吕、⑧ 林钟、⑩ 南吕、⑫ 应钟称为"阴律"或"六吕"。

据研究，这十二律和西方音乐调名相比大致对应如下：

① 黄钟 ≈ C 调　② 大吕 ≈ #C 调　③ 太簇 ≈ D 调　④ 夹钟 ≈ #D 调

⑤ 姑洗 ≈ E 调　⑥ 中吕 ≈ F 调　⑦ 蕤宾 ≈ #F 调　⑧ 林钟 ≈ G 调

⑨ 夷则 ≈ #G 调　⑩ 南吕 ≈ A 调　⑪ 无射 ≈ #A 调　⑫ 应钟 ≈ B 调

也就是说，如把全部音高分为十二台级，则高音有四级，中音有四级，低音有四级。"宫、商、角、变徵、徵、羽、变宫"七音音高相连而各有不同，就可曲尽其妙。说白了，律是定音高的，七音是在此基础范围内求变化的。如：以宫乘十二律叫作"宫"，有 ① 黄钟宫、② 大吕宫、③ 太簇宫、④ 夹钟宫、⑤ 姑洗宫、⑥ 中吕宫、⑦ 蕤宾宫、⑧ 林钟宫、⑨ 夷则宫、⑩ 南吕宫、⑪ 无射宫、⑫ 应钟宫。以"商、角、徵、羽、变徵、变宫"乘十二律就各自为：黄钟商、大吕商、太簇商、夹钟商……，或姑洗角、中吕角、蕤宾角……，或黄钟羽、林钟羽、夷则羽……，或南吕变徵、无射变徵、应钟变徵……

总之，十二律中的任何一个律音都可各自成主音；每宫有七调，十二律乘以七调，能得八十四调。但这只是理论上的，实际应用只有二十八调。宫七调、商七调、角七调、羽七调。到南宋，据张炎《词源》所列，只余七宫十二调，角七调已完全不用。到了元代，北曲只用六宫十一调，最常见的是五宫四调（后为古调名）：

五宫：正宫＝黄钟宫　中吕宫＝夹钟宫　南吕宫＝林钟宫　仙吕宫＝夷则宫　黄钟宫＝无射宫

四调：大石调＝黄钟宫　双调＝夹钟宫　商调＝夷则商　越调＝无射商

宫调与词关系密切，所以古人在选用曲调时特别讲究，甚至在什么季节用什么宫调，什么方位用什么宫调，什么月份用什么宫调，都有一套说法。古人把五音与四季、五方、五色相对应如下：

五音	宫	商	角	徵	羽
五行	木	火	土	金	水
五方	东	南	中	西	北
四季	春	夏	季夏	秋	冬
五色	青	赤	黄	白	黑

现在的词作一般是脱离了宫调后的词谱格式，不顾及宫调，也就与音乐无关了。

二、词调

（一）词调与宫调的关系

现在我们见到的词，本来是配了音乐供演唱用的歌词，每首词的音乐部分便是"词调"，即词调指写词时依据的乐谱。词调有的来自民间音乐，有的来自域外音乐，有的是乐工、歌伎或词人创作的，有的是由当时国家设立的音乐机关制作出来的。每一词调都属某一宫调，即受该宫调制约。如《斗百草》《早梅芳》《黄莺儿》等以正宫（黄钟宫〈C 调〉）为主音，《水龙吟》《兰陵王》《思帝乡》以越调（无射商〈#A 调〉）为主音。

（二）词调的分类

词调指写词时依据的乐谱，即曲调名称。词中有"令""引""近""慢"之分。一般认为"令"词大多字少调短，"引、慢"一般较长。夏承焘认为"令""引""近"

"慢"主要表现在音乐上，在《怎样读唐宋词》中，他说："令可能来自唐代的酒令"，"引本是词体的一种，和歌、谣、操、曲等相同"，"慢是慢曲子的一种"。王易在《词曲史》中认为"近亦曰近拍"，"凡近词皆句短韵密而音长"。鉴于词早已脱离乐谱，区别"令""引""近""慢"也成了疑难。

　　前人曾根据字数的多少把词分为小令、中调和长调三类。一般把五十八字以内的叫小令，五十九字到九十字的叫中调，九十一字以上的叫长调。又根据分段的情况把词分为单调、双调、三叠和四叠四类。不分段的叫单调，分为两段的叫双调，分为三段或四段的叫三叠或四叠。

　　一般来说，词调要符合词的文情，或文情要符合词调的声情，作曲者、演奏者完全可以根据实际需要使词调变长或变短，把短的曲调配以长的文辞，也可把长的曲调配以短的文辞，使文辞在曲调中反复多次，如《阳关三叠》。

　　词以双调最为常见。词的一段叫作一阕或一片。双调的两段分别称为上阕、下阕或上片、下片。同一首词的上阕和下阕一般字数相等或相近，平仄格式相同或稍异。

（三）词的名称的注意事项

　　在词的名称中，首先要注意同调异名和异调同名，如《忆江南》又名《望江南》《江南好》《江南忆》《梦江南》《春去也》《谢秋娘》等；《念奴娇》又名《百字谣》《百字令》《大江东去》《酹江月》《大江西上曲》《壶中天》《淮甸春》《无俗念》《湘月》等，同一个词调有多个名称。《浪淘沙》规定全词五十四字，押平声韵，别名《卖花声》；《谢池春》规定全词六十六字，押仄韵，但《谢池春》的别名也叫《卖花声》，所以《卖花声》这一名称代表了不同的词调。有的名基本相同，但调却截然不同，如《伤春怨》与《伤情怨》、《巫山一段云》与《巫山一片云》、《望仙楼》与《望仙门》、《沁园春》与《花发沁园春》等，都是彼此无关的不同词调。

　　其次，词牌中有《浪淘沙》和《浪淘沙令》、《千秋岁》和《千秋岁引》、《诉衷情》和《诉衷情近》、《西江月》和《西江月慢》，一曲牌加上"令""引""近""慢"

等字样就表示是两种完全不同的词牌。一般而言，加上"引""近""慢"字样的词牌，字数较多。

三、词牌

每个词调都有自己特定的名称，这特定的名称就叫作"词牌"。词牌起初与词的内容相关，《临江仙》与牛希济歌咏"水仙"有关；《巫山一段云》和巫山神女有关；《菩萨蛮》源于"女蛮国入贡"的"菩萨蛮队"；《阮郎归》写刘晨、阮肇入天台山采药遇仙女的故事。不少词牌原本是乐曲的名称，唐玄宗时（开元、天宝年间），有名可记的教坊曲就有三百三十多种，其中一部分后来作为词牌，如《清平乐》《荷叶杯》《万年欢》《浪淘沙》《西江月》《诉衷情》等；有的是乐府诗题，如《乌夜啼》《风入松》《长相思》《玉树后庭花》等；有的取别人诗中的几个字作为词牌，如《醉春风》取自李白诗"丝管醉春风"，《点绛唇》取自江淹诗"明珠点绛唇"，《满庭芳》取自吴融诗"满庭芳草易黄昏"等；有的摘取本词中的几个字作词牌，如《忆秦娥》词中有"秦娥梦断秦楼月"句，《占春芳》是由于创作此词的作者苏轼句中有"红杏了，夭桃尽，独自占春芳"句；有的以地名、人名作为词牌，如《虞美人》《西施》《昭君怨》《兰陵王》《安公子》《祝英台近》《师师令》（北宋词人张先写给名妓李师师的）《扬州慢》《伊川令》《江城子》《汉宫春》《长亭怨慢》《高阳台》《南浦》《渡江云》《八声甘州》《石州慢》《苍梧谣》《西河》《湘江静》；有的是以眼前或周围的景物为题，如《莺啼序》《喜迁莺》《孤雁儿》《燕归梁》《粉蝶儿》《解连环》《锦帐春》《探春慢》《淡黄柳》《柳梢青》《秋霁》《月下笛》《珍珠帘》《夜合花》《玉漏迟》《秋波媚》《眼儿媚》《醉落魄》等。

不少词牌有好几个不同的名称。如《念奴娇》，据《碧鸡漫志》："元微之〈连昌宫词〉自注云：'念奴天宝中名倡，善歌。'〈开元天宝逸事〉：'念奴有色善歌，宫伎中第一。帝尝曰：'此女眼色媚人'又云：'念奴每执板当席，声出朝霞之上。'"该词牌又有《大江东去》（苏轼词有"大江东去"）、《大江西上曲》（戴复古词有"大江西去"）、《太平欢》（姚述尧词有"太平无事，欢娱时节"）、《千秋岁》《古梅曲》《百字令》《湘月》《寿南枝》《壶中天》《酹江月》等名目。

也有很多词牌来历不明（这种情况与青海花儿一样，花儿也有很多名称，名称不同，节奏、音调的高低也相应不同）。也有一些词牌原来就是词的题目，如《采桑子》是采桑时唱的或歌咏采桑叶的，《渔歌子》就是咏渔父生活的，《摸鱼儿》是描写抓鱼的，《忆江南》就是写对江南的回忆，但是后人所写的《渔歌子》《忆江南》内容就跟渔父、江南无关了。这样一来，绝大多数的词牌都与词的内容无关，因此作者往往在词牌下面另外标出词题。例如陆游《卜算子·咏梅》《鹊桥仙·夜闻杜鹃》。也有的在词牌下作一小序，例如苏轼有一首《水调歌头》即在词牌下作一小序："丙辰中秋，欢饮达旦，大醉，作此篇，兼怀子由。"

词在没与音乐分离之前，词人填词先要选择词牌，称为"选调"，即某一类词牌只适宜表现某种内容，不宜混用。一般来说，正宫表惆怅雄壮；角调表呜咽悠扬；宫调表典雅沉重；南吕宫表感叹悲伤；商调表凄怆怨慕；道宫表飘逸清幽；黄钟宫表富贵缠绵……如《六州歌头》，从调名我们可知大概来自唐代的西北边地（六州为凉州、甘州、渭州、伊州、石州、氐州）。宋人程大昌《演繁露·卷十六》说："《六州歌头》本鼓吹曲也。近世好事者传其声为吊古词……音调悲壮。"贺铸的《六州歌头》是较早的作品，全首三十九句，其中二十二句为三言，最长也不过五言。三十四句押韵，又以东、董、冻平上去通叶。字句短、韵位密、字声洪亮。作者以这种繁音促节、高亢激昂之声写自己豪纵奔放的壮怀侠气，文情与声情完全一致。我们从歌词的内容、句度、语调、叶韵等方面，完全可以肯定它是"音调悲壮"的曲。后来张孝祥、刘过、汪元量等人填作此调或吊古，或抒情，音调都是慷慨悲凉的。与《六州歌头》相近的词调如《满江红》《水龙吟》《永遇乐》，都适于表达慷慨激昂的情感；写缠绵悱恻之情用《木兰花慢》等和谐婉转的词调；表现友情的常用词调有《桃源忆故人》《长相思》等。与音乐分离后，词牌和词的内容也逐渐失去联系，当然，如《满江红》一类词牌，一直抒发悲壮情感，用来庆贺的词也不能用《凄凉犯》《惜分飞》等词调。另外，选词牌要注意词牌包含的内容范围。如《千秋岁》与《寿楼春》往往用作悼词，不能因其有"千秋""寿春"的字样而用作祝寿词；《贺新郎》是用于表达慷慨激昂的思想情感的，与"燕尔新婚"风马牛不相及。如一见"新郎"二字，就将其当作庆贺新婚的词调就错了。又如《南乡子》多写南国风物，《暗香》《疏影》一般写梅花……

辨别词调的声情，我们可采用两种方式：一是按字句的声韵进行揣度。一般来说，韵的位置疏密均匀的，声情必然较和平宽缓；用韵过疏过密的，声情不是迟缓，就是急促；多用三、五、七言句法相间的，声情较舒畅；多用六字、六字句排偶的，声情较稳重；字声平仄相间均匀的，情感必安详；多作拗句的，情感必沉郁刚劲。二是根据作家流派和所处的时代分辨。豪放派词人，其作品多飘逸豪放；婉约派则清婉绚丽。以辛弃疾为例，现存二百二十六首词中，其中《水调歌头》三十五首、《满江红》三十二首、《贺新郎》二十二首、《念奴娇》十九首，共占全词的 48%，这些词调适宜表达慷慨悲壮、雄浑豪放的情感。这与词人所处的时代及性格密切相关。李清照被称为"婉约宗主"，南渡前后词风截然有别，前期多写闺情相思，反映对大自然的热爱和对爱情的追求，明快艳丽；后期更多地写国破家亡的离乱生活，感慨悲凉。

四、词谱

词谱原指词的乐谱，后来词的乐谱逐渐亡佚，就出现了今天的词谱。词的乐谱的亡佚，原因至今结论不一，主要的观点是：一是我国古代把音乐或声韵称为"口耳之学"，强调面传口授，记谱表音的方法均欠科学，这样，年代久远，加上战乱，传授者少，就逐渐消亡了。如宋姜夔（白石）深晓音律，他的自度曲十七首，都旁注工尺谱，这是现在所能见到的唯一完整的宋词乐谱。但姜谱是一字一音，不符合协乐的实际，因为乐谱与歌词相配，一字一音是不能唱的。再说，姜谱无拍号，同样不能歌。另外，该谱是否就是真迹，也是有疑问的。二是原先词的乐谱一部分转成曲的乐谱。曲一兴起，一些词的乐谱就逐渐淡出，被人遗忘了。据统计，曲调与词调同名的有七十五调，占现存曲调的四分之一。据有人考察，同名的词曲调，有的字句平仄相同，有的只是同名，但字句平仄互不相干，后者可能是演变所致。总之，词的乐谱的消亡大约在十五世纪末，代之以今天见到的"按格填词"的词谱。

现今的词谱是指各种词牌在字句、平仄、用韵等方面的特定格式。它是从前人所创作的词中概括出来的。作词必须严格按照词谱填写，不能随意出格。最早的词谱是明人张𫄱的《诗余图谱》，分列词调，旁注平仄，用白圈表示平声，黑圈表示仄声，半白半黑表示可平可仄，但错漏较多。后来比较通行的两种词谱都是清代编成的，一种是万树的《词律》，共收八百二十五调，一千六百七十体；另一种是王奕清等人奉康熙皇帝之命所编的《钦定词谱》，共收八百二十六调，两千三百零六体，仍用黑白圈表示平仄，又在调下注明调名来源，句法异同，使词谱趋于完备。现今流行的是《白香词谱》，收常用词调一百个，精简、实用而便于初学。王力先生的《汉语诗律学·词谱举例》收两百零六调，龙榆生的《唐宋词格律》收一百五十余调，是重要的参考书。

第十一讲　词律余说

前文介绍的是有关词律的基本情况，除此而外，还有一些。

一、"摊破""减字""偷声""促拍"

词牌中有"摊破""减字""偷声""促拍"等称谓，增加字数叫"摊"，把一句破成两句叫"破"，如：

浣溪沙
苏轼

山下兰芽短浸溪，松间沙路净无泥。萧萧暮雨子规啼。

谁道人生无再少？门前流水尚能西！休将白发唱黄鸡。

《浣溪沙》本来是四十二个字，而敦煌无名氏的《摊破浣溪沙》成了四十八个字：

五里竿头风欲平，长帆举棹觉船行。

柔橹不施停却棹，是船行。

满眼风波多闪灼，看山恰似走来迎。

子细看山山不动，是船行。

即把上下片末一句（七字）的后边各加上三个字，使之变为两句。

"减字"和"偷声"差不多，都是稍稍改变原词调的句法和字数，如：

木兰花
温庭筠

家临长信往来道，乳燕双双拂烟草。

油壁车轻金犊肥，流苏帐晓春鸡早。

笼中娇鸟暖犹睡，帘外落花闲不扫。

衰桃一树近前池，似惜容颜镜中老。

该调八句七言，两仄韵体。

偷声木兰花
张先

雪笼琼苑梅花瘦，外院重扉联宝兽。

海月新生，上得高楼无奈情。

帘波不动凝釭小，今夜夜长争得晓。

欲梦高唐，只恐觉来添断肠。

减字木兰花
吕本中

去年今夜，同醉月明花树下。

此夜江边，月暗长堤柳暗船。

故人何处？带我离愁江外去。

来岁花前，又是今年忆昔年。

可以看出，"偷声"与"减字"相似，是由乐曲的变动而减少了原调的字数，从而使声腔改换，变成了新调。

"促拍"跟"减字、偷声"相反，是增加字数。主要在于乐曲为适应词的字数的增多而使节拍加快，以便奏完。加快节拍的目的有二：一是为表达情感上的急剧变化；二是为在某一节拍中唱完或奏完较多的词句。为此，加快节拍是完全必要的。如《采桑子》为四十四字，而《促拍采桑子》就有五十字和六十二字两种。例如：

丑奴儿
辛弃疾

少年不识愁滋味，爱上层楼。爱上层楼，为赋新词强说愁。

而今识尽愁滋味，欲说还休。欲说还休，却道天凉好个秋。

转调丑奴儿
黄庭坚

得意许多时。

长醉赏、月影花枝。

暴风狂雨年年有，金笼锁定，莺雏燕友，不被鸡欺。

红旆转逶迤。

悔无计、千里追随。

再来应绾泸南印，而今目下，怎向日永春迟。

两相比较，《促拍丑奴儿》增加了十八个字，即每阕增加了九字，并把原来的每阕第三句的韵位移到了第六句句尾。由此可知，要在《丑奴儿》的曲调中唱完比原来多增加的十八字，只有加快节拍了。

二、转调

词的转调，与今天西洋乐中的"转调"不同，而是增损旧腔，转入新调。《词谱》中说："转调者，摊破句法，添入衬字，转换宫调，自成新声。"转调后，与原来的词调相比有所变化。如曹勋和周邦彦都有《选冠子》词，曹勋词别名《转调选冠子》，一百一十三字，周词则一百一十一字。也有转调后用韵不同的，如《贺圣朝》本押仄韵，《转调贺圣朝》则押平声韵，《满庭芳》本押平声韵，《转调满庭芳》则押仄声。《转调蝶恋花》与《蝶恋花》字句全同，只是上片第四句和换头处两字平仄不同。这种曲调相似，只是字数、句数、韵位大有差异的情况，大约是该调的变体，如《临江仙》，据《钦定词谱》有十一种异体；《洞仙歌》，在《钦定词谱》中多达四十种异体。这种情况如同青海花儿，某一个令在唱的过程中，将原曲调加以增减，以适合自己情感表达的需要，逐渐与原调拉大了距离，从而派生出新的调令。

三、犯调

姜夔《凄凉犯序》说："凡曲言犯者，谓以宫犯商，商犯宫之类。"大概等于今天的转调。词曲全篇的最后一个字，一般是该曲调的基音，也是该调中最重要的音符，考察某调属于何调，煞尾是个大标记。煞尾相同的调子才可以相犯（相串换）。如吴文英注自度曲《玉京谣》与《古香慢》相犯曰："夷则商犯无射宫。"夷则商和无射宫均以"下凡"为煞声，因而可以相犯。也就是说，两调相转，必须两调的基本音相似。

犯调是古人创制新词调的方法之一，如：

江月晃重山

陆游

芳草洲前道路，夕阳楼上阑干。

碧云何处望归鞍？

从军客，耽乐不思还。

洞里神仙种玉，江边骚客滋兰。

鸳鸯沙暖鹡鸰寒。

菱花晚，不奈鬓毛斑。

每阕前三句与《西江月》前三句相似（相犯），后二句与《小重山》后二句相似（相犯）。

由于词是用来唱的，往往字数、句数甚至韵位都相同的词，可能属于不同的曲调，当然这时词牌肯定不同了。如：《捣练子》（子，曲也）、《赤枣子》《解红》，其字数、句数、韵位都相同，但属于不同的曲调，如：

捣练子

和煜

深院静，小庭空，断续寒砧断续风。

无奈夜长人不寐，数声和月到帘栊。

赤枣子

欧阳炯

夜悄悄，烛荧荧，金炉香尽酒初醒。

春睡起来回雪面，含羞不语倚云屏。

解红

和凝

百戏罢，五音清，解红一曲新教成。

两个瑶池小仙子，此时夺却柘枝名。

以上三首词均为五句，头两句各三字，后三句各七字，共二十七字，但曲调不同，词牌不同。

四、过变与换头

词大部分为双调，也叫"两片""两阕"。碰上双调，如果词的后段首句的字数与前段的首句不同，就叫"换头"。

"过变"指由上段向下段的过渡、转变，主要指意义上的衔接。如：

浪淘沙

李煜

帘外雨潺潺，春意阑珊。

罗衾不耐五更寒。

梦里不知身是客，一晌贪欢。

独自莫凭栏，无限江山。

别时容易见时难。

流水落花春去也，天上人间。

虽然分为上下两片，但上下片的关系极密切。宋人张炎在《词源》中说："过片不可断了曲意，须要承上启下。"这里的"过片"又称"过变"，指的就是下片的首句。

五、和韵与限韵

和韵：诗人、词人在一唱一和诗词时，和诗之人用首倡者所写诗词的"原韵"，一般也称为"次韵"或"步其原韵"。分为三种：①照原诗的字韵顺序，即"步韵"。②用被和诗的韵字，但顺序可以打乱，也叫"用韵"。③用被和诗韵字同韵部的字，也叫"依韵"。

限韵：限定所作诗词的韵字。也分为三种：①限韵不限字，只要是同一韵部的字都可使用。②限韵又限字，可以限一两个字，别的字自由选用所限韵部的字。③将全诗、词用的韵字都限定出来，但顺序可自由安排。几个人一起作诗时，预先定好韵、字，然后依次按所定韵、字作诗。如《红楼梦》中第三十七回"秋爽斋偶结海棠社，蘅芜苑夜拟菊花题"。

众人推李纨为社长，李纨以白海棠为题，让二姑娘迎春"菱洲"限韵，四姑娘惜春"藕榭"誊录监场。迎春先从书架上抽出一本书，是本诗集，随手一翻，是一首七言律，递与众人看了，都该作七言律。又向一个小丫头道："你随口说个字来。"那丫头正倚门站着，便说了个"门"字。迎春笑道："就是'门'字韵。'十三元了'（《佩文诗韵》中'元'为平声十三）。起头一个韵定要'门'字。"又命那丫头随手拿了韵牌匣子里的四块字牌"盆、魂、痕、昏"，按序作诗。

咏白海棠

探春的是:

斜阳寒草带重门,苔翠盈铺雨后盆。

玉是精神难比洁,雪为肌骨易销魂。

芳心一点娇无力,倩影三更月有痕。

莫道缟仙能羽化,多情伴我咏黄昏。

宝钗的是:

珍重芳姿昼掩门,自携手瓮灌苔盆。

胭脂洗出秋阶影,冰雪招来露砌魂。

淡极始知花更艳,愁多焉得玉无痕?

欲偿白帝宜清洁,不语婷婷日又昏。

宝玉的是:

秋容浅淡映重门,七节攒成雪满盆。

出浴太真冰作影,捧心西子玉为魂。

晓风不散愁千点,宿雨还添泪一痕。

独倚画栏如有意,清砧怨笛送黄昏。

黛玉的是:

半卷湘帘半掩门,碾冰为土玉为盆。

偷来梨蕊三分白,借得梅花一缕魂。

月窟仙人缝缟袂,秋闺怨女拭啼痕。

娇羞默默同谁诉?倦倚西风夜已昏。

至于"口号""口占",是说这类诗是未经起草随口吟成。一方面有谦虚的意思,也表现了作者即兴作诗的才能。

第十二讲　词章构思撮要

词脱胎于诗，由于要紧密配合音乐，所以在写作中很有自己的特色。本讲概要介绍填词时开头、过片和结尾的常见写法，以便我们抓住填词的核心。

一、开头

宋词中常见的开头有造势、造境、造思几种。

（一）开门见山，直抒胸臆

一起句就道出词的主旨或概括全词的内容。开门见山，直陈胸臆，如悬崖飞瀑，一泻而下。这种写法在指陈时事、言志咏怀时常用。如：柳永的《望海潮》"东南形胜，三吴都会，钱塘自古繁华。"像散文一样直陈而出，粗笔勾勒了全词所写对象的轮廓。接着，镜头由远而近，写全景、写江湖、写市廛、写西湖、写游客，就都有了一条贯穿的主线，使读者欲罢不能。中间加上精描细画，如"烟柳画桥，风帘翠幕""三秋桂子，十里荷花"，使粗细相映，韵味十分丰厚。

有时开头虽用平常词句，组织起来却显得奇特豪迈。如刘过《沁园春·寄稼轩承旨》"斗酒彘肩，风雨渡江，岂不快哉！"使人一开头就像听到了词人的朗笑，摸到了词人的脾性。接着，笔锋陡转，凭空请出白居易等三位历史人物，传声肖形，借古人之言，表自己之志。如没有开门见山的起句，后文就显得平淡了。

（二）由景生情，依景叙事

先造出一个切合主题的环境，由景生情，依景叙事，带出词的主题部分。张志和的《渔歌子》，一起手先画出一幅春江秀丽和平、自由恬静的风景画——山前飞着白鹭，水底游着鳜鱼。这样的开头，给下文以渔夫自况的作者出场造出了一个典型的环境，作者也用这环境寄寓自己要求超脱现实的思想情感。

写景是为了抒情，如范仲淹的《苏幕遮》写的是羁旅思亲，以"碧云天，黄叶地；秋色连波，波上寒烟翠"开头，非常洗练地描绘出一个寂寞、凋零的深秋景象，使人一看，就产生羁旅难熬、心情惆怅的感觉。而辛弃疾的《水龙吟》开头是"楚天千里清秋，水随天去秋无际"，一幅广阔的江南秋景，给我们的感觉是阔大苍郁，而不是凄凉孤寂，这种境界切合作者的宽阔胸怀，可更好地包容作者在词中寄寓的壮志难酬的激愤。

（三）设问点题，造成悬念

先设问，点出题意或造成悬念，使人急于想看下去，然后用答语引出词的主题。明退暗进，犹如引弓发丸。如：

庭院深深深几许？杨柳堆烟，帘幕重无数。　　（欧阳修《蝶恋花》）

庭院深深深几许？云窗雾阁常扃。　　（李清照《临江仙》）

这种问，似问非问。因为答案已隐含其中，这就是"庭院深深，烦恼无尽"，因而下文都不正面作答，而用憔悴、凋零写出相思、怅恨，用烟柳、雾阁象征深院浓愁，意境比直陈要深沉得多。这是用来表达细腻情感的。表达豪迈情感的也可用此手法。如：

三十三年，今谁存者？算只君与长江。　　（苏轼《满庭芳》）

问语平常，答语却出人意外，一问一答，情深、豪迈，所谓"健句入词，更奇峰特起"（清郑文焯语）。

何人半夜推山去？四面浮云猜是汝。 （辛弃疾《玉楼春·戏赋云山》）

出语奇特，答语故意含混，使人仿佛面对云峰，有神奇怪异变幻莫测之感。

二、过片

词除小令外，大多分两片或多片。各片之间表达同一主题的两个或多个层次。过片就是在两片过渡时，不可断了曲意，要承上接下，衔接紧密，自然又要出新意。沈义父《乐府指迷》说："若才高者方能发起新意，然不可太野，走了原意。"常见的过法如下。

（一）笔意不断，上下紧连

如：

菩萨蛮·书江西造口壁
辛弃疾

郁孤台下清江水，中间多少行人泪。

西北望长安，可怜无数山。

青山遮不住，毕竟东流去。

江晚正愁余，山深闻鹧鸪。

诗人低头看着那郁孤台下的江水。由于金兵大举南下，流离逃亡的人民经过郁孤台下的赣江，禁不住呜咽落泪。但诗人一不说自己落泪，二不说行人落泪，而说江水"中间多少行人泪"！不仅写出了诗人的郁郁落寞和丧乱人民的悲苦，且手法超脱、空灵。然后写举头北望故都，丛山苍茫遮断了关切的目光，长安是望不到了，出现在眼前的是重重叠叠、连绵不尽的青山。大好的河山，沦于敌手，收复中原，多么渺茫啊！上片就结束在"山"字上。

接着，下片又从"山"说起，"青山遮不住，毕竟东流去。"由青山又回到江水，这两"山"的过片，衔接得紧凑而又节奏分明。青山能遮断行人的望眼，却阻挡不住江水的东流。即民族的抗敌意志是不可阻挡的，就像滚滚的赣江水一样会冲破阻力取得胜利。但岁月无情，收复祖国山河的夙愿什么时候才能实现呢？——这时，从深山里传来一阵阵鹧鸪的啼叫，"行不得也哥哥！行不得也哥哥！"自己的愿望与当朝的统治者的意志相矛盾，怎能不使人担心那一声声的啼叫？这里诗人惊悸不安、忧心忡忡的复杂心情交织在一起。作者拥情入景，给人以悲愤且雄壮之感。

（二）正反对照，异峰突起

乍看上去，好像上下片说的是两件事，但仔细一看，发现整个的意境、感情、气脉是完整贯通的。如：

临江仙·都城元夕

毛滂

闻道长安灯夜好，雕轮宝马如云。

蓬莱清浅对觚棱。

玉皇开碧落，银界失黄昏。

谁见江南憔悴客，端忧懒步芳尘。

小屏风畔冷香凝。

酒浓春入梦，窗破月寻人。

该词上片写汴京元宵佳节的盛况。元宵之夜，观灯的贵人们乘着华丽的马车，像云彩般地追逐、来往，热闹非常。"蓬莱清浅对觚棱。玉皇开碧落，银界失黄昏。"是以天庭盛况喻汴京城皇宫大摆酒宴，庆祝节日，皇帝正欢度佳节，宫殿里灯火辉煌，街上的万千灯火把夜晚照得如同白昼。

下片写作者元宵夜的悲凉心情。"谁见江南憔悴客，端忧懒步芳尘。"谁知道江南某地旅店里的我，生计艰难，情怀落拓，心情悲惨，懒得有闲情雅兴去观灯。想象家中的妻子正在伤心落泪，泪水凝住了脸上的香粉。怎样才能和亲人团聚呢？"酒浓春入梦，窗破月寻人。"只有借酒浇愁，让自己在睡梦中与亲人相会。词人躺在床上，月光从破窗中照进来，好像是找他来了。

下片笔锋突转，情绪陡落千丈，自己的郁闷、寂寞、思念之苦与上片的热闹、繁华、欢乐形成了鲜明的对照。好像上、下片没有连贯，但实际上整个的意境、感情、气脉是完整贯通的。因为上片领字是"闻道"，这就把描绘汴京元宵夜盛况的景象统统虚化了。通过虚的，衬托自己的实，虚实对照，景中有情。

（三）感今追昔，文义并列

以过片为桥，承上启下，使上下连成一气。如：

破阵子
李煜

四十年来家国，三千里地山河。

凤阁龙楼连霄汉，玉树琼枝作烟萝，几曾识干戈。

一旦归为臣虏，沈腰潘鬓消磨。

最是仓皇辞庙日，教坊犹奏别离歌，垂泪对宫娥。

上片追念昔日的帝王生活，下片哀诉今天作为囚虏的凄凉处境，一正一反，一今一昔，对比鲜明。上片"几曾识干戈"，以过去不知干戈为何物作结。下片"一旦归为臣虏"以突然间做了敌人干戈下的囚虏起首，互相呼应，连得又紧，转得又急，自然亲切，感人至深。

再看：

采桑子
吕本中

恨君不似江楼月，南北东西。

南北东西，只有相随无别离。

> 恨君却似江楼月,暂满还亏。
> 暂满还亏,待得团圆是几时?

没有明显的过渡句子,以上下片格式上的重复,一正一反,实现了上下片的联系与区别。

(四)上问下答,上下呼应

渔家傲

李清照

> 天接云涛连晓雾,星河欲转千帆舞。
> 仿佛梦魂归帝所。
> 闻天语,殷勤问我归何处?
> 我报路长嗟日暮,学诗谩有惊人句。
> 九万里风鹏正举。
> 风休住,蓬舟吹取三山去!

整首是写梦境,拂晓时海上"天接云涛"写大海的雄浑、阔大、苍茫;"星河欲转千帆舞"时近拂晓,巨大的风浪使千帆摇晃、动荡,像舞蹈一样。"仿佛梦魂归帝所。闻天语,殷勤问我归何处?"我原来就是天帝处来的人,现在又回到了天帝的处所,天帝殷勤地问我去哪里?上片以天帝殷勤提问作结。

下片加以回答"我报路长嗟日暮,学诗谩有惊人句。"我说人间不自由,纵使学诗有惊人之句,也"路长日暮"。"九万里风鹏正举。风休住,蓬舟吹取三山去!"看大鹏已高翔于九万里风之上;大风啊,不住地吹吧,把我的帆船送到蓬莱三岛去吧!

在一问一答中,把自己要求解脱烦闷、渴望自由、追求光明的心境表述得淋漓尽致,而将这些思想寄托于虚无缥缈的神仙境地,想象丰富,境界阔大,很有气魄。

（五）独辟蹊径

木兰花慢

辛弃疾

可怜今夕月，向何处、去悠悠？

是别有人间，那边才见，光影东头？

是天外空汗漫，但长风浩浩送中秋？

飞镜无根谁系？嫦娥不嫁谁留？

谓经海底问无由，恍惚使人愁。

怕万里长鲸，纵横触破，玉殿琼楼。

蛤蟆故堪浴水，问云何玉兔解沉浮？

若道都齐无恙，云何渐渐如钩？

作者在词的小序中说："中秋饮酒，将旦，客谓前人诗词，有赋待月，无送月者，因用《天问》体赋。"仅就"送月"来说，就与前人不同。但怎么个送法呢？辛弃疾送得出人意表，妙趣横生。作者与一般写悲欢离合的人不同，他不思乡、不怀人、不吊古，而是紧紧抓住黎明前的刹那间，像屈原一样，驰骋想象，连珠炮一样对月发出一个个疑问，把有关月亮的一些优美的神话传说和生动比喻交织成一幅形象完美的绚丽图画，给人以极大的艺术享受。那圆如明镜的中秋之月，飞峙中天而不坠，难道是谁把它系住了吗？可又系在哪里？如何系法呢？那月宫中的嫦娥久寡不嫁，是谁把她留住了呢？浩瀚的大海波涛汹涌，鲸吞鱼跃，那月宫中的玉殿琼楼不会被横冲直撞的万里长鲸触破撞倒吗？月从海底经过，会水的蛤蟆是不用担心的，但那不识水性的玉兔怎么能安然通过呢？

这首词在做法上，打破了词的分片定格，把上下片的界限完全混淆，过片不变，文义不断，读起来一气贯注，势如破竹，气势磅礴。开头就月亮的运行即景发问，中间穿插有关月亮的许多神话传说，就想象发问，最后"若道都齐无恙，云何渐渐如钩？"总束全词，疏而不漏，戛然而止，发人深思。作者在词中一系列的疑问，从深层看，表现了对国事与时局的忧虑。以皎洁的圆月象征大宋江山，"怕万里长鲸，纵横触破，玉殿琼楼。"表现了对猖獗的邪恶势力的憎恶。"若道都齐无恙，云何渐渐如钩？"更表现了作者对南宋朝廷命运和前途的深深忧虑。送月而寄托深远，实为咏物词中的上品。

三、结尾

词的结尾很要紧，它往往是点睛之笔。尾句既要收住全文，又要发人深思，留有余味。所以词人非常重视，尤其在句法音韵上非常下功夫。姜夔说："一篇全在句尾，如截奔马。"古人结尾的方式主要有以下几种。

（一）点明主题

如：

水龙吟·次韵章质夫扬花词
苏轼

似花还似非花，也无人惜从教坠。

抛家傍路，思量却是、无情有思。

萦损柔肠，困酣娇眼，欲开还闭。

梦随风万里，寻郎去处，又还被莺呼起。

不恨此花飞尽，恨西园、落红难缀。

晓来雨过，遗踪何在？一池萍碎。

春色三分，二分尘土，一分流水。

细看来，不是杨花，点点是离人泪。

咏物而被物象所束缚，就会死板。要栩栩如生，一是要对物象准确捕捉，二是在这个基础上注入作者的精神血肉。没有前者，后者就会架空，没有后者，前者就无活力。

柳絮虽"似花还似非花"，但作者赋予它拥有自己的情思，"萦损柔肠，困酣娇眼，欲开还闭。"索性进一步将杨花人格化，想象她是一位闺中少妇，在暮色中，因思念远人而柔肠萦结，因天气的倦人而娇眼欲开还闭。这是为了在吃紧处紧扣题目，但为何"困酣娇眼，欲开还闭"不大好领会。"梦随风万里，寻郎去处，又还被莺呼起"，这位少妇如今正在入梦，梦见自己去找夫婿，不料还在中途，就被可厌的黄莺儿吵醒了。不恨此花飞尽，但此花飞尽，说明春光已逝，西园里的繁花纷纷飘零，使人可惜。漫天飞舞的杨花，只下了一场雨，便一下子消失干净。曾听人说"柳絮入水化为萍"，这许多细碎的浮萍是它们留下的唯一踪影吗？如柳絮可代表春天，看来，春天的气息三分之二已经变成尘土，剩下三分之一又变成流水，一去不回了。

需要把握的是，该词全篇以杨花比离人，写得非常细腻缠绵，处处写花，但始终未出"离人"二字，直到结尾说被风雨击落的杨花化成了尘土，融入了流水以后，才笔锋一转，点破主旨。"细看来，不是杨花，点点是离人泪"回应上文闺中少妇，只有思妇和游子的眼泪，才如此纷纷扬扬，无穷无尽，无所不在，漫天盖地，葬送了大好春光。这里，诗人以强烈的夸张、浓烈的感情，把全篇收束得异常饱满。

（二）词尽意不尽

青玉案

贺铸

凌波不过横塘路，但目送、芳尘去。

锦瑟华年谁与度？

月桥花院，琐窗朱户，只有春知处。

飞云冉冉蘅皋暮，彩笔新题断肠句。

试问闲情都几许？

一川烟草，满城风絮，梅子黄时雨。

作者一开头就写佳人不能至，自己只有"目送"佳人来去的"芳尘"而又不能往，无端间阻，情愫难通。对佳人的一往情深和无限盼想只能深藏心中。然后推想佳人的寂寞孤独，年华虚度，贻误青春。以至云深日暮，犹伫望凝想。而伫望凝想的所在"蘅皋"，又是先前相会、分手之处，景物如昔，伊人已杳，伤心断肠，悲苦不胜。最后写自己"试问闲愁都几许？一川烟草，满城风絮，梅子黄时雨。"词人通过具有地区、季节特征的烟草、风絮、梅雨，形象地描绘出江南暮春的烟雨图，景物是迷蒙的，色调是灰暗的，恰好表现了身处其中的失意的恋人伫望凝想、充满"闲愁"的凄苦内心。使用连珠譬喻，"烟草"连天，表闲愁无处不在；"风絮"癫狂，表闲愁纷繁杂乱；"梅雨"连绵，表闲愁难以穷尽。抽象的闲愁，被写得如此丰富、生动、形象、真切，意味深长，使人回味无穷。柳永的《雨霖铃·寒蝉凄切》最后以深情的问句"便纵有千种风情，更与何人说？"作结，余意深远。也是词尽意不尽的典型例子。

总之，一首好词，开头、过片、结尾是一个整体，要全面把握，仔细地去品味，才能知道关键，领会妙处。

第十三讲　诗词的句法、字法

诗歌都要押韵，句式比较整齐，语言比较洗练。所以诗歌的句式和散文总有不同。如：

（1）《诗经·頍弁》："岂伊异人，兄弟匪他。"

（2）《诗经·女曰鸡鸣》："将翱将翔，弋凫与雁。"

（3）《诗经·东山》："制彼裳衣，勿士行枚。"

例一在散文中应表达为"岂伊异人，兄弟也，非他人也。"因为要凑成四个字的音节，就成了"兄弟非他"。例二是把连绵字"翱翔"拆开了，这在散文中是不容许的。类似的如：曹操《短歌行》："慨当以慷，忧思难忘。"例三是为了押韵，把"衣裳"颠倒，说成"裳衣"，这在散文中也是不容许的。

反之，散文中的一些句子，与诗句也有区别。如：《左传·鞌之战》"故不能推车而及""如华泉取饮"，司马迁《报任安书》"然此可为智者道，难为俗人言也""士有此五者，然后可以托于世，列于君子之林矣""所从来远矣"，再如：《黔之驴》"有好事者船载以入"，《刻舟求剑》"是吾剑之所从坠"等。以上句子大多虽是七言或五言，但和五七言诗句不一样（连用连词、语气词等），这些都使它们不像诗句。

但是，就总体来说，古诗的句式和散文的差别不太大。在近体诗中，情况就不一样了。例如李商隐《安定城楼》："永忆江湖归白发，欲回天地入扁舟。"该句照散文句式去读，就读不通。所以了解近体诗的特有句式，对于阅读理解近体诗是十分必要的。近体诗为什么会有一些特殊句式呢？这与它每句字数、句数都有严格限定，并要求平仄、对仗、押韵等密切相关。近体诗的句法特点主要表现在活用、错位、省略、紧缩、借代等方面。

一、活用

词类的活用在古代散文和古诗中都有，但在近体诗中用得更多，因为词类活用往往可以用一个词同时表达出动作和动作的对象、动作和动作的结果、动作和感受等，不但使句子精练，而且使句子生动。如：

子能渠细石，吾亦沼清泉。　　（杜甫《自瀼西荆扉且移居东屯茅屋四首》）

这里"渠""沼"是名词用作动词。两句的意思是：你在细石上开水渠，我使清泉流蓄成池沼。"渠"有"开凿水渠"之义。"沼"表"流蓄成池沼"之义。

槛外低秦岭，窗中小渭川。　　（岑参《登总持阁》）

这两句写的是登高远望的感觉。登上总持阁向下望，看见渭水也显得小了，槛外的秦岭也显得低了。"低""小"是形容词的意动用法，兼表了登高远望的感受。

涧花轻粉色，山月少灯光。　　（王维《从岐王夜宴卫家山池应教》）

这两句写山涧别墅的夜景，"轻""少"是形容词的使动，两句是说"山涧中的野花艳丽多姿，使歌伎的粉黛之色也显得微不足道了。山中的明月亮极了，使宅中的灯光显得不怎么明亮"。

返照入江翻石壁，归云拥树失山村。　　（杜甫《返照》）

意即：夕阳返照在江中，使石壁倒映在水中；暮云在树间萦绕，使山村消失在云雾中。这里的"翻""失"都用作使动，精练而形象地描绘出了傍晚时江村的景象。

春风又绿江南岸，明月何时照我还。 （王安石《泊船瓜洲》）

其中的"绿"字，形象地写出了春风吹拂、大地逐渐变绿的景象。一个字兼表了动作和动作的结果，形象感人。

这种活用在诗中往往被人称为诗眼，一般经过作者的多次修改后才确定下来。洪迈《容斋随笔》卷八记载他曾见到王安石的诗稿，此处最初为"到"，后改为"过"，又圈去"过"改为"入"，随即又改为"满"，这样改了多次，最后才定为"绿"。我们读时，对这些字要细心体会，不要辜负了诗人的苦心。

云霞出海曙，梅柳渡江春。 （杜审言《和晋陵陆丞早春游望》）

晋陵即今常州，位于长江南岸，近海。"出"海的是"云霞"呢，还是"曙"色？可以都是。"渡"江的是"梅柳"呢？还是"春"光？俞陛云《诗镜浅说》云："春光自江南而北，用'渡'字尤精确。"仿佛"渡"字只属春；但仔细一想，游望所见之春光，不就是"梅柳"吗？所以也是两可的。这是词义不确定性在诗中的表现，也只有诗才能如此。

二、错位

在汉语中，主、谓、宾、定、状、补的位置是固定的，古汉语中宾语有时可以前置，但那是有条件的。近体诗中主、宾、定、状的位置可与通常不同，如：

内分金带赤，恩与荔枝青。 （杜甫《赠翰林张四学士》）

张翰林受到朝廷的优宠，由内廷分给他赤色的金带，皇帝还特意垂恩给他新鲜的荔枝。"赤""青"都是定语，放在中心语后。

柳色青山映，梨花夕鸟藏。 （王维《春日上方即事》）

宾语"柳色""梨花"放到主语和动词的前面去了。

云掩初弦月，香传小树花。 （杜甫《遣意》）

后一句本为"小树花传香"，但为了符合律诗的平仄要求形成"平平仄仄平"，也为了与出句"云掩初弦月"对仗，所以错位成"香传小树花"。否则"小树花传香"就成了"三平调"（仄仄平平平）。

> 玉玺不缘归日角，锦帆应是到天涯。　　（李商隐《隋宫》）

"不缘""应是"插在主谓结构之间。本来为"不缘玉玺归日角，应是锦帆到天涯"。

> 盘飧市远无兼味，樽酒家贫只旧醅。　　（杜甫《客至》）

该句是说：因为市远，所以盘子里的菜只有单调的一种；因为家贫，所以杯子里的酒都是自己酿造的。其语序本为"市远盘飧无兼味，家贫樽酒只旧醅"。类似的如钱起《送少微师》："人烟一饭少，山雪独行深。"应理解为：想吃一顿饭，但此地人烟稀少；独自在山中行走，山里的积雪很深。只有理解了近体诗的错位情况，才能准确地理解这些诗句。

> 香稻啄余鹦鹉粒，碧梧栖老凤凰枝。　　（杜甫《秋兴八首·其八》）

该句应是"鹦鹉啄余香稻粒，凤凰栖老碧梧枝。"但这样一来，笔力平弱，远无原句劲健、老练，且描述的重心也从感叹物产之美中移开了。

《西清诗话》载宋代王仲至召试馆中，试罢，很悠闲自得，即赋诗一首：

> 古木森森白玉堂，长年来此试文章。
> 日斜奏罢长杨赋，闲拂尘埃看画墙。

有人看后，建议将"日斜奏罢长杨赋"变为"日斜奏赋长杨罢"，还说："诗家语如此乃健。"的确，改动之后顿时变得陡健有神，从而也更衬出末句的悠闲神态，实在是改得高明。

> 绿垂风折笋，红绽雨肥梅。　　（杜甫《陪郑广文游何将军山林》）

该句可复原为"风折笋而垂绿，雨肥而梅绽红"或"雨使梅绽红而肥"。

有的难以复原。如：

红入桃花嫩，青归柳叶新。 （杜甫《奉酬李都督表丈早春作》）

若复原为"桃花嫩红，新柳叶青"，则"入""归"字没有着落。诗趣全失，好比笨人说废话。但要说清这两字，却又谈何容易！只能意会而不能言传。

浮云一别后，流水十年间。 （韦应物《淮上喜会梁州故人》）

也许，这句是由李白的"浮云游子意，落日故人情"演化而来，但更具创意。"浮云"既非辞别的对象，也不是辞别时的情景，而是与友人"一别后"彼此行踪飘忽不定的比喻。同样，"流水"也是比喻别后"十年间"岁月容易消逝。必须补上若干词语才能使句意完全表述明白。诗人把这一补充工作留给了读者，让读者自己去发现、领悟，而且绝不会因此而产生歧义或使句意晦涩，所以高明。

寒衣处处催刀尺，白帝城高急暮砧。 （杜甫《秋兴八首·其一》）

该句是说：秋高气爽的傍晚，白帝城处处响起急急的砧声，如在催促人们快拿起剪刀尺子来赶制寒衣。假如对照原作，语词位置的变化真是太大了。

丛菊两开他日泪，孤舟一系故园心。 （杜甫《秋兴八首·其一》）

杨伦《杜诗镜铨》说："朱注：公至夔州，已经三秋，时舣舟以俟出峡，故言两见菊开，徒陨他日之泪，故舟乍系惟怀故园之心也。"此句妙在"开""系"字均可两属，兼顾前后，即不但菊花开，不但故舟系，亦归心系也。

竹喧归浣女，莲动下渔舟。 （王维《山居秋暝》）

依通常的顺序应是："浣女归竹喧，渔舟下莲动。"但它又非单纯的易位，而是按感觉的先后顺序来写的：竹林深暗，故先闻喧哗之声，然后知道女子浣洗归来；荷丛茂密，先见其摇摆之状，然后知有渔舟顺流而下，诗意曲折有致。

绿叶忽低知鸟立，青萍微动觉鱼行。 （陆游《初夏闲步村落间》）

该例同上。实为"知鸟立绿叶忽低，觉行鱼青萍微动"。

晴川历历汉阳树，芳草萋萋鹦鹉洲。　　（崔颢《黄鹤楼》）

应为"晴川汉阳树历历，鹦鹉洲芳草萋萋"。

香雾云鬟湿，清辉玉臂寒。　　（杜甫《月夜》）

应为"香雾湿云鬟，清辉寒玉臂"。

秋色渐将晚，霜信报黄花。　　（叶梦得《水调歌头》）

应为"秋色渐将晚，黄花报霜信"。

我欲因之梦吴越，一夜飞度镜湖月。　　（李白《梦游天姥吟留别》）

应为"我欲因之梦吴越，一月夜飞度镜湖"。

独立寒秋，湘江北去，橘子洲头。　　（毛泽东《沁园春·长沙》）

应为"（在）寒秋（中）独立（于）橘子洲头，（望）湘江北去"。

故国神游，多情应笑我，早生华发。　　（苏轼《念奴娇·赤壁怀古》）

应为"故国神游，应笑我多情，早生华发"。

三、省略

由于格律与字数的限制，在短短的四句或八句中包含较丰富的内容，用字就须十分精练，一些可以不出现的字词，写作时往往尽可能地省略。可以说，省略是近体诗的一大特点。近体诗的省略主要有如下几种。

（一）省比喻词

山河破碎风飘絮，身世浮沉雨打萍。　　（文天祥《过零丁洋》）

该句中间省了"如同"。

山名天竺堆青黛，湖号钱唐泻绿油。　　　（白居易《答客问杭州》）

这两句写的是杭州的风景，杭州有天竺山、钱塘湖。天竺山如同堆青黛一样（青黛为古时妇女用来画眉的颜料，这句比喻山像妇女的黛眉一样好看），钱塘湖的湖水如同泻绿油一般。这种比喻在散文中尤其是带有骈偶性质的散文中也有，如《岳阳楼记》中的"浮光跃金，静影沉璧"中间就省了"如"。这些省略容易看出来，有的就不那样简单了，如：

雪照聚沙雁，花飞出谷莺。　　　　　　　（李白《荆门浮舟望蜀江》）

这两句都是比喻句，实为"雁聚沙如雪照，莺出谷似花飞"，即群雁聚在沙上，像白雪一样照人眼，莺出谷纷飞，就像花飞一样。因为把比喻的本体放到后面了，所以不易理解。

（二）省略动词

古汉语中，副词可直接加在判断句的名词谓语前，如："四海之内皆兄弟也。"在叙述句中，副词后面必须有动词。但在近体诗中，副词后面的动词经常省略。如：

映阶碧草自春色，隔叶黄鹂空好音。　　　（杜甫《蜀相》）

这两句描写的是武侯祠前面的景色。可理解为：不管人间如何纷扰，世事如何变化，春天还照样到来。尽管树上的黄鹂啼声婉转，但诸葛亮的功业已成为历史，只有祠庙空存。这些抚今思昔的感慨，主要用两个副词"自""空"来表达，所以动词可舍去，副词绝不能省。试想，如把句子改为"映阶碧草（呈、自成）春色，隔叶黄鹂（有、空传）好音"就成了单纯的写景，而感慨之意和其中包含的哲理就全部消失了。但如补上"映阶碧草（自成）春色，隔叶黄鹂（空传）好音。"也无不可，而如此是作者有意把想象的空间留给读者，若要硬添，反而失去诗的意味了。

（三）省略动词、形容词，只保留名词

鸡声茅店月，人迹板桥霜。　　　　　　　　　（温庭筠《商山早行》）

古人评论这两句"音韵铿锵，意象具足，只提掇紧关物色字样"。该句完全由具有代表性的景物名词组成，没有一个可作谓语的动词、形容词、系词。虽然在诗句里"鸡声""茅店""人迹""板桥"都结合成"定语加中心词"的偏正词组，但由于用的都是名词，所以仍然保留了名词的具体感。如"鸡声"结合在一起，就可以唤起鸡引颈长鸣的视觉形象。"茅店""人迹""板桥"也以此类推。也可理解为"鸡声""茅店月""人迹""板桥霜"四幅图画：月亮还没有落，在茅草盖的小旅店里，传来雄鸡的报晓声；在铺着白霜的板桥上就已印上了人走的脚迹。

古时旅客为了安全，一般都"未晚先投宿，鸡鸣早看天"。诗人写的是早行。"鸡声茅店月"：旅人住在茅店里，虽然天上月亮仍抛洒着清辉，但听见鸡声就爬起身，收拾行装，准备上路了。对于早行者来说，板桥、霜和霜上的人迹都是有特征性的景物。在雄鸡报晓、残月未落之时上路，也算是早行了；然而已经是"人迹板桥霜"。这真是"莫道君行早，更有早行人"啊。这里不能简单地把省去动词、形容词看作是为了使诗句简洁，诗人这样写主要是为了构成诗的意象。

我们若以正常句翻译，因为有不确定性，便可有多种句式，可任意选择"鸡声""茅店"或"月"作主语来组句。相似的句式如：

枫林社日鼓，茅屋午时鸡。　　　　　　（刘禹锡《秋日送客至潜水驿》）

从枫林中传出社日的鼓声，周围的茅屋中不时传出午时雄鸡的啼叫。

桃李春风一杯酒，江湖夜雨十年灯。　　　　　（黄庭坚《寄黄几复》）

该诗上句追忆京城相聚之乐，下句抒写别后相思之深。诗人摆脱常境，用"一

杯酒""桃李""春风"这些常见词，把当时在阳春烟景之时，相聚谈心、论文、饮酒之往事，一下唤到读者面前，给人以美感和快感，同时也暗示了少年时春风得意的情景。下句内容：后来两个朋友各自漂泊江湖，每逢夜雨，独对孤灯，互相思念，深宵不寐。这种情况一直延续了十年之久。

需要注意的是，入律的古诗中也有用名词句的。如：白居易《长恨歌》："春风桃李花开日，秋雨梧桐叶落时。"词曲中也有。如岳飞《满江红》："三十功名尘与土，八千里路云和月。"陆游《书愤》："早岁那知世事艰，中原北望气如山。楼船夜雪瓜洲渡，铁马秋风大散关。"马致远《天净沙》："枯藤老树昏鸦，小桥流水人家，古道西风瘦马。夕阳西下，断肠人在天涯。"

四、紧缩

诗句有节奏单位，它和意义单位有时一致，有时却不一致，如：

惟将终夜长开眼，报答平生未展眉。 （元稹《遣悲怀》）

两句实际上是一句。即我只有用整夜不合眼的方式来报答我妻子一生的艰难生活。

国破山河在，城春草木深。感时花溅泪，恨别鸟惊心。（杜甫《春望》）

这一联实际是两个复句。可理解为"国破但山河在，城春故草木深。因感时而花溅泪，因恨别故鸟惊心。"

深居俯夹城，春去夏犹清。 （李商隐《晚晴》）

后一句可理解为：春虽去而夏犹清。是个紧缩的让步复句。

五、借代

诗中的借代，远比散文中用得多而活。

含风鸭绿粼粼起，弄日鹅黄袅袅垂。　　　（王安石《南浦》）

"鸭绿"指春水，所谓"春水鸭头绿"；"鹅黄"指新柳，其色嫩黄如鹅雏。这里是用颜色来代替新咏之物。

缫成白雪桑重绿，割尽黄云稻正青。　　　（王安石《木末》）

这里的"白雪"指丝，"黄云"指麦。

缫成白雪三千丈，细草孤云一片愁。　　　（王安石《示俞秀老》）

这里的"白雪"先喻素丝，转而又喻白发。因李白有"白发三千丈，缘愁似个长"之句。

春畦雨过罗纨腻，夏垄风来饼饵香。　　　（苏轼《和文与可洋川园池三十首·南园》）

意即：桑树经过雨后，其光泽令人想到滑腻的罗裳；风从麦垄上吹来，风中夹带着饼饵的香味。这里的描写全基于联想，实际上要表达的意思是：桑经雨而叶大，则蚕肥丝质优良，能织出滑腻的罗纨；麦长势良好，丰收后能制饼饵，故仿佛已闻其香味。释洪惠《冷斋夜话》称这两句"如《华严经》举果知因，譬如莲花，方其吐花，而果具蕊中。造语之工至此，尽古今之变"。

王力先生说："诗的语言本来就像一幅幅的画面，很难机械地从语法结构上去理解它。"这里想强调一点的就是，诗的语言不但精练，而且容量很大，好的诗不但耐人咀嚼而且回味无穷，要做到心领神会，就必须下一番功夫。

附三：词谱举例

为加深读者对词律的理解，现摘录常见的词谱四十多例，以字数的多少先后排列，供填词者或有兴趣者参考。—为平，｜为仄，〇为可平可仄。底下画横线的为韵脚。

1. 《苍梧谣》（又名《十六字令》《归字谣》）单调，十六字

—。〇｜——〇｜—。——｜，〇｜｜——。
天。休使圆蟾照客眠。人何在，桂影自婵娟。

（蔡伸《苍梧谣·天》）

2. 《荷叶杯》单调，二十三字

〇｜〇——｜，—｜。｜——，｜——｜｜—｜。（换韵）—｜，｜——。
镜水夜来秋月，如雪。采莲时，小娘红粉对寒浪。 惆怅，正思惟。

（温庭筠《荷叶杯·镜水夜来秋月》）

3. 《捣练子》（又名《深院月》《捣练子令》《夜如年》《夜捣衣》《杵声齐》）单调，二十七字

〇｜｜，｜——。〇｜——〇｜—。〇｜〇——｜｜，〇—〇｜｜——。
捣练子，赋梅枝。暖借东风次第吹。自是百花留不住，让教先发放春归。

（无名氏《捣练子·捣练子，赋梅枝》）

4. 《望江南》（又名《谢秋娘》《步虚声》《忆江南》《江南好》《春去也》《梦江南》《梦江口》《望江梅》）单调，二十七字（衬字不算进正文）

—〇｜，〇｜｜ ——。〇｜〇——｜｜，〇—〇｜｜——，〇｜｜——。
天上月，遥望似一团银。夜久更阑风渐紧，为奴吹散月边云，照见负心人。

（佚名《望江南·天上月》）

5. 《忆王孙》（又名《忆君王》《独脚令》《画蛾眉》《豆叶黄》《怨王孙》）单调，三十一字

〇—〇｜｜——。〇｜—一〇｜—。〇｜——〇｜—。

争棋赌墅意欣<u>然</u>。心似游丝扬碧<u>天</u>。只为当时一著<u>玄</u>。

｜——，〇｜——〇｜—。

笑苻<u>坚</u>，百万军声屐齿<u>前</u>。

（张炎《忆王孙·谢安棋墅》）

6. 《如梦令》（又名《忆仙姿》《宴桃源》《比梅》《不见》《古记》《无梦令》《如意令》）单调，三十三字

〇｜〇——｜，〇｜〇一｜。〇｜｜——，〇｜〇——｜。

门外鸦啼杨<u>柳</u>，春色著人如<u>酒</u>。睡起熨沈香，玉腕不胜金<u>斗</u>。

—｜，—｜，（叠韵）〇｜〇——｜。

消<u>瘦</u>，消<u>瘦</u>，　　还是褪花时<u>候</u>。

（秦观《如梦令·五之一》）

〇｜〇——｜，〇｜〇——｜。〇｜｜——，〇｜〇——｜。

常记溪亭日暮，沉醉不知归路。兴尽晚回舟，误入藕花深处。

—｜，—｜，（叠韵）〇｜〇——｜。

争渡，争渡，　　惊起一滩鸥鹭。

（李清照《如梦令·常记溪亭日暮》）

7. 《长相思》（又名《相思令》《长相思令》《吴山青》《双红豆》《忆多娇》）双调，三十六字

〇〇—，〇〇—。（叠韵）〇｜——〇｜—。〇—〇｜—。

吴山深，越山<u>深</u>。　　空谷佳人金玉<u>音</u>。有谁知此<u>心</u>。

夜沈沈，漏沈<u>沈</u>。　　闲却梅花一曲<u>琴</u>。月高松竹<u>林</u>。

（汪元量《长相思·越上寄雪江》）

8. 《乌夜啼》（又名《相见欢》《秋夜月》《上西楼》《西楼子》）双调，三十六字

〇—〇｜——。｜——。〇｜〇—〇｜｜——。〇〇｜，〇—｜，｜——？
金陵城上西楼。倚清秋。万里夕阳垂地大江流。中原乱，簪缨散，几时收？
〇｜〇—〇｜｜——。
试倩悲风吹泪过扬州。

（朱敦儒《相见欢·金陵城上西楼》）

〇—〇｜——。｜——。〇｜〇—〇｜｜——。〇〇｜，〇—｜，｜——？
林花谢了春红，太匆匆。无奈朝来寒雨晚来风。胭脂泪，留人醉，几时重？
〇｜〇—〇｜｜——。
自是人生长恨水长东。

（李煜《相见欢·林花谢了春红》）

9. 《点绛唇》（又名《十八香》《南浦月》《沙头雨》《寻瑶草》《点樱桃》）双调，四十一字

〇｜〇—，｜—〇｜——｜。｜——｜，〇｜——｜。
一夜相思，水边清浅横枝瘦。小窗如昼，情共香俱透。
〇｜〇—，〇｜——｜。——｜，｜——｜，〇｜——｜。
清入梦魂，千里人长久。君知否。雨屏云愁，格调还依旧。

（陈亮《点绛唇·咏梅月》）

10. 《浣溪沙》（又名《小庭花》《满院春》《浣沙溪》）双调，四十二字

〇｜〇—〇｜—。〇—〇｜｜——。〇—〇｜｜——？
一曲新词酒一杯。去年天气旧亭台。夕阳西下几时回？
〇｜〇——｜｜，〇—〇｜｜——。〇—〇｜｜——。
无可奈何花落去，似曾相识燕归来。小园香径独徘徊。

（晏殊《浣溪沙·一曲新词酒一杯》）

11. 《减字浣溪沙》（实未减字）双调，四十二字

〇丨〇—〇丨—，〇—〇丨丨——，〇—〇丨丨——。

楼角初销一缕霞，淡黄杨柳暗栖<u>鸦</u>，玉人和月摘梅<u>花</u>。

〇丨〇—〇丨丨，〇—〇丨丨——，〇—〇丨丨——。

笑捻粉香归洞户，更垂帘幕护窗<u>纱</u>，东风寒似夜来<u>些</u>。

（贺铸《减字浣溪沙·楼角初销一缕霞》）

12. 《采桑子》（又名《丑奴儿》《丑奴儿令》《罗敷媚》《罗敷媚歌》）双调，四十四字

〇—〇丨——丨，〇丨——。〇丨——，〇丨——〇丨—。

少年不识愁滋味，爱上层<u>楼</u>。爱上层<u>楼</u>，为赋新词强说<u>愁</u>。

而今识尽愁滋味，欲说还<u>休</u>。欲说还<u>休</u>，却道天凉好个<u>秋</u>。

（辛稼轩《丑奴儿·书博山道中壁》）

13. 《添字采桑子》双调，四十八字

〇—〇丨——丨，〇丨——。〇丨——，〇丨〇—，〇丨〇——。

窗前谁种芭蕉树？阴满中<u>庭</u>。阴满中<u>庭</u>，叶叶心<u>心</u>，舒卷有余<u>情</u>。

伤心枕上三更雨，点滴霖<u>霪</u>。点滴霖<u>霪</u>，愁损北<u>人</u>，不惯起来<u>听</u>。

（李清照《添字采桑子·窗前谁种芭蕉树》）

14. 《菩萨蛮》（又名《子夜歌》《花间意》《重叠金》）双调，四十四字

〇—〇丨——丨，〇—〇丨——丨。〇丨丨——，〇——丨—。

郁孤台下清江<u>水</u>，中间多少行人<u>泪</u>。西北望长<u>安</u>，可怜无数<u>山</u>。

〇——丨丨，〇丨〇—丨。〇丨丨——，〇——丨—。

青山遮不<u>住</u>，毕竟东流<u>去</u>。江晚正愁<u>余</u>，山深闻鹧<u>鸪</u>。

（辛稼轩《菩萨蛮·书江西造口壁》）

15. 《减字木兰花》(又名《木兰香》《减兰》《天下乐令》) 双调，四十四字

〇—〇丨，〇丨〇——丨丨。〇丨——，〇丨——〇丨—。

画桥流<u>水</u>，雨湿落红飞不起。月破黄<u>昏</u>，帘里余香马上闻。

徘徊不<u>语</u>，今夜梦魂何处<u>去</u>。不似垂<u>杨</u>，犹解飞花入洞<u>房</u>。

（王安国《减字木兰花·春情》）

16. 《玉楼春》(宋人常与《木兰花》相混。《玉楼春》又名《西湖曲》《春晓曲》《东邻妙》《梦相亲》《续渔歌》《转调木兰花》等，一般以七字八句为《玉楼春》五十六字，中有三字句的为《木兰花》五十二、五十四、五十五字皆有) 双调

〇丨〇—〇丨丨，〇丨〇——丨丨。〇—〇丨丨——，〇丨〇丨—丨丨。

城上风光莺语<u>乱</u>，城下烟波春拍<u>岸</u>。绿杨芳草几时休，泪眼愁肠先已<u>断</u>。

情怀渐觉成衰<u>晚</u>，鸾镜朱颜惊暗<u>换</u>。昔年多病厌芳尊，今日芳尊惟恐<u>浅</u>。

（钱惟演《玉楼春·城上风光莺语乱》）

17. 《卜算子》(又名《黄鹤洞中仙》《缺月挂疏桐》《楚天遥》《百尺楼》《眉峰碧》) 双调，有四十四、四十五字

〇丨丨——，〇丨——丨。〇丨——丨丨—，〇丨丨—丨。

缺月挂疏桐，漏断人初<u>静</u>。谁见幽人独往来？缥缈孤鸿<u>影</u>。

〇丨丨——，〇丨——丨。〇丨——丨丨—，〇丨丨—丨。

惊起却回头，有恨无人<u>省</u>。拣尽寒枝不肯栖，枫落吴江<u>冷</u>。

（苏轼《卜算子·黄州定慧院寓居作》）

〇丨丨——，〇丨——丨。〇丨——丨丨—，〇丨丨—丨。

我住长江头，君住长江<u>尾</u>。日日思君不见君，共饮长江<u>水</u>。

〇丨丨——，〇丨——丨。〇丨——丨丨—，〇丨——〇丨。

此水几时休，此恨何时<u>已</u>。只愿君心似我心，定不负相思<u>意</u>。

（李之仪《卜算子·我住长江头》）

18. 《好事近》（又名《钓船笛》《倚秋千》）双调，四十五字

〇｜〇——，〇｜〇—〇｜。〇—｜——｜，｜———｜。

叶暗乳鸦啼，风定老红犹落。蝴蝶不随春去，入薰风池阁。

〇— 〇｜ ｜〇—，〇｜〇—〇｜。〇—｜——｜，｜———｜。

休歌《金缕》劝金卮，酒病煞如昨。帘卷日长人静，任杨花飘泊。

（蒋元龙《好事近·叶暗乳鸦啼》）

19. 《谒金门》（又名《出塞》《花自落》《不怕醉》《醉花春》《东风吹酒面》《空相忆》《杨花落》《春早湖山》）双调，四十五字

〇—｜，〇｜〇—〇｜。〇｜〇——｜｜，〇——｜｜。

风乍起，吹皱一池春水。闲引鸳鸯香径里，手挼红杏蕊。

〇｜〇—〇｜，〇｜〇—〇｜。〇｜〇——｜｜，〇——｜｜。

斗鸭阑干独倚，碧玉搔头斜坠。终日望君君不至，举头闻鹊喜。

（冯延巳《谒金门·风乍起》）

20. 《忆秦娥》（又名《秦楼月》《花深深》《碧云深》《双荷叶》《蓬莱阁》）双调，四十六字

—〇｜，〇—〇｜——｜。——｜（叠后三字），〇—〇｜，｜——｜。

箫声咽，秦娥梦断秦楼月。秦楼月，　　　　　年年柳色，灞陵伤别。

〇—〇——｜，〇—〇｜——｜。——｜（叠后三字），

乐游原上清秋节，咸阳古道音尘绝。音尘绝，

〇—〇｜，｜——｜。

西风残照，汉家陵阙。

（李白《忆秦娥·箫声咽》）

—〇｜，〇—〇｜——｜。——｜（叠后三字），〇—〇｜，｜——｜。

与君别，相思一夜梅花发。梅花发，　　　　　凄凉南浦，断桥斜月。

○—○｜——｜，○—○｜——｜。——｜（叠后三字），

盈盈微步凌波袜。东风笑倚天涯阔。天涯阔，

○—○｜，｜——｜。

一声羌管，暮云愁绝。

（房舜卿《忆秦娥·与君别》）

21.　《清平乐》（又名《醉东风》《忆萝月》《清平乐令》）双调，
四十六字

○—○｜，○｜——｜。○｜○——｜｜，○｜○—○｜。

绕床饥鼠，蝙蝠翻灯舞。屋上松风吹急雨，破纸窗间自语。

○—○｜——，○—○｜○—。○｜○—○｜，○—○｜——。

平生塞北江南，归来华发苍颜。布被秋宵梦觉，眼前万里江山。

（辛弃疾《清平乐·独宿博山王氏庵》）

22.　《眼儿媚》（又名《秋波媚》《东风寒》《小阑干》）双调，
四十八字

○｜○—｜○—，｜｜｜——。○—｜｜，○—○｜，｜｜——。

楼上黄昏杏花寒，斜月小栏杆。一双燕子，两行征雁，画角声残。

○—○｜——｜，｜｜｜——。○—｜｜，○—○｜，｜｜——。

倚窗人在东风里，洒泪对春闲。也应似旧，盈盈秋水，淡淡春山。

（阮阅《眼儿媚·楼上黄昏杏花寒》）

23.　《贺圣朝》双调，四十九字

○｜○—｜○—。｜○—○｜。○—○｜——，｜○—○｜。

满斟绿醑留君住。莫匆匆归去。三分春色二分愁，更一分风雨。

○—○｜，○—○｜？｜○—○｜，○—○｜——，｜○—○｜？

花开花谢，都来几许？且高歌休诉，不知来岁牡丹时，再相逢何处？

（叶清臣《贺圣朝·满斟绿醑留君住》）

24. 《西江月》（又名《江月令》《步虚词》《白蘋香》）双调，五十字

○｜○—○｜，○—○｜｜——。○—○｜｜——，○｜○—○｜。

明月别枝惊鹊，清风半夜鸣<u>蝉</u>。稻花香里说丰<u>年</u>，听取蛙声一<u>片</u>。

七八个星天外，两三点雨山<u>前</u>。旧时茅店社林<u>边</u>，路转溪桥忽<u>见</u>。

（辛弃疾《西江月·夜行黄沙道中》）

25. 《惜分飞》（又名《惜双双》《惜芳菲》《惜双双令》）双调，有五十、五十一、五十二、五十六字

｜｜○——｜｜，｜｜○—｜｜。○｜○—｜，｜——｜—○｜。

泪湿阑干花著<u>露</u>，愁到眉峰碧<u>聚</u>。此恨平分<u>取</u>，更无言语空相<u>觑</u>。

断雨残云无意<u>绪</u>，寂寞朝朝暮<u>暮</u>。今夜山深<u>处</u>，断魂分付潮回<u>去</u>。

（毛滂《惜分飞·泪湿阑干花著露》）

26. 《少年游》（又名《小阑干》《玉腊梅枝》）双调，四十八至五十二字

○—○｜，○—○｜，○｜｜——。○—○｜，○—○｜，｜｜｜——。

离多最是，东西流水，终解两相逢。浅情终似，行云无定，犹到梦魂<u>中</u>。

可怜人意，薄于云水，佳会更难<u>重</u>。细想从来，断肠多处，不与今番同。

（晏几道《少年游·离多最是》）

27. 《浪淘沙》（又名《浪淘沙令》《卖花声》《过龙门》《曲入冥》）双调，五十四字

○｜｜——，○｜——。○—○｜｜——。○｜○—○｜｜，○｜——。

身世酒杯<u>中</u>，万事皆空。古来三五个英雄。雨打风吹何处是，汉殿秦<u>宫</u>。

梦入少年<u>丛</u>，歌舞匆匆。老僧夜半误鸣<u>钟</u>。惊起西窗眠不得，卷地西风。

（辛弃疾《浪淘沙·山寺夜半闻钟》）

○｜｜——。○｜——。○—○｜｜——。○｜○——｜｜，○｜｜——。

木叶下君山。空水漫漫。十分斟酒敛芳颜。不是渭城西去客，休唱阳关。

醉袖抚危栏。天淡云闲。何人此路得生还？回首夕阳红尽处，应是长安。

（张舜民《卖花声·题岳阳楼》）

28. 《鹧鸪天》（又名《醉梅花》《思越人》《思佳客》《剪朝霞》《骊歌一叠》）双调，五十五字

○｜——○｜—。○—○｜｜——，○—○｜○—｜，○｜——○｜—。

晚日寒鸦一片愁。柳塘新绿却温柔。若教眼底无离恨，不信人间有白头。

—｜｜，｜——，○—○｜｜——。○—○｜○—｜，○｜——○｜—。

肠已断，泪难收，相思重上小红楼。情知已被山遮断，频倚阑干不自由。

（辛弃疾《鹧鸪天·代人赋》）

29. 《鹊桥仙》（又名《鹊桥仙令》《广寒秋》《忆人人》《金凤玉露相逢曲》）双调，五十六字

○—○｜，○—○｜，○｜○—○｜。○—○｜｜——，｜○｜○—○｜。

纤云弄巧，飞星传恨，银汉迢迢暗度。金风玉露一相逢，便胜却人间无数。

柔情似水，佳期如梦，忍顾鹊桥归路！两情若是久长时，又岂在朝朝暮暮。

（秦观《鹊桥仙·纤云弄巧》）

30. 《虞美人》（又名《虞美人令》《玉壶冰》《忆柳曲》）双调，五十六字

○—○｜——｜，○｜——｜。○—○｜｜——，○｜○—○｜｜——。

碧桃天上栽和露，不是凡花数。乱山深处水萦回，可惜一枝如画为谁开。

轻寒细雨情何限，不道春难管。为君沉醉又何妨，只怕酒醒时候断人肠。

（秦观《虞美人·碧桃天上栽和露》）

○—○｜——｜，○｜——｜。○—○｜｜——，○｜○—○｜｜——。

春花秋月何时了？往事知多少。小楼昨夜又东风，故国不堪回首月明中。

雕栏玉砌应犹<u>在</u>，只是朱颜<u>改</u>。问君能有几多愁？恰似一江春水向东<u>流</u>。

（李煜《虞美人·春花秋月何时了》）

31. 《踏莎行》（又名《柳长春》《踏雪行》《喜朝天》）双调，五十八字

〇丨——，〇—〇丨。〇—〇丨——丨。〇—〇丨丨——，〇—〇丨——丨。

春色将阑，莺声渐<u>老</u>。红英落尽青梅<u>小</u>。画堂人静雨蒙蒙，屏山半掩余香<u>袅</u>。
密约沉沉，离情杳<u>杳</u>。菱花尘满慵将<u>照</u>。倚楼无语欲销魂，长空黯淡连芳<u>草</u>。

（寇准《踏莎行·春暮》）

32. 《临江仙》（又名《庭院深深》《画屏春》《谢新恩》《雁后归》）双调，六十字

〇丨〇——丨，〇—〇丨——。〇—〇丨丨——。〇—〇丨丨，〇丨丨——。

湖水连天天连水，秋来分外澄<u>清</u>。君山自是小蓬<u>瀛</u>。气蒸云梦泽，波撼岳阳<u>城</u>。
帝子有灵能鼓瑟，凄然依旧伤<u>情</u>。微闻兰芝动芳<u>馨</u>。曲终人不见，江上数峰<u>青</u>。

（滕宗谅《临江仙·湖水连天天连水》）

33. 《一剪梅》（又名《腊梅香》《玉簟秋》）双调，六十字

〇丨——〇丨〇。〇丨——，〇丨——。〇—〇丨丨——。〇丨——，〇丨——。

萍水相逢无定<u>居</u>。同在他乡，又问征<u>途</u>。离歌声里客心<u>孤</u>。花尽园林，水满江<u>湖</u>。
烟树微茫带岸<u>蒲</u>。何处长沙，何处洪<u>都</u>。要知安稳到家<u>无</u>。千里征鸿，一纸来<u>书</u>。

（石孝友《一剪梅·送晁驹父》）

34. 《蝶恋花》（又名《黄金缕》《鹊踏枝》《凤栖梧》《一箩金》《卷珠帘》）双调，六十字

〇丨〇——丨丨。〇丨——，〇丨——丨。〇丨〇—〇丨丨。〇—〇丨——丨。

槛菊愁烟兰泣<u>露</u>，罗幕轻寒，燕子双飞<u>去</u>。明月不谙离恨苦，斜光到晓穿朱<u>户</u>。
昨夜西风凋碧<u>树</u>，独上高楼，望尽天涯<u>路</u>。欲寄彩笺兼尺素，山长水阔知何<u>处</u>？

（晏殊《蝶恋花·槛菊愁烟兰泣露》）

〇｜〇——｜｜。〇｜｜——，〇｜——｜。〇｜〇——｜｜。〇—〇｜——｜。

春涨一篙添水<u>面</u>。芳草鹅儿，绿满微风<u>岸</u>。画舫夷犹湾百<u>转</u>。横塘塔近依前<u>远</u>。

江国多寒农事<u>晚</u>。村北村南，谷雨才耕<u>遍</u>。秀麦连冈桑叶<u>贱</u>。看看尝面收新<u>茧</u>。

（范成大《蝶恋花·春涨一篙添水面》）

35.《渔家傲》（又名《吴门柳》《荆溪咏》《游仙咏》《忍辱仙人》）
双调，六十二字

〇｜〇——｜｜，〇—〇｜——｜。〇｜〇——｜｜，—〇｜，〇—〇｜——｜。

塞下秋来风景<u>异</u>，衡阳雁去无留<u>意</u>。四面边声连角<u>起</u>，千嶂<u>里</u>，长烟落日孤城<u>闭</u>。

浊酒一杯家万<u>里</u>，燕然未勒归无<u>计</u>。羌管悠悠霜满<u>地</u>，人不<u>寐</u>，将军白发征夫<u>泪</u>。

（范仲淹《渔家傲·秋思》）

36.《破阵子》双调，六十二字

〇｜〇—〇｜，〇—〇｜——。〇｜〇—〇｜｜，〇｜〇—｜｜—，｜〇—｜—。

燕子来时新社，梨花落后清<u>明</u>。池上碧苔三四点，叶底黄鹂一两<u>声</u>，日长飞絮<u>轻</u>。

巧笑东邻女伴，采桑径里逢<u>迎</u>。疑怪昨宵春梦好，元是今朝斗草<u>赢</u>，笑从双脸<u>生</u>。

（晏殊《破阵子·春景》）

37.《谢池春》（又名《玉莲花》《卖花声》《风中柳》《风中柳令》）
双调，六十六字

〇｜——，〇｜〇——｜。｜——、——｜｜。〇—〇｜，｜〇—｜—｜。

壮岁从戎，曾是气吞残<u>虏</u>。阵云高、狼烽夜<u>举</u>。朱颜青鬓，拥雕戈西<u>戍</u>。

｜〇—，｜〇—｜—｜。｜——、——｜｜。

笑儒冠，自来多<u>误</u>。功名梦断，却泛扁舟吴<u>楚</u>。漫悲歌、伤怀吊<u>古</u>。

———〇｜，｜———｜。｜〇—、｜——｜。

烟波无际，望秦关何<u>处</u>。叹流年、又成虚<u>度</u>。

（陆游《谢池春·壮岁从戎》）

38. 《青玉案》（又名《横塘路》）双调，六十七字

○—○|——|，○||、—○|。○|○—○||？

凌波不过横塘<u>路</u>，但目送、芳尘<u>去</u>。锦瑟华年谁与<u>度</u>？

○—○|，○—○|，○|○—|。

月桥花院，琐窗朱<u>户</u>，只有春知<u>处</u>。

○|○○○||，○—○|○||？○|○—○||？

飞云冉冉蘅皋<u>暮</u>，彩笔新题断肠<u>句</u>。试问闲情都几<u>许</u>？

○—○|，○—○|，○|○—|。

一川烟草，满城风<u>絮</u>，梅子黄时<u>雨</u>。

（贺铸《青玉案·凌波不过横塘路》）

39. 《满庭芳》（又名《满庭霜》《满庭花》《转调满庭芳》《潇湘夜雨》《话桐乡》《锁阳台》）双调，六十五字

○|——，○—○|？○—○||——。○—○|，○||——。

归去来<u>兮</u>，吾归何处？万里家在岷<u>峨</u>。百年强半，来日苦无<u>多</u>。

○|○—○|。○○|，○|——。——|，○|○|，○||——。

坐见黄州再闰，儿童尽，楚语吴<u>歌</u>。山中友，鸡豚社酒，相劝老东<u>坡</u>。

——，—||？○—○|，○|——！|○—○|，○||——。

云<u>何</u>，当此去？人生底事，来往如<u>梭</u>！待闲看秋风，洛水清<u>波</u>。

○|○—○|，○○|，○|○—。——|，○—○|，○||——。

好在堂前细柳，应念<u>我</u>，莫剪柔<u>柯</u>。仍传语，江南父老，时与晒渔<u>蓑</u>。

（苏轼《满庭芳·归去来兮》）

40. 《水调歌头》（又名《凯歌》《元会曲》《台城游》）双调，六十五字

○|○—|？○||——。○—○|○|，○||——。

明月几时有？把酒问青<u>天</u>。不知天上宫阙，今夕是何<u>年</u>。

〇｜〇—〇｜，〇｜〇—〇｜，〇｜｜——。〇｜〇—｜，〇｜｜——！

我欲乘风归去，又恐琼楼玉宇，高处不胜寒。起舞弄清影，何似在人间！

〇〇｜，〇〇｜，｜——。〇｜〇—｜，〇｜〇｜｜——？

转朱阁，低绮户，照无眠。不应有恨，何事长向别时圆？

〇｜〇—〇｜，〇｜〇—〇｜，〇｜｜——，〇｜〇—｜，〇｜｜——。

人有悲欢离合，月有阴晴圆缺，此事古难全。但愿人长久，千里共婵娟。

（苏轼《水调歌头·明月几时有》）

41.《八声甘州》（又名《萧萧雨》《甘州》《宴瑶池》）双调，九十七字

｜（领）〇—〇｜｜——，〇｜｜——。｜（领）〇—〇｜，〇—〇｜，〇｜—〇｜。

对　　潇潇暮雨洒江天，一番洗清秋。渐　　霜风凄紧，关河冷落，残照当楼。

〇｜〇—〇｜，〇｜｜——。〇｜〇—｜，〇｜——。

是处红衰翠减，苒苒物华休。惟有长江水，无语东流。

〇｜〇—〇｜，｜（领）〇—〇｜，〇｜——。｜（领）〇—〇｜，〇｜｜——。

不忍登高临远，望　　故乡渺邈，归思难收。叹　　年来踪迹，何事苦淹留。

｜〇—、〇—〇｜，｜〇—〇｜｜——｜。〇—〇｜，〇｜——。

想佳人、妆楼颙望，误几回、天际识归舟。争知我，倚栏杆处，正恁凝愁。

（柳永《八声甘州·对潇潇暮雨洒江天》）

42.《念奴娇》（又名《大江东去》《酹江月》《湘月》《壶中天》《百字令》《百字谣》）双调，一百字，该调有两体

甲体

〇—〇｜，｜〇—〇｜，〇———｜。〇｜〇—〇｜｜，〇｜〇——｜。

凭高眺远，见长空万里，云无留迹。桂魄飞来光射处，冷浸一天秋碧。

〇｜——，〇—〇｜，〇｜〇——｜　　。〇—〇｜，〇———｜—｜。

玉宇琼楼，乘鸾来去，人在清凉国（地）。江山如画，望中烟树历历。

〇｜〇｜——，〇—〇｜，〇｜——。〇｜〇——｜｜，〇｜〇——｜？

我醉拍手狂歌，举杯邀月，对影成三<u>客</u>。起舞徘徊风露下，今夕不知何<u>夕</u>？

〇｜——，〇—〇｜，〇｜——。〇—〇｜，〇——｜—｜。

便欲乘风，翻然归去，何用骑鹏<u>翼</u>。水晶宫里，一声吹断横<u>笛</u>。

（苏轼《念奴娇·中秋》）

乙体

〇—〇｜，｜〇｜、〇｜〇〇—｜。〇｜〇——，—｜｜、〇｜〇—〇｜。

大江东去，浪淘尽、千古风流人<u>物</u>。故垒西边，人道是、三国周郎赤<u>壁</u>。

〇｜——，〇—〇｜，〇｜〇——。〇｜〇——，—｜｜、〇｜〇——｜！

乱石穿空，惊涛拍岸，卷起千堆<u>雪</u>。江山如画，一时多少豪<u>杰</u>！

〇｜〇｜——，〇—〇｜〇，〇｜〇—。〇｜〇—，—｜｜、〇｜〇— ｜。

遥想公瑾当年，小乔初嫁了，雄姿英<u>发</u>。羽扇纶巾，谈笑间、樯橹灰飞烟<u>灭</u>。

〇｜〇—，〇—〇｜〇，｜——｜，〇——｜，〇——｜—｜。

故国神游，多情应笑我，早生华<u>发</u>。人间如梦，一尊还酹江<u>月</u>。

（苏轼《念奴娇·赤壁怀古》）

43. 《木兰花慢》双调，一百零一字

〇—〇｜｜，〇—｜、｜——？｜（领）｜｜——，〇—〇｜，〇｜——？

可怜今夕月，向何处、去悠<u>悠</u>？是　　　别有人间，那边才见，光影东<u>头</u>？

｜—｜—〇｜，｜——〇｜｜——？〇｜〇—｜｜？〇—〇｜——？

是天外空汗漫，但长风浩浩送中<u>秋</u>？飞镜无根谁系？姮娥不嫁谁<u>留</u>？

〇—〇｜｜〇—，〇｜｜〇—。｜（领）｜｜——，〇—〇｜，〇｜〇—。

谓经海底问无<u>由</u>，恍惚使人<u>愁</u>。怕　　　万里长鲸，纵横触破，玉殿琼<u>楼</u>。

〇—〇｜｜，｜〇—〇｜？〇｜〇—〇｜？〇—〇｜——？

虾蟆故堪浴水，问云何玉兔解沉<u>浮</u>？若道都齐无恙，云何渐渐如<u>钩</u>？

（辛弃疾《木兰花慢·可怜今夕月》）

44. 《雨霖铃》（又名《雨霖铃慢》）双调，一百零三字

——〇｜。｜（领）——｜，｜〇—｜。——〇｜——，—（领）—｜｜，

寒蝉凄切。对　　长亭晚，骤雨初歇。都门帐饮无绪，方　　留恋处，

——〇｜。｜｜——〇｜，｜—〇｜。｜丨〇、—｜——，｜｜——｜｜。

兰舟催发。执手相看泪眼，竟无语凝噎。念去去、千里烟波，暮霭沉沉楚天阔。

〇—〇｜——｜。｜——、｜｜——｜。〇—｜｜—｜，〇｜｜、｜——｜。

多情自古伤离别。更那堪、冷落清秋节。今宵酒醒何处，杨柳岸、晓风残月。

｜｜——，—｜——｜〇｜。｜｜｜、〇——｜，｜｜——｜｜。

此去经年，应是良辰好景虚设。便纵有、千种风情，更与何人说。

（柳永《雨霖铃·寒蝉凄切》）

45. 《永遇乐》（又名《消息》）双调，一百零四字

〇｜——，〇—〇｜，〇〇—｜。〇｜——，〇—〇｜，〇｜——｜。

千古江山，英雄无觅，孙仲谋处。舞榭歌台，风流总被，雨打风吹去。

〇—〇｜，〇—〇｜，〇｜〇—｜。〇—〇、——〇｜，〇〇｜〇—｜。

斜阳草树，寻常巷陌，人道寄奴曾住。想当年、金戈铁马，气吞万里如虎。

〇—〇｜，—〇｜｜，〇｜——｜。——〇、〇—〇｜，〇｜——｜。

元嘉草草，封狼居胥，赢得仓皇北顾。四十三年，望中犹记，烽火扬州路。

〇—〇｜，—〇｜｜，〇｜——｜：——｜｜，〇｜——｜。

可堪回首，佛狸祠下，一片神鸦社鼓。凭谁问：廉颇老矣，尚能饭否。

（辛弃疾《永遇乐·京口北固亭怀古》）

〇｜——，〇—〇｜，〇〇—｜。〇｜——，〇—〇｜，〇｜——｜。

明月如霜，好风如水，清景无限。曲港跳鱼，圆荷泻露，寂寞无人见。

〇—〇｜，〇—〇｜，〇｜〇—｜。〇—〇，——〇｜，〇〇｜〇—｜。

纨如三鼓，铿然一叶，黯黯梦云惊断。夜茫茫，重寻无处，觉来小园行遍。

〇—〇丨，〇——丨，〇丨〇——丨。〇丨丨——，〇—〇丨？〇丨丨——丨。

天涯倦客，山中归路，望断故园心眼。燕子楼空，佳人何在？空锁楼中燕。

〇—〇丨，—〇丨丨，〇丨〇——丨。〇—丨，——丨丨，〇—丨丨。

古今如梦，何曾梦觉，但有旧欢新怨。异时对，黄楼夜景，为余浩叹。

（苏轼《永遇乐·彭城夜宿燕子楼》）

46. 《沁园春》（又名《洞庭春色》《东仙》《寿星明》）双调，
一百一十四字

〇丨——？丨丨——，丨丨〇—。丨（领）〇—〇丨，〇—〇丨；

何处相逢？登宝钗楼，访铜雀台。唤　　　厨人斫就，东溟鲸脍；

〇—〇丨，〇丨——。〇丨——，〇—〇丨，〇丨——〇丨—？

围人呈罢，西极龙媒。天下英雄，使君与操，余子谁堪共酒杯？

〇—丨，丨（领）———丨，〇丨——。

车千两，载　　　燕南赵北，剑客奇才。

〇—〇丨——，〇〇丨，——〇丨—。丨（领）〇—〇丨，〇—〇丨；

饮酣画鼓如雷，谁信被，晨鸡轻唤回。叹　　　年光过尽，功名未立；

〇丨——，〇丨——。　丨——〇丨，〇丨——丨—！

书生老去，机会方来。使（领）李将军，遇高皇帝，万户侯何足道哉！

——丨，丨（领）〇—〇丨，〇丨——。

披衣起，但　　　凄凉感旧，慷慨生哀。

（刘克庄《沁园春·梦孚若》）

〇丨——，丨丨——，丨丨〇—。丨（领）〇—〇丨，〇—〇丨；

北国风光，千里冰封，万里雪飘。望　　　长城内外，惟余莽莽；

〇—〇丨，〇丨——。〇丨——，〇—〇丨，〇丨——〇丨—。

大河上下，顿失滔滔。山舞银蛇，原驰蜡象，欲与天公试比高。

〇—丨，丨（领）———丨，〇丨——。

须晴日，看　　　银装素裹，分外妖娆。

○—○|——，○○|——○|—。|（领）○—○|，○—○|；

江山如此多娇，引无数英雄竞折腰。惜　　秦皇汉武，略输文采；

○—○|，○|——，○|——，○—○|，○|——○|—。

唐宗宋祖，稍逊风骚；一代天骄，成吉思汗，只识弯弓射大雕。

——|，|（领）○—○|，○|——。

俱往矣，数　　风流人物，还看今朝。

（毛泽东《沁园春·雪》）

47. 《兰陵王》三段，一百三十字

○—|，○|——○|。—○|、○|○—，○|○—|—|。

送春去，春去人间无路。秋千外、芳草连天，谁遣风沙暗南浦。

○—○||？○|、○—○|。—○|，○|○—，○|○—|—|。

依依甚意绪？漫忆、海门飞絮。乱鸦过，斗转城荒，不见来时试灯处。

○|，|—|，|（领）○|—○、○|—|，○—○|○—|，

春去，最谁苦？但　　箭雁沉边、梁燕无主，杜鹃声里长门暮。

○||—|，○—○|。——○||○|，|○○—|。

想玉树凋土，泪盘如露。咸阳送客屡回顾，斜日未能度。

○|，|—|？|（领）○——|，○—○|，|○|—|。

春去，尚来否？正　　江令恨别，庾信愁赋，苏堤尽日风和雨。

|○|—|，○—○|。○—○|，|○|，|○|。

叹神游故国，花记前度。人生流落，顾孺子，共夜雨。

（刘辰翁《兰陵王·丙子送春》）

第十四讲　元曲的产生与特点

一、曲的定义

　　曲，是宋代以来北曲和南曲的统称，与诗、词同为中华文学之胜。宋人姜夔在《白石道人诗说》中说："委曲尽情曰曲。"明人徐师曾在《文体明辨序说》中说："高下长短，委曲尽情，以道其微者为曲。"也就是说曲的特点在于抑扬多变、委婉曲折地表达人的思想情感。曲也是一种配合音乐而供演唱的文学形式，盛行于元代，习称"元曲"。曲与词的关系密切，许多曲的宫调、体制都直接继承了词的成就。近人吴梅在《曲学通论》中曾说："元代胡人入中原，胡乐兴盛，旧词至不能按，只好更造新声。"这里的"新声"就是指曲，或称"词余""余音"。元人周德清，明人朱权、徐渭等称"曲"为"词"，元人邓子晋、杨朝英等称"曲"为"乐府"，我们对此应心中有数。

　　曲在学界分为两种。传统的"元曲"主要指产生于中国北部，配合北乐的"北曲"。它在元代达到鼎盛，成为元代的文学艺术代表。"南曲"也叫"南戏""传奇"，只流传于南方少数地区，并配以南音，在明代才勃兴，其体制也与传统的"元曲"不同。明人沈宠绥在《弦索辩讹》中说："三百篇后变而为诗，诗变而为词，词变而为曲。诗盛于唐，词盛于宋，曲盛于元之北，北曲不谐于南而始有南曲，南曲则大备于明。"所以我们讲的曲是指元曲。清人顾炎武在《日知录·卷五》中说："古人以乐从诗，今人以诗从乐。古人必先有诗而后以乐和之……以诗从乐，非古也，后世失之，不得已而为之也……于是乎诗之与乐判然为二。不特乐亡，而诗亦亡。”

需要注意的是，元代的杂剧都是用北曲写的，但元杂剧属于戏曲，除了与元曲的关系密切，从历史的演变角度来说，与宋金时的诸宫调也密切相关。当然这又是另一专题，这里不再赘述。

不论宋词、元曲，时至今日，都失去了乐谱，只剩下按平仄谱填写的格律诗体了。

二、曲的特点

词和曲虽然都是配乐的长短句，在形式和内容上有好多相似之处，但二者的差别是显著的。

（一）可以随意增加衬字

词的字数、句数、韵位都较固定（尤其在字数上，词较律诗灵活，有时也可变通，增加少量的衬字），曲的字数不定，根据需要可以随意增加衬字，甚至还可增加句子，体现了更多的自由。如王实甫的正宫《叨叨令》的曲谱为：

平平仄仄平平去
平平仄仄平平去
平平仄仄平平去
平平仄仄平平去
仄仄仄平平
仄仄仄平平
平平仄仄平平去

实际字句是（字下画线的均为衬字）：

见安排着车儿马儿不由人熬熬煎煎的气，　　　　（车儿马儿熬煎气）

有甚么心情花儿靥儿打扮得娇娇滴滴的媚。　　　（花儿靥儿娇滴媚）

准备着被儿枕儿则索昏昏沉沉的睡，　　　　　　（被儿枕儿昏沉睡）

从今后衫儿袖儿都揾做重重叠叠的泪。　　　　　（衫儿袖儿重叠泪）

兀的不闷杀人也么哥？　　　　　　　　　　　　（闷杀也么哥）

兀的不闷杀人也么哥？　　　　　　　　　　　　（闷杀也么哥）

久已后书儿信儿索与我凄凄惶惶的寄。　　　　　（书儿信儿凄惶寄）

此曲中衬字有五十五个，比正文还多十字。

邓玉宾的正宫《叨叨令》：

> 白云深处青山下，茅庵草舍无冬夏。
>
> 闲来几句渔樵话，困来一枕葫芦架。
>
> 你省的也么哥，你省的也么哥，煞强如风波千丈担惊怕。

只用了五个衬字，加上正文共五十字，比王曲少了五十个字。需要注意的是，不论增加了多少衬字，并不影响正文的句数、平仄和韵位。

除了增加衬字，曲还可"增损"正文字句。王力先生在《汉语诗律学·曲》中将白仁甫《新水令》、元好问《减字新水令》和无名氏的《减字新水令》、无名氏的《增字新水令》做了比较，如下：

白仁甫《新水令》（正格）：

> 晚风寒峭透窗纱，控金钩绣帘不挂。
>
> 门阑凝暮霭，楼角敛残霞。
>
> 恰对菱花，楼上晚妆罢。

元好问的《减字新水令》：

> 一声啼鸟落花中，惜花心又还无用。
>
> ×× 深院宇，×× 小帘栊。
>
> 点检春工，夕阳外绿阴重。

无名氏的（套数）《减字新水令》：

闲争夺鼎沸<u>了</u>梨春园，旧排场不堪久恋。时间相敬爱，端的怎团圆？
××××，<u>白没事教人笑惹人怨</u>。

无名氏的杂剧《浮沤记》中的《增字新水令》：

<u>正黄昏庭院景凄凄</u>，哭啼啼，泪双垂，走的软兀剌一丝无两气。
淅零<u>零的</u>小路险，昏剌<u>剌的</u>晚风吹脚步<u>儿刚移</u>，<u>一步步行来到枉死地</u>。

元好问的《减字新水令》第三、四句共减了四字，第六句多了一个衬字。无名氏的（套数）《减字新水令》，正文减损了第五句，增加了六个衬字。无名氏的杂剧《浮沤记》《增字新水令》增加了两句"哭啼啼，泪双垂"，并加了十一个衬字。

（二）曲韵属近代北方话音系，韵位密集

词与曲的韵都分为十九部，但每部的内容却不同。词韵基本上还是中古音系，是诗韵的合并，词除了上、去可通押外，平、入声都独立为韵，互不能混。曲韵属近代北方话音系，曲韵中入声已不独立为部，派入三声之中。曲完全按照当时的实际语音押韵，所以平、上、去三声可混押。曲的韵位密集，大多句句用韵，一韵到底，中不换韵。如元人卢挚的（黄钟宫）《节节高》：

> 雨晴云散，满江明月，风微浪息，扁舟一叶。
> 仄平平去　仄平平去　平平去上　平平上去
> 半夜心，三生梦，万里别。
> 仄仄平　平平仄　仄仄平
> 闷倚篷窗睡些。
> 仄仄平平仄平

曲中"月、叶、别、些"都属曲韵的十四部车辙韵，"息"以入代上，"月、

叶"以入代去,"别、些"以入代平,这是平仄相押一韵到底。这样的例子很多,只要将曲谱与词谱稍加对比,就可看出其中的差异。

其次,词、曲的平仄声内涵不同。曲的平声有阴平和阳平两类,仄声有上、去两类,已属"新四声"的声调系统。所谓"平分阴阳"和"入派三声"已在曲律中得以体现。

如苏轼《江城子·密州出猎》下片:

> 酒酣胸胆尚开张。
> 鬓微霜,又何妨!
> 持节云中,何日遣冯唐?
> 会挽雕弓如满月,西北望,射天狼。

其中"节、日、月、北、射"都是入声字,全按仄声对待。

元人张择的正宫《脱布衫》:

> 草堂中夏日偏宜,正流金铄石天气。
> 素馨花一枝玉质,白莲藕样弯琼臂。

曲中入声"日"代去声。入声"铄、石"代上声、平声。入声"一、玉、质"代平声、去声。入声"白"代平声。

也就是说元曲中不再将入声当仄声,此时的入声已派入三声了。

(三)平仄的安排比较随意

词与音乐配合时,其句式的平仄变化基本上遵循"平仄相间""平仄相重"的规则;而曲打破了许多诗词中不容许的平仄句式。如:"平平仄平"这种句式是诗、词中不容许的,但在曲中却容许存在。如《庆东原》《郓城春》中的第四、五句都是平平仄平。

黄花又开,朱颜未衰(薛昂夫《庆东原·西皋亭适兴》)
似丹青辋川,是神仙洞天(乔吉《庆东原·青田九楼山》)

江中斩蛟，云间射雕（张可久《庆东原·诗情放》）

<u>对</u>人娇杏花，<u>扑</u>人飞柳花（白朴《庆东原·暖日宜乘轿》）

除此之外，孤平、诗词中被认为的"拗句"等在曲中也容许存在。

（四）语言通俗，接近口语

从语言风格看，诗尚雅正、贵含蓄；词讲秀丽、贵婉约；曲则追求率真、通俗，更加贴近生活，接近实际口语。如：

沉醉东风·秋景
卢挚

挂绝壁松枯倒倚，落残霞孤鹜齐飞。

四周不尽山，一望无穷水。

散西风满天秋意。

夜静云帆月影低，载我在潇湘画里。

诗人用白描的手法，写自己在秋意漫天的时节，泛舟洞庭，直下潇湘水的观感：秋天的傍晚，诗人看到枯松倒挂绝壁，晚霞与孤鹜齐飞，周围是看不尽的重峦叠嶂，眼前是一望无际的秋水，西风吹来感到漫天的秋意。秋夜静寂，天空明朗，气象空阔，诗人乘船在水上行驶，感到月影很低，仿佛要将诗人载入到平远、辽阔的潇湘山水画里。

天净沙·秋思
马致远

枯藤老树昏鸦，小桥流水人家，古道西风瘦马。

夕阳西下，断肠人在天涯。

同样是写秋，在这里，诗人把秋天傍晚几种特有的景物集中在一起，创作出一幅萧瑟、苍凉的写意画，恰如其分地表达出旅人凄惶悲苦的心情。表面上，诗人只为我们排列了一系列孤零零的景物，"秋思"的内涵需要读者启动自己的理解与想象，即读者要参与艺术形象的再创造。一望天色此刻已是黄昏时分，夕照下的枯藤攀附在老树上，树上有几只寒鸦在噪鸣。地上一曲清溪；不远处数间寂静的茅舍。苍凉寂寥的古道；萧瑟悲凉的西风；疲惫无力的瘦马。这实际上已不是单纯地写景了。"瘦马"包含了骑在马上的人，这是该画的主要部分。傍晚鸦雀都有栖息之处，而游子朝思暮想的家园似近在眼前，却远在天涯。日薄西山，天色已晚，古道上的游子还不知归宿何处。读者只有驰骋自己的想象，才能和作者一起完成这幅游子断肠在天涯的"秋思图"。

小圣乐·骤雨打新荷

元好问

> 绿叶阴浓，遍池亭水阁，偏趁凉多。
>
> 海榴初绽，朵朵簇红罗。
>
> 乳燕雏莺弄语，有高柳鸣蝉相和。
>
> 骤雨过，珍珠乱撒，打遍新荷。
>
> 人生百年有几，念良辰美景休放虚过。
>
> 穷通前定，何用苦张罗。
>
> 命友邀宾玩赏，对芳樽浅酌低歌。
>
> 且酩酊，任他两轮日月，来往如梭。

小令先写盛夏景色。绿叶荫浓，初绽的海榴，朵朵红罗。弄语的乳燕雏莺，高柳上的鸣蝉。这些热烈喧闹的气氛，为盛夏增添了更多的炎热之感。一阵骤雨，珍珠乱撒，打遍新荷。这番情景，不仅使人感到一阵沁人心脾的凉意，也流露出好景不长之意。告诫人们不要放过这良辰美景，因为人生不过百年，认为好坏前世注定，不必去苦心经营，应及时行乐，不要管日月如梭。结尾反映了诗人对残酷的现实无能为力的矛盾心理。

红绣鞋·天台山瀑布

张可久

绝顶峰攒雪剑，悬崖水挂冰帘。

倚树哀猿弄云尖。

血化啼杜宇，阴洞吼飞廉。

比人心山未险。

　　小令以刚健瘦硬的笔法，描写了天台山瀑布的高、险。堆积白雪的群峰如密集怒挺的利剑，倾泻而下的瀑布如垂挂着的结了冰的帘子；蜀望帝魂化的杜鹃凄厉伤神，幽暗洞穴中风神怒吼；猿猴哀叫，声震云霄。以上几种景物组成了有声有色的山水画面。末句，"比人心山未险"宕开一层，以情入景，把笔墨延伸到人间的现实之中，以山势的险峻来衬托人世的险恶、可畏，充分反映了作者对世道黑暗的无比愤懑。这点睛之笔，不仅振起全篇，而且使人生的主题开掘得更加深刻，更富魅力。全篇用"剑、帘、尖、廉、险"押韵，振起全篇，恍如将人带进了人心险恶之境。

　　另外，词和音乐分家后，就成了单纯的案头文学。元曲中除"散曲"与此相类外，主要以用来表演的"套曲"为主，并带有"科"（有关表演的指示性文字）和"白"（剧中人物的插话、念白等）。杂剧都是由许多支曲子联套起来的唱腔，中间有"科""白"，这是元杂剧的特点。

第十五讲　曲的分类与曲的宫调

一、曲的分类

前面讲到，曲分为北曲和南曲，北曲兴起较早，以元代盛行的杂剧和散曲为代表，用《中原音韵》音系为语音标准；南曲接近于词，明代盛行的传奇则多为南曲，或称"南戏"，南戏流传至今仅存十余部，如元高则诚《琵琶记》等，其音韵用江南音系，保留着入声。集中反映南北曲不同点的是衬字和声调。南北曲都有衬字，但南曲衬字少，好多甚至没有衬字，所以有"衬不过三"的说法。这是因为南曲曲调的节拍即"板"有定数和定点，假如衬字一多，就无法准确拍板，也就无法使演唱者有节奏地唱曲。而"北曲无定板，就文字之多寡，为板式之疏密，而其声随之为转移；又上下板易移处，歌者高下闪转，极声文之美，此又随曲声之势变为准者也"（吴梅《元词斠律·序》）。北曲的衬字多少不拘，这样就更便于抒情、演唱，这大约是北曲发达的原因之一。南曲用五音阶，北曲用七音阶；在演奏时南曲以箫笛伴奏，而早期的北曲以鼓、笛、拍、锣伴奏，后来以弦乐为主。在总体风格上北曲较豪放、粗犷，南曲则柔和婉转。北曲一般规定为四折，或再加上"楔子"，每折由宫调相同的若干支曲子按规定的顺序联合成一组"套曲"，各支曲子都要押同一个韵部的韵，由主角独唱到底。南曲"传奇"则没有折数的限制，一部曲文可多到几十出，一出戏里可用不同宫调的曲子多支，可不一韵到底，可以一曲一韵，可多人各自唱，也可一人独唱或大家合唱，这为南戏后来的繁荣提供了较好的表演形式。

学界讲曲，习惯上指的是北曲。北曲分类如下。

（一）小令

如前所述，散曲有小令和套数之分。小令是独立的一支曲子，很像词的单调。小令不分段。一首小令有一个曲牌名，并属于一定的宫调。小令可分为以下几种。

1. 普通小令

小令元人也称作"叶儿"，是指单独的一支曲调，相当于一首单调的词或一首诗，有曲牌，一韵到底，衬字可有可无，不拘多少，无科白。小令由于体制短小精悍，运用自由灵活，生动活泼，易于掌握，便于表情达意，所以在元代散曲中数量极大，质量也很高，在元曲中占据主要地位，与诗词并称，鼎足而三。如：

〔正宫〕小梁州·秋

贯云石

芙蓉映水菊花黄，满目秋光。

枯荷叶底鹭鸶藏。

金风荡，飘动桂枝香。

雷峰塔畔登高望，见钱塘一派长江。

湖水清，江潮漾。

天边斜月，新雁两三行。

〔越调〕天净沙·枯藤老树昏鸦

马致远

枯藤老树昏鸦，小桥流水人家，西风古道瘦马。

夕阳西下，断肠人在天涯。

〔中吕〕阳春曲

白朴

知荣知辱牢缄口，谁是谁非暗点头。

诗书丛里且淹留，闲袖手，贫煞也风流。

〔仙吕〕游四门

无名氏

琴书笔砚作生涯，谁肯恋荣华？

有时相伴渔樵话，兴尽饮流霞。

嗏！不醉不归家。

〔仙吕〕鹊踏枝

无名氏

声沥沥巧莺调，舞翩翩粉蝶飘。

忙劫劫蜂翅穿花，闹炒炒燕子寻巢。

喜孜孜寻芳斗草，笑吟吟南陌西郊。

〔中吕〕山坡羊·潼关怀古

张养浩

峰峦如聚，波涛如怒，山河表里潼关路。

望西都，意踌躇，伤心秦汉经行处。

宫阙万间都做了土。

兴，百姓苦。

亡，百姓苦。

　　根据任中敏《散曲概论》的统计，北曲曲牌中，小令专用的曲牌有五十多个。小令最常见的曲子如下：

〔黄钟宫〕《昼夜乐》《红纳袄》《人月圆》《刮地风》《喜迁莺》《贺圣朝》
　　　　《九条龙》

〔正宫〕《端正好》《滚绣球》《醉太平》《小梁州》《鹦鹉曲》《叨叨令》
　　　　《呆骨朵》《倘秀才》

〔仙吕〕《太常饮》《八声甘州》《游四门》《醉中天》《寄生草》《后庭花》
　　　　《青哥儿》《点绛唇》《鹊踏枝》《油葫芦》

〔中吕〕《粉蝶儿》《石榴花》《齐天乐带过红衫儿》《鹊打兔》《迎仙客》
　　　　《山坡羊》《红绣鞋》《阳春曲》《卖花声》《醉春风》《快活三》
　　　　《上小楼》《满庭芳》《朝天子》

〔南吕〕《一枝花》《乌夜啼》《楚天秋》《红芍药》《阅金经》《四块玉》
　　　　《干荷叶》《骂玉郎带过感皇恩采茶歌》

〔双调〕《清江引》《水仙子》《折桂令》《落梅风》《殿前欢》《沉醉东风》
　　　　《雁儿落带得胜令》《风入松》《步步娇》《太平令》《豆叶黄》
　　　　《碧玉箫》

〔越调〕《天净沙》《寨儿令》《小桃红》《斗鹌鹑》《麻郎儿眉儿弯》《南
　　　　乡子》《雪中梅》《调笑令》《凭栏人》《青山口》《踏阵马》

〔商调〕《知秋令》《蝶恋花》《秦楼月》《商调水仙子》《逍遥乐》《醋葫芦》
　　　　《水红花》《桃花浪》《满堂红》《望远行》《梧叶儿》《鱼游春水》

〔大石调〕《念奴娇》《催拍子》《喜秋风》《怨别离》《阳关三叠》《归
　　　　塞北》《青杏儿》《初生月儿》《常相会》《百字令》

2. 幺篇

如果一首小令还未能尽意，可以把曲调重复一遍，称为"幺篇"。幺篇一般都是前调的格律，只是字句上稍有增减。如：

行香子·别恨

朱庭玉

〔双调〕烟草萋萋，霜叶飞飞。落闲阶不管狼藉。雁儿才过，燕子先归。盼佳音，无佳信，误佳期。

〔幺篇〕帘幕空垂，院宇幽凄。步回廊自恨别离。蓬松鬓发，束减腰围。见人羞，惊人问，怕人知。

3. 重头小令

在小令的创作中，重复填写声调格律完全相同的曲调，叫重头。重头的用韵、题目可以每首不同。至于填写多少，没有限定，有两首的，也有多到百首的。如《雍熙乐府》中所录的咏《西厢》故事的〔小桃红〕多至百首。张养浩用〔中吕·朝天子〕的曲调，在《咏四景》的总题下，连续填写《春》《夏》《秋》《冬》四首。

4. 带过曲

如果不重复前调，也可以再选一两个宫调相同的、音乐能衔接的曲调来写，叫"带过曲"。是间于小令、套数间的体裁，跟双叠、三叠的词相似。

"带过曲"是散曲"小令"中的专名，曲调一般都是单调，"小令"更是如此。小令字句少、调子短，容纳的思想内容有限，因而在填写时，会出现调已填完，但思想感情还没表达完的情况。为解决这个问题，曲作者仿照"联套"的样子，选与前一个曲调相同、音律又能衔接在一起的曲调继续填写，并且在调名上标明是"《××××》带过（或写作"带""过""兼"等）《××××》"。"带过曲"与前曲中间往往空一字，表示有所区别，等于告诉你，该处是一个小令带了一支曲子。根据前人研究，元人小令中可以有"带过曲"的有几十种。如双调《雁儿落带清江引碧玉箫》《水仙子带折桂令》《雁儿落带得胜令》《玉姣枝带过四快玉》《沽美酒带过太平令》《叨叨令带过折桂令》，中吕宫《快活三带过朝天子》《十二月带尧民歌》，南吕宫《骂玉郎带过感皇恩采茶歌》，正宫《脱布衫带小梁州》等。下面举例说明：

〔中吕〕齐天乐带过红衫儿·道情·一

人生底事辛苦？枉被儒冠误！读书，图：驷马高车，但沾着者也之乎。区区，牢落江湖，奔走在仕途。半纸虚名，十载功夫，人传《梁甫吟》，自献《长门赋》，

谁三顾茅庐？（《齐天乐》）

白鹭洲边住，黄鹤矶头去。唤奚奴，鲙鲈鱼，何必谋诸妇，酒葫芦，醉模糊，也有安排我处。（《红衫儿》）

《齐天乐》和《红衫儿》均属中吕宫，所以可带起来表示更多的感情。

〔中吕〕十二月过尧民歌

王实甫

自别后遥山隐隐，更那堪远水粼粼。见杨柳飞绵滚滚，对桃花醉脸醺醺。
透内阁香风阵阵，掩重门暮雨纷纷。（《十二月》）
怕黄昏忽地又黄昏，不销魂怎地不销魂。新啼痕压旧啼痕，断肠人忆断肠人。
今春，香肌瘦几分，缕带宽三寸。（《尧民歌》）

注意，它们虽是两支曲子，但都不能单独用作小令，写作时要将两者连在一起。

5. 随煞、随尾、黄钟尾

它们是结束曲的名称。结束曲随上一曲曲调煞尾的叫"随尾"或"随煞"，有时也可因表情达意的需要随机而变，本是正宫调的，结尾时转为黄钟宫调，这样的结尾叫"黄钟尾"，余类推。

北曲有杂剧和散曲之分。杂剧是在元代成熟的一种戏曲。既有"曲词"，又有"科""白"，而且还有诸如"净、旦、丑、外、贴、末"等角色，可表演较复杂的故事情节，是唱、念、动作等相结合的综合艺术。散曲是剧中的演唱部分，平时也供人们吟咏、清唱，没有"科""白"，与词相近。杂剧只有套数，没有小令，而且一个套数就是一折，四个套数就是一本；散曲既可用小令，也可用套数。

（二）套数

又称"散套"或"套曲"，一般由两个以上同一宫调的曲子组成，有调名，一韵到底，无科白，每套必有《尾》，以示全套乐曲至此结束。散套一般用来表达较复杂的思想内容，多以首曲命名。如：

1. 睢景臣《般涉调（正名黄钟羽，般涉调为俗名，后归入中吕、正宫）·哨遍·高祖还乡》

〔哨遍〕社长排门告示，但有的差使无推故。这差使不寻俗，一壁厢纳草也根，一边又要差夫，索应付。又是言车驾，都说是銮舆，今日还故乡。王乡老执定瓦台盘，赵忙郎抱着酒葫芦。新刷来的头巾，恰糨来的绸衫，畅好是妆么大户。

〔耍孩儿〕瞎王留引定火乔男女，胡踢蹬吹笛擂鼓。见一彪人马到庄门，匹头里几面旗舒：一面旗白胡阑套住个迎霜兔，一面旗红曲连打着个毕月乌，一面旗鸡学舞，一面旗狗生双翅，一面旗蛇缠葫芦。

〔五煞〕红漆了叉，银铮了斧，甜瓜苦瓜黄金镀，明晃晃马镫枪尖上挑，白雪雪鹅毛扇上铺。这些个乔人物，拿着些不曾见的器仗，穿着些大作怪的衣服。

〔四煞〕辕条上都是马，套顶上不见驴。黄罗伞柄天生曲，车前八个天曹判，车后若干递送夫。更几个多娇女，一般穿着，一样妆梳。

〔三煞〕那大汉下的车，众人施礼数，那大汉觑得人如无物。众乡老展脚舒腰拜，那大汉挪身着手扶。猛可里抬头觑，觑多时认得，险气破我胸脯。

〔二煞〕你身须姓刘，你妻须姓吕，把你两家儿根脚从头数：你本身做亭长耽几盏酒。你丈人教村学读几卷书。曾在俺庄东住，也曾与我喂牛切草，拽坝扶锄。

〔一煞〕春采了桑，冬借了俺粟，零支了米麦无重数。换田契强秤了麻三秆，还酒债偷量了豆几斛。有甚糊突处？明标着册历，见放着文书。

〔尾声〕少我的钱差发内旋拨还，欠我的粟税粮中私准除。只道刘三谁肯把你揪扯住，白甚么改了姓，更了名，唤做汉高祖。

2. 元人朱庭玉的散套《仙吕·祆神急·道情》

〔祆神急〕不求三品贵，唯厌一身多。假是功勋，图像麒麟阁。争如忙里闲，暂放眉间锁。来今往古英与豪，到头都被他，日月消磨。

〔六幺遍〕有林泉约，云山乐。纶竿坐捻，藜杖行拖。樊笼撞破，尘缨摆脱。

报却君恩归来么？如何，看他龙虎定干戈。

〔元和令〕有为须有失，无福亦无祸。但高山流水少知音，短歌谁共作？对清风明月，更看人浊醪还自酌。

〔后庭花煞〕不留心名利场，且潜身安乐窝。一度兴一度废，一尺水一丈波。住挣罗，随时达变，得磨陀处且磨陀。

3. 马致远《双调·夜行船·秋思》

〔夜行船〕百岁光阴一梦蝶，重回首往事堪嗟。今日春来，明朝花谢，急罚盏夜阑灯灭。

〔乔木查〕想秦宫汉阙，都做了衰草牛羊野，不恁么渔樵没话说。纵荒坟横断碑，不辨龙蛇。

〔庆宣和〕投至狐踪与兔穴，多少豪杰。鼎足虽坚半腰里折，魏耶？晋耶？

〔落梅风〕天教你富，莫太奢，没多时好天良夜。富家儿更做道你心似铁，争辜负了锦堂风月。

〔风入松〕眼前红日又西斜，疾似下坡车。不争镜里添白雪，上床与鞋履相别。休笑巢鸠计拙，葫芦提一向装呆。

〔拨不断〕名利竭，是非绝。红尘不向门前惹，绿树偏宜屋角遮。青山正补墙头缺，更那堪竹篱茅舍。

〔离亭宴煞〕蛩吟罢／一觉／才宁贴。鸡鸣时／万事／无休歇。何年／是彻。看密匝匝／蚁排兵。乱纷纷／蜂酿蜜。急攘攘／蝇争血。裴公／绿野堂，陶令／白莲社。爱秋来时那些。和露／摘黄花。带霜／分紫蟹。煮酒／烧红叶。想人生／有限杯。浑几个／重阳节。人问我／顽童记者。便北海／探吾来，道东篱／醉了也。

从以上三例看出，套数与小令一样，只不过是同一宫调押同一韵部的小令的有机组合。

一般的"套曲"都有"尾"或"煞""结音"，表示全套曲的结束，有的也用带过曲作结。散套一般供人清唱或咏吟。相对小令来说，套数要少一些。

套数的连缀有一定的要求：①每套至少要有一个正曲和一个尾声，繁复的可达几十个曲子。如元人刘时中套曲《正宫·端正好·上高监司》，就多达三十四调。②调与调之间的连接有一定的限制，次序不能颠倒。哪个曲牌作引子开头、哪个曲牌作过渡曲，哪个用作煞尾，都有大致的规律。如正宫·套数在《滚绣球》后常连《倘秀才》，《小梁州》之后必连《么篇》，双调套数曲多用《新水令》或《五供养》，《新水令》后多用《驻马听》《沉醉东风》《步步娇》等。

（三）杂剧

由若干套数组成，一个套数为一折，一本为四折，一出杂剧由若干本组成。套数供演唱用，另有科、白之类。如王实甫《西厢记》共有五本，二十折，二十个套数（每一套数的曲子数量多少不等）。如《西厢记》第五本第四折由《新水令》《驻马听》《乔牌儿》《雁儿落》《得胜令》《庆东原》《乔木查》《搅筝琶》《沉醉东风》《落梅花》《甜水令》《折桂令》《雁儿落》《得胜令》《落梅风》《沽美酒》《太平令》《锦上花》《幺篇》《清江引》《随尾》共二十一个小令组成。宫调为双调。如王实甫《西厢记》第三本第二折：

（莺莺让红娘去看张生，张生写了一封简帖让红娘给莺莺，红娘知道莺莺有许多假处，将简帖放在梳妆盒上，莺莺见到简帖，喜上眉梢，"忽的低垂了粉颈，改变了朱颜"。但在红娘面前却还要装的生气的样子。）

〔旦云〕小贱人，这东西那里将来的？我是相国的小姐，谁敢将这简帖来戏弄我，我几曾惯看这等东西？告过夫人，打下你个小贱人下截来。

〔红云〕小姐使将我去，他着我将来。我不识字，知他写着甚么？〔红唱〕

〔快活三〕分明是你过犯，没来由把我摧残；使别人颠倒恶心烦（倒过来使我恼心烦）。你不惯，谁曾惯？

姐姐休闹，比及你对夫人说呵，我将这简帖儿去夫人行出首去来。〔旦做揪住科〕我逗你耍来。〔红云〕放手，看打下下截来。〔旦云〕张生近日如何？〔红云〕我则不说。〔旦云〕好姐姐，你说与我听咱！〔红唱〕

〔朝天子〕张生近间、面颜，瘦得来实难看。不思量茶饭，怕待动弹；晓夜将佳期盼，废寝忘餐；黄昏清旦，望东墙淹泪眼。〔旦云〕请个好太医看他证候咱。〔红云〕他证候吃药不济。病患要安，则除是出几点风流汗。

〔旦云〕红娘，不看你面时，我将与老夫人看，看他有何面目见夫人？虽然我家亏他，只是兄妹之情，焉有外事。红娘，早是你口稳哩；若别人知呵，甚么模样。〔红云〕你哄着谁哩！你把这个饿鬼弄得他七死八活，却要怎么？〔红唱〕

〔四边静〕怕人家调犯，早共晚夫人见些破绽，你我何安？问甚么他遭危难？撺断得上竿，掇了梯儿看！

多支曲子连起来，中间插上"科"（动作）、"白"（说白），形成了元杂剧的显著特点。

二、曲的宫调

曲调和词调有些是相同的，如《忆王孙》《南乡子》《鹧鸪天》《点绛唇》《秦楼月》《风入松》《念奴娇》《蝶恋花》（后两种取其词调的一阕）等。同名的词与曲有的字句也基本相同，如《南乡子》《念奴娇》等；如：

风入松

张炎

晴岚暖翠护烟霞，乔木晋人家。
幽居只恐归图画。唤樵青、多种桑麻。
门掩推敲古意，泉分冷淡生涯。

风入松

马致远

眼前红日又西斜，疾似下坡车。
不争镜里添白雪，上床与鞋履相别。

休笑巢鸠计拙，葫芦提一向装呆。

有的字句不同，如《喜迁莺》《女冠子》《调笑令》《醉太平》等；有的曲调与词调同名异实，在字数、句数、平仄等方面都不相同，如：

捣练子

李煜

深院静，小庭空。断续寒砧断续风。

无奈夜长人不寐，数声和月到帘拢。

捣练子

杨景辉

岚光湿布袍，竹杖挂椰瓢。

行过小溪桥，谁家青旆摇？

词调的为五句，二十七字，三平韵；曲调的《捣练子》为四句，二十字，四平韵。绝大多数曲调词调不同名，如《呆骨朵》《秃厮儿》《脱布衫》《小梁州》《叨叨令》《耍孩儿》《山坡羊》等，均属曲牌，是词牌所没有的。

曲和词一样，都是用来配乐歌唱的，所以在音乐上，每种曲调都属于一定的宫调。词的宫调已经失传，曲的宫调从现存的曲谱看，文字上和符号上有所标识。如《山坡羊》属中吕，《天净沙》属越调，《哨遍》属般涉调。有些曲牌名同而所属宫调不同，应视为不同的曲调，如"正宫端正好"不同于"仙吕端正好"。词以双调为常，而曲一般是单调。

宫调属于音乐的范畴，有待专门研究。这里只讲宫调与声情的关系。

北曲共有六宫十一调，相当于西乐中给曲谱所定的 A 调 B 调之类，演出时限定乐器和演唱者的声音高低和情调。北曲实际上常用的是五宫四调，五宫为正宫、中吕宫、南吕宫、仙吕宫、黄钟宫，四调为大石调、双调、商调、越调，合称为"九宫调"。

每个宫调下属若干曲牌。如黄钟宫有三十三个曲牌，正宫有五十四个，仙吕宫有六十一个，中吕宫有七十三个，南吕宫有三十九个，双调有一百三十三个，商调有五十个，越调有三十八个，大石调有三十五个，共有五百十六个曲牌。如《仙吕·赏花时》《正宫·端正好》《双调·新水令》《商调·黄莺儿》等。每种曲名中，前为宫调后为曲牌。不论什么曲牌，只要属于同一宫调，在音乐上的特征总是大致相同的。

"套数"能由同一宫调的几支曲子联结成套，就是这个道理。不同宫调的曲子，在音乐上是不同的；即使是同一曲牌名，如不属于同一宫调，也应视为两个曲子。如《西厢记》第四本第三折《正宫·端正好》：

碧云天，黄花地，西风紧，北雁南飞。晓来谁染霜林醉，总是离人泪。

《鸳鸯被·楔子》中的《仙吕·端正好》：

渭城歌，阳关恨，别离罢，路践红尘，可怜见女孩儿独自个无人问。父亲也，你是必频频地捎带一纸平安信。

两相比较，虽句法大体相同，但《正宫·端正好》未增加字数、句数；《仙吕·端正好》不仅有衬字，而且可增加正文的字句，加上宫调的声情不同，两调不能视为一个曲调。

不同的宫调不仅标志其音调的高低，也表明了声情的色彩。明郭勋《雍熙乐府》云："黄钟宫宜富贵缠绵，正宫宜惆怅壮雄，大石调宜风流蕴藉，小石调宜旖旎妩媚，仙吕宫宜清新绵邈，中吕宫宜高下闪嫌，南吕宫宜感叹伤惋，双调宜健捷激枭，越调宜陶写冷笑，商调宜凄怆怨慕，林钟商调宜悲伤宛转……"这种说法不一定都符合实际，也不够具体确切，但它大体上说明了宫调与声情的关系，有助于我们对曲的特点进行全面理解。

总之，作曲时，作者往往要选择与自己所属之情切题而声情相合的宫调，这是没有疑问的。

第十六讲　曲律

　　从广义上讲，曲也是一种格律诗，所以，在结构、韵律、句式等方面，都有一定的格式。

一、韵律

　　曲韵的标准是当时北方的实际语音。随语音变化来押韵的做法无疑是明智的、进步的，值得我们学习。元周德清《中原音韵序》说："欲作乐府，必正言语；欲正言语，必宗中原之音。乐府之盛、之毕、之难，莫如今时。其盛，则自缙绅及闾阎歌咏者众。其毕，则自关（汉卿）、郑（光祖）、白（朴）、马（致远）一新制作。韵共守自然之音，字能通天下之语，字畅语俊，韵促音调；观其所述，曰忠、曰孝，有补于世。"《中原音韵》是专为写曲而编的韵书，它根据当时北方话的实际语音和关汉卿、郑光祖、白朴、马致远等作家作品的用韵情况分曲韵为：东钟、江阳、支思、齐微、鱼模、皆来、真文、寒山、桓欢、先天、萧豪、歌戈、家麻、车遮、庚青、尤侯、侵寻、盐咸、廉纤十九部。

　　从这个曲韵分部看，我们可以得知它同诗韵、词韵的不同之处：

　　第一，曲韵与诗韵、词韵的最大区别是它没有入声韵，因为北曲中入声韵已完全合并于阴声韵中，不再作为独立的韵部了。如：

〔仙吕〕四季花

　　一年三百六十日，花酒不曾离。醉醺醺酒淹衫袖湿，花压帽檐低。帽檐低吃了穿了是便宜。

曲词的内容是消极的。但我们从中可看出入声归入上声、去声、平声的情况。在曲中论平仄时，入声归入什么声，就算什么声，"一、吃、百、不、六、日、湿"原先都是入声字，曲中"一、吃"为阴平，"百"为上声，"不、六"为去声。而"日"去声押韵，"湿"上声押韵，与平声"离""低""宜"均属曲韵第四部"齐微"的平、上、去声的字，所以这首《四季花》是平上去通押，也就是平仄通押，而不是平入通押了。

由上例可知，元曲的韵系与现代普通话韵母系统已很接近了，所不同的是还有带"-M"尾的韵部存在，如侵寻、盐咸和廉纤三部。由于曲韵是按实际语音押韵，而词韵则是含有古音和方言的诗韵的归并。诗词的支微韵在曲韵中分为支思和齐微二部，出现了舌尖元音为韵母的独立韵部，即支思部。诗词中的麻韵也分为家麻和车遮二部。诗词中的佳、灰二部合并为皆来一部。

第二，曲的用韵格式打破了诗词同声调的韵才能相押的常规，变为四声可以混押。如：

金盏儿·黄粱梦

马致远

俺那里地无尘，草长春，四时花发常娇嫩，更那翠屏般山色对柴门。
雨滋棕叶润，露养药苗新。听野猿啼古树，看流水绕孤村。

"嫩""润"为去声，与平声"春""尘""门"等字相押。

小令和套数用韵都必须一韵到底，中间不换韵，杂剧的每一折也只用同一部的字押韵。如王实甫《西厢记》第四本第二折《长亭送别》，每支曲子都用齐微部的字作韵脚字。

曲的韵位也因曲牌不同而变。一般是句句用韵，间或有双句用韵，韵位安排较密。如：

〔双调〕雁儿落带得胜令

张养浩

云来山更佳，云去山如画。山因云晦明，云共山高下。（《雁儿落》）

倚仗立云沙，回首见山家。野鹿眠山草，山猿戏野花，云霞，我爱山无价。看时行踏，云山也爱咱。（《得胜令》）

曲和词一样，不避重韵，如：

〔南吕〕骂玉郎带过感皇恩采茶歌·四时闺怨·夏

曾瑞

纱厨烟淡波纹簟，惊午梦、恨厌厌、别离情绪难绝念。闷转添、恨转添，愁无厌。（《骂玉郎》）

问卜求签，有苦无甜。痛无心，调锦瑟，对妆奁。泪淹残杏脸、愁压损眉尖。欢娱俭，愁检束，闷拘钳。（《感皇恩》）

近雕檐，簌朱帘，困人天气扇慵拈。云鬟蓬松愁病染，缃裙宽掩舞腰纤。（《采茶歌》）

其中"添""厌"，"奁""帘"，"签""纤"，重复使用。

在一支曲子内部，句与句之间，没有对仗的规定，也没有粘对的规定，作曲的人按曲谱和思想内容的需要自由运用。如：

〔中吕〕山坡羊·叹世

陈草庵

晨鸡初叫，昏鸦争噪，那个不去红尘闹？路迢遥，水迢迢，功名尽在长安道，今日少年明日老。山，依旧好；人，憔悴了！

〔中吕〕山坡羊·冬日写怀

乔吉

朝三暮四，昨非今是，痴儿不解荣枯事。攒家私，宠花枝，黄金壮起荒淫志，千百锭买张招状纸。身，已至此；心，犹未死。

《叹世》对仗较《冬日写怀》要多。

〔双调〕夜行船·拨不断
马致远

名利竭，是非绝。红尘不向门前惹，绿树偏宜屋角遮。青山正补墙头缺，更那堪竹篱茅舍。

一、二两句对仗，但平仄不相对；三、四两句对仗，平仄能相对；第五句又与第四句对。

曲句一般属律句，讲求节奏点上的平仄交替。如：

〔般涉调〕耍孩儿
王实甫

淋漓襟袖啼红泪，比司马青衫更湿。伯劳东去燕西飞，未登程先问归期。虽然眼底人千里，且尽生前酒一杯。未饮心先醉，眼中流血，心内成灰。

曲句的节奏，不像近体诗那样有固定的音步，有些与词相似；但因用了衬字，比词更加灵活，有一字、二字一个音步的，也有三字一音步的。如：

〔双调〕离亭宴煞
马致远

蛩吟罢 / 一觉 / 才宁贴。鸡鸣时 / 万事 / 无休歇。何年 / 是彻。看密匝匝 / 蚁排兵。乱纷纷 / 蜂酿蜜。急攘攘 / 蝇争血。裴公 / 绿野堂，陶令 / 白莲社。爱秋来时那些。和露 / 摘黄花。带霜 / 分紫蟹。煮酒 / 烧红叶。想人生 / 有限杯。浑几个 / 重阳节。人问我 / 顽童记者。便北海 / 探吾来，道东篱 / 醉了也。

这种节奏已接近口语了。

二、声律

曲的平仄是按北方话音系分的，平分阴阳二声，仄分上去二声，入声已分别合并于平上去三声之中。值得注意的是在具体字的归类上，并不完全与现代普通话音一样。古入声字在普通话中分别归于阴阳上去四声之中，而在元曲时代，入声归于平声时只归于阳平，不归于阴平。所以要确定曲的字调，不能完全按现代的读音而定，须查《中原音韵》之类的工具书。

曲对声律的要求很严，不仅讲平仄，有些地方还要论阴阳上去，不能任意安排，要严格按曲谱的规定办事。如《天净沙》第三句规定为"仄仄平平去上"，第四句为"仄平平去"，《端正好》最后一句定为"仄仄平平去"，凡此已标明上去的，不得上去互通。词中已有此例，但不多；而曲中却普遍存在。需要注意的是，每个曲调结尾的平仄，尤其是末句的最后一个字的平仄，要求极严。曲谱规定用去声，万万不可改为平声或上声。如《落梅风》《上小楼》《夜行船》《卖花声》等末句必须是"仄平平、仄平平去"。正宫等调的尾声末句必须作"仄仄平平去平上"，如此等等。以《越调·天净沙》为例，按曲谱规定第三句末二字必须用"去上"，第四句必须押去声。

〔越调〕天净沙·秋思
马致远

枯藤老树昏鸦，小桥流水人家，古道西风瘦马。夕阳西下，断肠人在天涯。

〔越调〕天净沙·四季
白朴

春山暖日和风，阑干楼阁帘栊，杨柳秋千院中。啼莺舞燕，小桥流水飞红。
云收雨过波添，楼高水冷瓜甜，绿树阴垂画檐。纱厨藤簟，玉人罗扇轻缣。
孤村落日残霞，轻烟老树寒鸦，一点飞鸿影下。青山绿水，白草红叶黄花。

一声画角谯门，半庭新月黄昏，雪里山前水滨。竹篱茅舍，淡烟衰草孤村。

〔越调〕天净沙·离愁
李致远

敲风修竹珊珊，润花小雨斑斑，有恨心情懒懒。一声长叹，临鸾不画眉山。

从上例看，基本上遵循了这个要求。

三、衬字

曲与词一样，为长短句，每句字数多少和平仄安排，有曲谱规定。但在字数上，作者可以加一些"衬字"。所谓"衬字"是指在曲谱规定的正文字数之外，由填曲者根据具体需要，如为了敷衍剧情、突出人物性格，使字句之间的联系更加紧密，唱诵起来更顺口等而添加的字。从总体上说，"衬字"的出现，是和北曲板无定数、板无定所有直接关系，因而可容纳多余的字、词。它显示出曲有较强的灵活性。曲中的衬字，不拘平仄，不属格律管辖。衬字多用于句首，句中也时有夹用。小令衬字少，套数较多，杂剧尤多。这样，就使曲的语言更加口语化，如《西厢记》第四本第三折：

〔正宫〕叨叨令

见安排着车儿马儿不由人熬熬煎煎的气，有甚么心情花儿靥儿打扮得娇娇滴滴的媚。准备着被儿枕儿则索昏昏沉沉的睡，从今后衫儿袖儿都揾做重重叠叠的泪。兀的不闷杀人也么哥？兀的不闷杀人也么哥？久已后书儿信儿索与我凄凄惶惶的寄。

区分正字和衬字，首先要找出较规范的曲谱，如李玄玉的《北词广正谱》、吴梅的《南北词简谱》、今人唐圭璋的《元人小令格律》等。然后从中选出几首较单纯的无衬字或少衬字的曲进行分析，弄清句读、句法、平仄、韵位，然后作为标准与别的同宫调、同牌名的曲文进行比较分析，分出每句中符合平仄并凑够该句的字数，剩下的就是衬字了。较好的曲谱往往把"衬字"用小字，正文用大字排出。如：

双雁儿·叹世（一字未衬）
吕止庵

不如闻早去来兮，乐清闲穷究理，无辱无荣不萦系。守清贫绝是非，远红尘参道德。

李逵负荆·三折·第七曲双雁儿（十四个衬字）
康进之

就恨不一把火 刮刮拶拶烧了 你这草团瓢，将人来险中倒。气得咱一似 那鲫鱼跳，可不道家有老敬老，家有小敬小。

"衬字"是为了填唱而产生的，所以在唱、念时，可轻轻带过，不占重要的节拍，也不论平仄。衬字多放在句首，由实词充当的多，放在句中的较少，多为虚词，放在句尾的极少，几乎没有。因为句尾是落音处，不容许有轻声字存在，否则影响唱念效果。还有"也么哥""也波"一类的有音无义的帮腔，也可看成一种衬字，但这一类字是格律所规定的，如《叨叨令》中的"也么哥"。

四、曲谱

现存的曲谱不少，较为通行的有明朱权的《太和正音谱》、清初李玄玉的《北词广正谱》、清王奕清奉召编的《钦定曲谱》等。曲谱与词谱的作用一样，是把各种曲牌的格式标注出来供写曲时遵用。《钦定曲谱》收北曲三百三十余种。《九宫大成南北调宫谱》共收二千零九十四种。

曲谱体例，各家不全相同，现举《北词广正谱》中《雁儿落》为例：

这些时愁闻砧杵敲——（韵）倦听宾鸿叫（叶）懒将脂粉施˘（不）
　　平平平仄平　　　　　仄仄平平去　　　仄仄平平仄
羞对菱花照（叶）
仄仄平平去

其中，（韵）表示第一个韵脚；（叶）表示协韵；（不）表示不叶韵。"·""——""˘"等符号，表示音乐上的板式。

字的平仄按曲文而定，特别是句尾还要区别上声和去声。《钦定曲谱》与《钦定词谱》一样，每字都标明了平上去各声，用"○"圈住衬字。

目前较为通用的是列出曲的格式，并举出作品为例证。谱式中"平"表示阴平阳平均可；"仄"，表示上声去声均可；"上"，表示只能用上声字；"去"，表示只能用去声的字；"○"表示该处可平可仄；"△"表示韵脚，"—"下表示衬字。如：

〔中吕〕山坡羊·潼关怀古
张养浩

平平仄去，平平仄去，○平○仄平平去。仄平平，仄平平，○平○仄平平去，
　△　　　　△　　　　　　△　　　　△　　△　　　　　　　△

峰峦如聚，波涛如怒，山河表里潼关路。望西都，意踌躇，伤心秦汉经行处，

仄○平平去上。　　平，平仄上；平，平仄上。
　　△—　　　△　　　△　△　　　△

宫阙万间都做了土。兴，百姓苦；亡，百姓苦。

〔中吕〕山坡羊·书怀示友人·三
汤式

平平仄去，平平仄去，○平○仄平平去。仄平平，仄平平，○平○仄平平去，
　△　　　　△　　　　　　△　　　　△　　△　　　　　　　△

长江东注，夕阳西没，流光容易抛人去。莫嗟吁，任揶揄，老天还有安排处，

仄〇平平去上。　平，平仄上；平，平仄上。
　　△　　　　△　　　　　△　　　△　　　　　△

踽踽客窗无伴侣。酒，花外沽；琴，灯下抚。

〔越调〕天净沙·秋思
马致远

〇平〇仄平平，〇平〇仄平平，〇仄平平去上。仄平平去，〇平〇仄平平。
　　　　△　　　　　　　△　　　　　　　△　　　　　△　　　　　　　　△

枯藤老树昏鸦，小桥流水人家，古道西风瘦马。夕阳西下，断肠人在天涯。

〔商调〕知秋令（一名梧叶儿）
张可久

平平仄，平仄平，〇仄仄平平。平平仄，平仄平，仄平平。〇仄平平〇仄平。
　　　　△　　　　　△　　　　　　　△　　　△　　　　　　　　△

鸳鸯浦，鹦鹉洲，竹叶小渔舟。烟中树，山外楼，水边鸥。扇面儿潇湘暮秋。

五、带过曲

用两三个同一宫调的小令连缀在一起，用来表达一个共同的内容，这种格式称为"带过曲"。如无名氏《南吕·骂玉郎带过感皇恩采茶歌》：

骂玉郎

〇平〇仄平平去，平平仄，仄平平，〇平〇仄平平去。〇仄平，〇仄平，
钱塘自古繁华胜，和靖咏，子瞻评，西湖堪与西施并。浓淡妆，昼夜观，
　　　　　　　　　　△　　　　　△　　　　△　　　　　　　　△

平平去。
俱相趁（称）。
　△

感皇恩

〇仄平平，〇仄平平。　　　仄平平，　　　平仄仄，　　　仄平平。

宜雨宜晴，堪赏堪称。曲岸边草茸茸，高峰畔云淡淡，断桥下水泠泠。
　　　　　△　　　　　　△　　　　　　△　　　　　　　　　　△

平平　去上，　　仄仄平平。平仄仄，平仄仄。仄平平。

临荷浦视鱼，傍柳岸闻莺。游竹院，玩葛岭，压兰亭。
　　　　　　　　　△　　　　　　　△　　　△

采茶歌

　　　仄平平，　　　仄平平。　　　〇平〇仄仄平平。

云山岫罩南屏，日衔山遇西林。现出那雷峰晚照似蓬瀛。
　　　△　　　　　　△　　　　　　　　　△

〇仄平平仄平平，〇平〇仄仄平平。

九井三潭五云生，六桥烟柳胜丹青。
　　　　△　　　　　　　△

第十七讲　诗词曲的异同

前文，我们分别讲解了诗律、词律和曲律。现进行简要的概括，并对诗、词、曲的异同进行一些比较。诗词曲虽然一脉相承，词曲更如同胞兄弟，但由于时代不同，体制有别，其音律、语言、内容、表现方式、风格也随之而异。

一、声律与韵律

声律即声调的配合规律（广义的声律指格律），是有声调的语言，声调有高低长短之分。古汉语有平上去入四个调，用于文艺创作上，又分两大类。平为一类，称平，上去入为一类，称仄。词、曲家又根据韵尾能否延长分为舒和促两类，平上去三声为舒声，入声因有塞音作韵尾，难以延长，为促声。所以，入声无论哪种分法都是独立成类的，不与其他三声相通。不同的声调给人以不同的音感。唐《元和韵谱》所谓"平声哀而安，上声厉而举，去声清而远，入声直而促"，清江永《音学辨微》称"平声长空，如击钟鼓；上去入短实，如击土木石"等，都是前人对声调音态的描述。按美学原理对不同的声调加以排列组合，就形成了抑扬顿挫的声律。如律诗中的平仄交错律、粘对规律等。

韵律即押韵的规律，就是把韵母相同或相近的字，安排在一定的位置上使之互相呼应，造成有规律的周期性重复。这些字就是韵字，安排韵字的不同方式就是韵式。韵律是我国诗歌中不可缺少的艺术特征。从《诗经》到现代的大多数自由诗都讲究押韵，只是各有不同的要求罢了，如近体诗要求严，而古体诗则要求宽。诗之古体只讲求押韵，近体诗讲究平仄和对偶，词则分别四声，曲更考究阴阳。诗的押韵是平声与平声押，上声与上声押，去声与去声押，即四声各自相押，不能通融。词则平声独用，入声上、去两声独用、通用均可，词中平仄通押的只限于《西江月》《渡江云》等少数例子。曲则北曲平上去（无入声）三声通押，南曲押韵大致与词同，但平、上、去通押之数远较词多，所以又近于北曲。词曲的音节形式虽都有单双式，但曲中更有衬字、增字、夹白，不避重韵。因此，语言长度伸缩变化，语势轻重交互传递，在节奏上又较词更为流利活泼。如：

〔正宫〕叨叨令·自叹二首
周文质

一

筑墙的曾入高宗梦，钓鱼的也应飞熊梦，受贫的是个凄凉梦，做官的是个荣华梦。笑煞人也末哥，笑煞人也末哥，梦中又说人间梦。

二

去年今日题诗处，佳人才子相逢处，世间多少伤心处，人面不知归何处？望不见也末哥，望不见也末哥，绿窗空对花深处。

近似口语，较为流利，衬字分布句中音步处，并且全部重韵，于是语调腾挪变化，语势轻重有致，曲的流利活泼就充分表现出来了。此外，在曲中还有"减字""减句"的情形，因为曲的本格之外能容纳许多因素，所以曲的格律常变化多端，有时叫人如坠五里雾中，这是读曲最感头痛的事。

二、句式与结构

句式即对句子形式的规定，如各句字数的多少，是三言、四言，还是五言、六言、七言；是整齐句，还是长短句；句子内部的音节组成情况、节奏的划分等。

结构即整个诗文的框架和各部件之间的关系。如句数多少，按怎样顺序安排，各句之间的关系如何？如：律诗规定为八句，句式整齐，中间四句要两两对仗，成为两组对偶句。词，按词谱，每个词牌有定句，句有定字，字有定声。赋，大赋前有序，中为正文，后有结束语（乱、讯等）。这些篇章结构的规定也属格律的范围。

各类文体有不同的格律要求，没有要求的是自由体，如散文；要求不严的或只要求某一方面的是半格律体，如辞、赋、古体诗；要求全面而严格的是格律体，如近体诗、词、曲。

我国诗歌种类繁多，从格律角度分，可分三大类：古体诗、近体诗和自由诗。古体诗指唐以前形成的诗体，如四言诗、五古、七古、杂言诗、乐府等；近体诗指唐代形成的格律诗，如绝句、律诗等；自由诗多指现代新诗，古代没有格律要求的谣谚等也可归入自由诗。这三大类诗的特征如下：

	古体	近体	自由体
韵律	用韵无固定格式	用韵要求严格，不能换韵，韵式固定	押韵自由
声律	不拘平仄	讲究平仄	平仄不拘
句式	一般整齐，有一定节奏	句子字数固定，整齐，节奏固定	句式不限
结构	句数不定，不讲粘对	句数一定，讲究粘对、对仗	句数不定，不讲粘对，对仗自由

三、语言

诗的语言大抵较古朴典重，词较轻灵曼妙，曲则讲求明白通俗，机趣横生。这是因为曲盛行于元，传统而有地位的文人尚未注意于此，所以曲中自然充满了民众鲜活的生命力。如：

同乐院燕青博鱼·双调·搅筝琶
李文蔚

急的我心儿跳，好似热油浇。为甚么干支剌吐着舌头。呆不腾瞪着个眼脑，鼻凹里冷气出，咽喉内热涎潮，元来是一缕麻绦，谁把个活套头将他拴住了。

其中所使用的语言为诗词所无，所表述的情味与诗、词也就截然不同了。

附四：曲谱举隅

1.《黄钟宫·人月圆·卜居外家东园》 元好问

○一○｜一一去，一｜｜一一。○一一｜、一一○｜，○｜一一。
重冈已隔红尘断，村落更年丰。移居要就、窗中远岫，舍后长松。
○一○｜，｜一○｜，○｜一一。｜一○｜、一一○｜，○｜一一。
十年种木，一年种谷，都付儿童。老夫惟有、醒来明月，醉后清风。

2.《黄钟宫·醉花阴·孤另》 陈子厚

○｜一一去一上，○｜一 一去上。○｜｜一 一，○｜一一，
宝钏松金髻云鬈，甚试曾浓梳艳裹。宽绣带掩香罗，鬼病厌厌，
○｜一一｜。
除见他家可。

3.《正宫·小梁州·闲居》 任昱

○｜一一｜○一，○｜一一。○一○｜○一一，一一去，○｜｜一一。
结庐移石动云根，不受红尘。落花流水绕柴门，桃源近，犹有避秦人。
一一｜｜一一去，｜一一｜｜一一。｜｜一，一一去。｜一一去，○｜｜一一。
草堂时共渔樵论，笔儿曹富贵浮云。椰子瓢，松花酝。山中风韵，乐道岂忧贫。

4.《正宫·叨叨令·自叹》 周文质

○一○｜一一去，○一○｜一一去。○一○｜一一去，○一｜｜一一去。
去年今日题诗处，佳人才子相逢处。世间多少伤心处，人面不知归何处。
○○｜一 一，○○｜一 一，○一○｜一一去。
望不见也末哥，望不见也末哥，绿窗空对花深处。

5.《仙吕·醉中天·咏大蝴蝶》 王和卿

〇|——|，〇||——。 〇|—— 〇 |—。〇|—— |？〇|—— |—。

弹破庄周梦，两翅驾东风。三百座名园一采一个空。谁道风流种？唬杀寻芳的蜜蜂。

〇——|， 〇—〇 |——。

轻轻飞动，把卖花人扇过桥东。

6.《中吕·朝天子·邸万户席上》 刘致

|—，|—，〇|— —去。〇—〇||〇—，〇〇— —去。〇|——，

柳营，月明，听传过将军令。高楼鼓角戒严更，卧护得边声静。横槊吟情，

〇——去，— —〇|—。|—，|—，〇| ——去。

投壶歌兴，有前人旧典型。战争，惯经，草木也知名姓。

7.《中吕·山坡羊·叹世》 陈草庵

〇—〇去，〇—〇去，〇—〇|——去。〇——，|——，〇—〇|——去。

生涯虽旧，衣食足够，区区自要寻生受。一身忧，一心愁，身心常在他人彀。

〇|〇——去上。—，〇去—；—，—去—。

天道若能随分守。身，也自由；心，也自由。

8.《中吕·卖花声（又名《升平乐》《秋云冷》）·怀古》 张可久

〇—〇|——去，〇|——||—，〇—〇||——。〇——去，〇——去，

美人自刎乌江岸，战火曾烧赤壁山，将军空老玉门关。伤心秦汉，生民涂炭，

|——|——去。

读书人一声长叹。

9.《中吕·红绣鞋（又名《朱履曲》）·天台山瀑布》 张可久

〇|——||，〇—〇|——。〇—||——。〇—||，〇|||——。

绝顶峰攒雪剑，悬崖水挂冰帘。倚树哀猿弄云尖。血华啼杜宇，阴洞吼飞廉。

〇— —去上。
比人心山未险。

10.《中吕带过曲·醉高歌过喜春来·宿西湖》 顾德润

〇—〇| ——，—| ——| |。〇—| | ——|。—| ——| |。
梅花飘雪漫山，杨柳和烟放眼。画船稳系东风岸。金缕朱弦象板。

〇—〇| 〇—|，〇| ——〇| —。〇—〇| | ——。—去|。
春融南浦冰澌散，酒醒西楼月影悭。一天星斗水云寒。名利难。

〇| | — —。
诗酒债且填还。

11.《中吕带过曲·十二月过尧民歌·别情》 王实甫

〇—〇——| |，| 〇—| | ——。〇〇| ——| |，〇〇〇| | ——。
自别后遥山隐隐，更那堪远水粼粼。见杨柳飞绵滚滚，对桃花醉脸醺醺。

| 〇| ——| |，| ——| | —。
透内阁香风阵阵，掩重门暮雨纷纷。

——| | — —，——| | | — —。〇——| | ——，| ——| | ——。
怕黄昏忽地又黄昏，不销魂怎地不销魂。新啼痕压旧啼痕，断肠人忆断肠人。

〇—，——| | —，| | ——|。
今春，香肌瘦几分，缕带宽三寸。

12.《南吕·四块玉·客中九日》 张可久

〇| —，——|，| | ——| ——。〇—〇| ——去；〇| —，〇| —，〇去—。
落帽风，登高酒，人远天涯碧云秋。雨荒篱下黄花瘦；愁又愁，楼上楼，九月九。

《别情》 关汉卿

〇| —，——|，| | ——| ——。〇—〇| ——去。〇| —，〇| —，〇去—。
自送别，心难舍，一点相思几时绝。凭阑袖拂杨花雪。溪又斜，山又遮，人去也。

13.《南吕带过曲·骂玉郎》 钟嗣成

〇—〇｜——去，〇｜｜｜— —。〇—〇｜——去。〇｜｜，〇｜—，——去。

梅花漏泄阳和信，才残腊又新春。东风北岸冰消尽。元夜过，社日临，中和近。

《感皇恩》

〇｜——，〇｜——。｜——，—｜｜，｜——。——去上，—｜——。

天气氤氲，花柳精神。驾香轮，驰玉勒，醉游人。清明过了，飞絮纷纷。

〇——，—｜｜，｜——。

隔孤村，闻杜宇，怨东君。

《采茶歌》

｜——，｜——，〇—〇｜｜——。〇｜〇——去上，〇—〇｜｜——。

叹芳辰，已三分，二分流水一分尘。寂寂落化伤暮景，萋萋芳草怕黄昏。

14.《商调·梧叶儿（又名知秋令）《碧梧秋》）·题情》 无名氏

——｜，　　〇｜—，〇｜｜— —。　　——｜，　　〇｜—。

解不开同心扣，摘不脱倒须钩，糖和蜜搅酥油。活摆布千条计，死安排一处休。

｜——。—｜｜——去上。

恁两个忒风流，死共活休要放手。

15.《越调·小桃红（又名《武陵春》《采莲曲》《绛桃春》《平湖月》）·孙氏壁间画竹》 乔吉

〇—〇｜｜——，〇｜——去。〇｜——｜—去。｜——，〇—〇｜——去。

月分云影过邻东，半壁秋声动。露粟枝柔怯栖凤。玉玲珑，不堪岁暮关情重。

｜—〇｜，〇—〇去，〇｜｜——。

空谷乍寒，美人无梦，翠袖倚西风。

16.《越调·天净沙·即事》 乔吉

○—○|——，○—○|——，○|——去上。○—○去，○—○|——。

莺莺燕燕春春，花花柳柳真真，事事风风韵韵，娇娇嫩嫩，停停当当人人。

《湖上送别》 张可久

红蕉隐隐窗纱，朱帘小小人家，绿柳匆匆去马。断桥西下，满湖烟雨愁花。

17.《越调·凭栏人·闺怨》 王元鼎

○|—○—|—，○|——。○——|—，|——|—。

垂柳依依惹暮烟，素魄娟娟当绣轩。妾身独自眠，月圆人未圆。

18.《双调·沉醉东风·闲居》 卢挚

　　○|——|—，　　○—○|——。○○　　—，——　　|，

恰离了绿水青山那答，早来到竹篱茅舍人家。野花路畔开，村酒槽头榨，

○○○|○——。||——||—，|————去上。

直吃的欠欠答答。醉了山童不劝咱，白发上黄花乱插。

19.《双调·大德歌·夏》 关汉卿

○○—，|——，　　○—○|—。○|——去，　　|——|—，

俏冤家，在天涯，偏那里绿杨堪系马！困坐南窗下，数对清风想念他。

○—|||——去。　　○||——。

蛾眉淡了教谁画，瘦岩岩羞带石榴花。

20.《双调·水仙子·山居自乐》 孙周卿

|—○||——，○|——||—，○—○|——|。—　—○|—。

西风篱菊灿秋花，落日枫林噪晚鸦。数椽茅屋青山下，是山中宰相家。

　　○—|||——。　　○—|，　　○|—，○|——。

教儿孙自种桑麻，亲眷至煨香芋，宾朋来煮嫩茶，富贵休夸。

21.《双调·清江引·相思》 徐再思

〇—｜〇—｜｜，〇｜——去。〇— 〇｜—，〇｜ ——去，

相思有如少债的，每日相催逼。常挑着一担愁，准不了三分利，

　〇〇｜｜ 一去〇。

这本钱见他时才算得。

《题情》 任昱

〇—｜〇—｜｜，〇｜——去。〇—〇｜—，〇｜——去，

南山豆苗荒数亩，拂袖先归去。高官鼎内鱼，小吏置中兔。

〇〇｜｜一去〇。

争似闭门闲看书。

《野兴》 马致远

　〇—｜〇 —｜｜，〇｜——去。〇—〇｜—，〇｜——去，

楚霸王火烧了秦宫室，盖世英雄气。阴陵迷路时，船渡乌江际，

　〇〇｜｜ 一去〇。

则不如寻个稳便处闲坐地。

《咏梅》 贯云石

〇—｜〇—｜｜，〇｜——去。〇—〇｜—，〇｜——去，

南枝夜来先破蕊，泄露春消息。偏宜雪月交，不惹蜂蝶戏，

〇〇 ｜｜一去〇。

有时节暗香来梦里。

第十八讲　骈赋及声律

《说文》："骈，驾二马也。""骈赋"是指以对偶、成双为主要句式写成的文章。《文心雕龙》认为，从司马相如、扬雄开始就有了骈体文，清代李兆洛的《骈体文钞》把贾谊的《过秦论》、司马迁的《报任安书》、扬雄的《解嘲》等都收录进去。我们把它可以看作骈体文的先河。王志坚在《四六法海》中说，骈体文形成于魏晋是有道理的，因为司马相如等人的作品中虽用了平行句法，但那只是为了修辞的需要，还没形成固定的格式。南北朝是骈体文的全盛时代，当时以骈体为正宗，风靡天下数百年，直到中唐的古文运动。骈赋继承汉赋铺陈、夸张、藻饰、排比的特点，句式以四六为主，句中讲究平仄、对偶、用典。这种文体与律诗、对联的形成、发展都有密切关系。下面分三点来阐述。

一、句式与对仗

骈文句式以四六为主，并要求对偶。如：

高峰入云，清流见底。　　　　　　　（陶弘景《答谢中书书》）

幽岫含云，深溪蓄翠。　　　　　　　（吴均《与顾章书》）

森壁争霞，孤峰限日。　　　　　　　（吴均《与顾章书》）

荀宋表之于前，贾马继之于末。　　　（萧统《文选序》）

民禀天地之灵，含五常之德。　　　　（沈约《谢灵运传论》）

经正而后纬成，理定而后辞畅。　　　（刘勰《文心雕龙·情采》）

水性虚而沦漪结,木体实而花萼振。　　　　（刘勰《文心雕龙·情采》）

北海虽赊,扶摇可接;东隅已逝,桑榆非晚。（王勃《滕王阁序》）

况复舟楫路穷,星汉非乘槎可上;风飙道阻,蓬莱无可到之期。

（庾信《哀江南赋序》）

晓雾将歇,猿鸟乱鸣;夕日欲颓,沉鳞竞跃。（陶弘景《答谢中书书》）

渔舟唱晚,响穷彭蠡之滨;雁阵惊寒,声断衡阳之浦。

（王勃《滕王阁序》）

屈贾谊于长沙,非无圣主;窜梁鸿于海曲,岂乏明时?

（王勃《滕王阁序》）

以上骈偶句子有四、五、六、七等句式,或四六、六四间隔开来。就整体来看,以四六为主,在对仗时词性、结构都讲究对称、工整,并讲求相近概念的对仗。其后果就显得重复,这是骈文的缺陷。如选用反义词,内容显得既充实又工整。如:

远弃风雅,近师辞赋。　　　　　　　　　（刘勰《文心雕龙·情采》）

并方轨前秀,垂范后昆。　　　　　　　　　（沈约《谢灵运传论》）

老当益壮,宁移白首之心;穷且益坚,不坠青云之志。

（王勃《滕王阁序》）

冰释泉涌,金相玉振。　　　　　　　　　（萧统《文选序》）

文辞以四字句为主的。如:

芜城赋（节选）

鲍照

泽葵依井,荒葛罥涂。

坛罗虺蜮,阶斗麏鼯。

木魅山鬼,野鼠城狐。

风嗥雨啸,昏见晨趋。

饥鹰厉吻,寒鸱吓雏。

伏暴藏虎，乳血餐肤。

崩榛塞路，峥嵘古馗。

白杨早落，寒草前衰。

棱棱霜气，蔌蔌风威。

孤蓬自振，惊沙坐飞。

灌莽杳而无迹，丛薄纷其相依。

通池既已夷，峻隅又以颓。

直视千里外，唯见起黄埃。

凝思寂听，心伤已摧。

《芜城赋》写的是广陵（今扬州）遭北魏武帝南犯，宋广陵太守刘怀之烧城府乘船，尽率其民渡江，使广陵成为废墟。十年后，王诞居广陵反，沈庆之讨平时杀三千余人。鲍照以广陵在汉吴王刘濞时的兴盛与魏晋的衰落相比，将广陵的衰败写得萧瑟悲凉至极，气势又很凌厉，令人能感受到作者抚今追昔、悲愤扼腕的情形。

以六字为主的，如：

荡妇秋思赋
萧绎

荡子之别十年，倡妇之居自怜。

登楼一望，唯见远树含烟。

平原如此，不知道路几千？

天与水兮相逼，山与云兮共色。

山则苍苍入汉，水则涓涓不测。

谁复堪见鸟飞，悲鸣只翼？

秋何月而不清，月何秋而不明？

况乃倡楼荡妇，对此伤情。

于是露萎庭蕙，霜封阶砌。

坐视带长，转看腰细。

重以秋水文波，秋云似罗。

日黯黯而将暮，风骚骚而渡河。

妾怨回文之锦，君悲出塞之歌。

相思相望，路远如何？

鬓飘蓬而渐乱，心怀愁而转叹。

愁索翠眉敛，啼多红粉漫。

已矣哉！秋风起兮秋叶飞，春花落兮春日晖。

春日迟迟犹可至，客子行行终不归。

该赋以秋景衬托娼妇对荡子的思念，层层推进，最后以春日尚可期，客子之归不可期做结，属于想象。

骈文是否全文讲求对偶，主张不一。刘勰主张"迭用奇偶，节以杂佩"，即应夹杂一些散句。但后世的骈文比较少用散句，追求形式的工整，如王勃的《滕王阁序》。

二、用典

骈文要求用典，以使文章委婉、含蓄、典雅、精练。应用典故贴切而繁多的，如庾信的《哀江南赋序》、王勃的《滕王阁序》，几乎每句用典。《哀江南赋序》其中有：

日暮途远，人间何世！将军一去，大树飘零；壮士不还，寒风萧瑟。荆璧睨柱，受连城而见欺；载书横阶，捧珠盘而不定。钟仪君子，入就南冠之囚；季孙行人，留守西河之馆。申包胥之顿地，碎之以首；蔡威公之泪尽，加之以血。钓台移柳，非玉关之可望；华亭鹤唳，岂河桥之可闻！

（1）日暮途远：《史记·伍子胥列传》"吾日暮途远。"

（2）人间何世：《庄子》有《人间世》篇。

以上两句是说：事变多故，不知现在是怎样的世界，而自己已老，不能再有所作为了。

（3）将军一去，大树飘零：《后汉书·冯异传》："每所止舍，诸将并坐论功，异常独屏树下。军中号曰大树将军。"这里用以自比，是说自己率众退去后，军队就溃散了。

（4）壮士不还，寒风萧瑟：《战国策·燕策》《史记·刺客列传》载，荆轲入秦，燕太子丹在易水上为他饯行，高渐离击筑，荆轲歌曰"风萧萧兮易水寒，壮士一去兮不复还。"

以上两句是说他一去西魏，就不得重返故国。

（5）荆璧睨柱，受连城而见欺：该句是说相如出使没有被骗，而自己却被西魏所欺。荆璧：指和氏璧，因楚人卞和得于楚国荆山故称。《史记·廉颇蔺相如列传》载，赵得楚和氏璧，秦昭王听说后，愿以十五城交换。赵王使相如持璧见秦王，见秦王无意偿赵城，诡称璧上有瑕，要指给秦王看，取回璧后，曰："臣观大王无意偿赵王城邑，故臣复取璧。大王必欲急臣，臣头今与璧俱碎于柱矣。"说后就"持其璧睨柱，欲以击柱"。秦王怕他摔破了璧，于是向他道歉，并召有司案图指出要给的十五城。

（6）载书横阶，捧珠盘而不定：这是说毛遂能定盟自己却不能。载书，盟书。珠盘，用珠子装饰的盘子。为盟会时所用。《史记·平原君列传》载，平原君与楚合纵，从早晨到中午，还没谈妥。毛遂按剑冲上台阶，责备楚王，楚王才答应了。毛遂捧铜盘和楚王歃血而定合纵之约。

（7）钟仪君子，入就南冠之囚：这是说自己本是楚人，而被留在北朝，犹如南冠之囚。

《左传·成公七年》载，楚伐郑，郑人俘虏了钟仪，献给了晋国。晋人将其囚在军器库。钟仪戴楚冠，奏楚音，晋国范文子说："楚囚，君子也。"

（8）季孙行人，留守西河之馆：《左传·昭公十三年》载，晋侯与诸侯盟于平丘，季孙意如随鲁昭公去参加盟会，由于邾人、吕人告鲁侵伐他们，以至无力进贡给晋，于是晋人不让鲁昭公参加盟会，并扣留了季孙意如带回晋国，后来晋国要释放意如，季孙要求按礼将他送回，晋人威胁说要把他拘因在西河。这里比喻自己被留在西魏。

（9）申包胥之顿地，碎之以首：《左传·定公四年》载，楚破于吴，申包胥到秦国乞师，秦哀公不肯出兵，申包胥"力依于庭墙而哭，日夜不绝声，勺饮不入口，七日"。等到秦哀公答应出兵申包胥才"九顿首而坐"。碎之以首，磕破了头的意思。

（10）蔡威公之泪尽，加之以血：刘向《说苑·权谋》载："下蔡威公闭门而哭，三日三夜，泣尽而继之以血。"邻人问他为什么哭，他说"吾国且亡"。

以上两句都是说，自己对于梁朝的灭亡，不能像申包胥那样设法拯救，只能像蔡威公那样痛哭罢了。

（11）钓台移柳，非玉关之可望：钓台在武昌。《晋书·陶侃传》载，陶侃守武昌，曾经考核诸营士兵种柳的情况。玉关：玉门关。这句表面是说钓台的柳不是玉门关可以望见的。实际是说：自己望不见故乡的树木。

（12）华亭鹤唳，岂河桥之可闻：华亭在今上海松江，陆机的故宅在此。唳：鹤叫。河桥，在河南孟县南。陆机与弟陆云事成都王颖，颖进攻长沙王仪，使陆机都督前锋诸军事，陆机败于河桥，受到卢志的谗毁，与弟同时被王颖杀死。《世说新语·尤悔》载，陆机临刑前感叹说"欲闻华亭鹤唳，可复得乎？"这句是说，自己听不到故乡的鸟鸣。

从"钓台"到"可闻"，写自己怀念家国而不见。

上文几乎每句用典。从上段文字我们可以看到，骈赋不仅需要对仗工整，而且特别讲求用典，用典往往说的是甲，影射的是乙，庾信引用这些典故，以掩饰自己不光彩的事情，把话说得很委婉，使读者可以联想到更多更远。典用得恰当与否和多少，是衡量骈赋好坏的主要标准之一。

用典往往不是简单地搬来套用，由于语言的需要或出于创造，作者时常把有关的故事、古语融化成自己的话，从而表达自己的思想情感。如：

楚歌非取乐之方，鲁酒无忘忧之用。　　　（庾信《哀江南赋序》）

楚歌：项羽被围垓下，夜闻汉军四面楚歌。又《史记·留侯世家》载，汉高祖对戚夫人说："为我楚舞，吾为若楚歌。"鲁酒：《庄子》"鲁酒薄而邯郸围"。忘忧：陶潜《饮酒·其四》"泛此忘忧物，远我遗世情"。这里用"楚歌""鲁酒"泛指歌、酒，是说歌与酒都不能取乐忘忧。

有时用典融化到改写的地步，但也算用典。如：

莫不寄言上德，托意玄珠。　　　　　　　　（沈约《谢灵运传论》）

《老子》："上德不德，是以有德。"《庄子·天地》："黄帝游乎赤水之北，登乎昆仑之丘，而南望还归，遗其玄珠。"

有时看似极平常的一句话，仍然是用典。如：

大盗移国，金陵瓦解。　　　　　　　　　　（庾信《哀江南赋序》）

《后汉书·光武赞》"炎政中微，大盗移国。"《史记·秦本纪》"土崩瓦解。"

总之，骈文阅读的难点在于典故，要深入了解骈文，就要知道其中的典故出处，否则就不会很透彻地理解它。如《文心雕龙·情采》："研味孝老，则知文质附乎性情；详览庄韩，则见华实过乎淫侈。"仔细品味老子的话，就知道文采或质朴都依附于人的性情，详细阅读庄周韩非的话，就可见某些作品的文辞过于浮夸。如果不知道"文质"出自《论语·雍也》"质胜文则野，文胜质则史，文质彬彬，然后君子。""华实"出自《左传·文公五年》"且华而不实，怨之所聚也。"就不理解"文、质"对立，"华、实"并称，对于整句的理解也就不全面、不透彻了。

三、平仄

骈文的平仄与"四六"句式的对仗有关。平声包括了后来的阴、阳平声，仄声指上、去、入三声。因为骈文盛行于南北朝及盛唐，讲究声律，对平仄的要求自然严格。一般的规律是平对仄、仄对平。下面分四六句式分别说明。

（一）四字句

A式　○平○仄　○仄○平　　　B式　○仄○平　○平○仄

时维九月，序属三秋。　　　　　敢竭鄙怀，恭疏短引。

层峦耸翠，上出重霄。　　　　　飞阁流丹，下临无地。

家君作宰，路出名区。　　　　　童子何知，躬逢胜饯。

冯唐易老，李广难封。　　　　　大盗移国，金陵瓦解。

（二）六字句

A式　　　　○平—○仄○平　　　　　　○仄—○平○仄

（老当益壮）宁移—白首之心；（穷且益坚）不坠—青云之志

B式　　　　○仄—○平○仄　　　　　　○平—○仄○平

坐昧—先几之兆，　　　　　　　必贻—后至之诛。

C式　　　　○○仄—而○平平　　　　　○○平—而○仄仄

潦水尽—而寒潭清，　　　　　　烟光凝—而暮山紫。

临帝子—之长洲，　　　　　　　得天人—之旧馆。

D式　　　　○平平—○○仄　　　　　　○仄仄—○平平

俨骖䯅—于上路，　　　　　　　访风景—于崇阿。

还有一些不属以上格式的，如："襟三江而带五湖，控蛮荆而引瓯越。"总之不论何种格式，理想的平仄搭配一直是骈文所注意和追求的。

第十九讲　对联的产生与发展

中国自古以来，就认为自然和人类社会中的任何事物都是对立、统一、成双成对的。宇宙分为天地，元气分为阴阳，人类分男女，地位有上下……刘勰《文心雕龙·丽词》中说："造化赋形，支体必双，神理为用，事不孤立。"

对偶在唐近体诗中正式纳入诗律。后来，宋人的词、元人的曲和明清的八股文将对偶放在一个重要而特殊的地位，使对偶这种修辞手法不断完善、发展、成熟，终于脱胎而出，形成了今天蔚为大观的对联。

《山海经》中说："东海中有度朔山，上有大桃树，蟠屈三千里，其卑枝门曰东北鬼门，万鬼出入也。上有二神人，一曰神荼，一曰郁垒，主阅领众鬼之恶害人者，执以苇索，而用食虎。""于是黄帝法而象之，因立桃梗于门户上，画郁垒持苇索，以御凶鬼，画虎于门，当食鬼也。后世人刊桃梗，画神荼郁垒，首正岁置门户，或写上神荼郁垒之字。"

由此可知，桃木象征着鬼门，神荼郁垒为驱鬼之神，二者凑在一起，合二为一，是为了驱鬼求福的。先前神荼郁垒手持苇索，站在大桃树左右，拿恶鬼喂虎，后直接用桃木削成神荼郁垒的形象，挂在门两边，驱鬼求福。但这样比较费工夫，也不很经济。鬼最怕火，所以驱鬼求福的载体由桃木变为红纸，并在纸上写上祝福性的文字。这样既醒目美观，又经济便捷。随着经济的发展，往后又变了花样，将对联贴在门两边，将门神版印或画在纸上，并贴在门上（门芯子），如此既驱鬼又祈福，就比较完美了。后世门神还包括捉鬼救驾的尉迟公、秦叔宝。门神由传说的神变成了历史人物，更贴近人们的生活了。

一般认为，最早的对联出于后蜀。据宋人张唐英《蜀梼杌》载："蜀未归宋前一年岁除日，昶令学士辛寅逊题桃符版于寝门，以其词非工，自命笔曰：'新年纳余庆，嘉节号长春。'后蜀平，朝廷以吕余庆知成都，而长春乃太祖诞节名也。"实际上这种说法将对联的产生推迟了整整四百年。

谭嗣同在《石菊影庐笔识》中认为南北朝梁武帝萧衍（502—548 年在位）时"刘孝绰罢官不出，自题其门曰：'闭门罢庆吊，高卧谢公卿。'其三妹令娴续曰：'落花扫仍合，丛兰摘复生。'此虽似诗，而语皆骈俪，又题于门，自为联语之权舆矣。"

在莫高窟藏经洞出土的敦煌遗书中记有十二副庆岁日、立春日的春联。第一副为唐人刘丘子的"三阳始布，四序初开"，作于开元十一年（723 年），也较孟昶早两百四十年。第一位亲手书写对联的是唐太宗，其联云："文章千古事，社稷一戎衣。"该联近年在山西晋祠被发现，这比孟昶的题门联早两百多年。

后来又发展为不仅在春节时，有红白喜事时也贴对联，如婚联、寿联、挽联、胜迹联、一般联等，受此影响，中国古代文学作品也将对联引入，如《碾玉观音》写秀秀与崔宁吃酒："三杯竹叶穿心过，两朵桃花上脸来。""春为花博士，酒是色媒人。"中国古代长篇章回小说，每章均用联语概括其内容。如：

《拍案惊奇》	姚滴珠避羞惹羞　郑月娥将错就错
	李公佐巧解梦中言　谢小娥智擒船上盗
《西游记》	大圣殷勤拜南海　观音慈善缚红孩
	禅主吞餐怀鬼孕　黄婆运水解邪胎
《水浒传》	小霸王醉入销金帐　花和尚大闹桃花村
	林教头风雪山神庙　陆虞候火烧草料场
	放冷箭燕青救主　劫法场石秀跳楼
《三国演义》	宴桃园豪杰三结义　斩黄巾英雄首立功
	袁公路大起七军　曹孟德会合三将
	七星坛诸葛祭风　三江口周瑜纵火

陨大星汉丞相归天　见木像魏都督丧胆

《红楼梦》一百二十回每回均用八字联。如：

薄命女偏逢薄命郎　葫芦僧乱判葫芦案
贾宝玉神游太虚境　警幻仙曲演红楼梦
王熙凤毒设相思局　贾天祥正照风月鉴
情中情因情感妹妹　错里错以错劝哥哥
村姥姥是信口开河　情哥哥偏寻根究底
林黛玉焚稿断痴情　薛宝钗出闺成大礼
苦绛珠魂归离恨天　病神瑛泪洒相思地

明清两代是联语十分发达的时代，明太祖朱元璋不仅亲笔撰写联语赠功臣部下，也以对联视察人之才情：

朱元璋上联：　　　风吹马尾千条线，
长孙建文下联：　　雨打牛背一片毡。
儿子燕王下联：　　日照龙鳞万点金。

甚至给金陵屠户也书春联：

　　　　　　　　　双手劈开生死路，
　　　　　　　　　一刀割断是非根。

清乾隆帝作诗一万余首，是中国历史上诗作最多的人，他也特喜欢对联，常出上联，让属下对。

乾隆上联：　　　南通州，北通州，南北通州通南北；
属下下联：　　　东当铺，西当铺，东西当铺当东西。
乾隆上联：　　　客上天然居，
属下下联：　　　居然天上客。

因为帝王们带头；文臣属下推波助澜，加上明清两代八股文风气的浸染，短联、长联一时如雨后春笋般兴盛起来，名家辈出，如明解缙，清纪筠、翁方纲、阮元、袁枚、郑板桥、余樾、康有为、曾国藩、左宗棠、梁嗣超、康有为、章太炎等都是联语高手。

洪秀全《南京龙凤殿联》：

> 虎贲三十，直捣幽燕之地；
>
> 龙飞九五，重开尧舜之天。

石达开军中"起兵讨贼"联：

> 忍令上国衣冠，沦于夷狄；
>
> 相率中原豪杰，还我河山。

总之，对联从五代后蜀（936 年）至清末，经过千年的发展，成了中华民族优秀的文化遗产之一，受到了人们的普遍喜爱。对联是独立于诗词曲赋等形式之外的一种传统文学样式。在中国传统教育中，对对子一直是学习的重要内容。练习对对子可以从中学到推敲、锤炼、运用语言的一些方法，也是语感培养较为有效的方式之一。

对联是由上联和下联组合而成的整体，有的还包含横额。对联的形式要求对仗工整、结构相当、平仄相异、声调和谐。对联无论长短，上联最后一字必须是仄声，下联最后一字必须是平声。对联讲求炼字、炼义，反复斟酌，但好的对联又要求不见斧凿的痕迹，信手拈来，浑然天成。

第二十讲　对联的基本要求和分类

一、基本要求

（一）字数要相同

对联是对偶的艺术，所以字数要相同，否则就不平衡、工整。不少律诗中的对偶句被摘出来作为对联，就是这个道理。如苏轼《海棠》诗中"只恐夜深花睡去，故烧高烛照红妆。"宋叶绍翁《游园不值》"春色满园关不住，一枝红杏出墙来。"唐元稹《离思》"曾经沧海难为水，除却巫山不是云。"等作为婚联。

（二）内容相关

上下联的内容要相关，使上下联成为有机的整体。如《历代笑话》载，关懒喜欢对联，有次问对方的官职，对方回以"太子洗马高乘鱼"他以为是对方出联考他，回以"皇后骑牛低钓鳖"。虽然词字对仗，但"皇后骑牛"并非官职名，"低钓鳖"也非人名，两者意义上无关，并不是好对联。而"非因果报方行善，岂为功名始读书"，主题统一，顺理成章，是一副好的对联。

（三）对仗

联语要求同类词或词组、分句的相对。如《秋瑾墓》联：

悲哉秋之为气，惨矣瑾其可怀。

另外如：

虚心竹有低头叶，傲骨梅无仰面花。

一帘风月王维画，四壁云山杜甫诗。

莺莺燕燕翠翠红红处处融融洽洽；风风雨雨花花草草年年暮暮朝朝。

好学近乎知，力行近乎仁，知耻近乎勇；富贵不能淫，贫贱不能移，威武不能屈。

（四）讲平仄

上下联之间词的声调要平仄相反，起码要使上下联节奏点上的字平仄要相对立。如：

陶澍为上海《豫园湖心厅》题联：

野烟千叠石在水，渔唱一声人过桥。

潘斯人嘲骂流氓联：

好女独守正，狂夫独窥墙。

兰州五泉山文渊阁望来堂联：

正学废兴关世运，斯文绝续在人才。（横额：往来堂）

横额为联中点睛之笔，不能随意，要尽量简练、含蓄、新颖。

上下联的声调高低，错综相对，这在对联和格律诗中，都是十分必要的。否则，就不顺，如：

星垂平野阔，月涌大江流。

露从今夜白，月是故乡明。

均为：平平平仄仄，仄仄仄平平。

古木无人径，深山何处钟。

明月松间照，清泉石上流。

均为：仄仄平平仄，平平仄仄平。

春风桃李花开夜，秋雨梧桐叶落时。

蝶衣晒粉花枝舞，蛛网牵丝屋角晴。

洞庭波涌连天雪，长岛人歌动地诗。

均为：平平仄仄平平仄，仄仄平平仄仄平。

秋草独寻人去后，寒林空见日斜时。

自去自来梁上燕，相亲相爱水中鸥。

红雨随心翻作浪，青山着意化为桥。

均为：仄仄平平平仄仄，平平仄仄仄平平。

（五）关于对联底色

春联、婚联等节庆联一般的底色为红、绿、黄。

丧联民间多以白、黑为底色；守制（孝服）未满的用蓝色作底。悼联、挽联用红色作底的多系年过七十或有重孙、曾孙者。

古庙宇的楹柱上写联语，底色多为黄，这与过去崇尚黄色及阴阳五行有关。

贴法：主要看"横额"字的方向，如左起，则对面左为上联，右为下联。如右起，则对面右为上联，左为下联。但现在多为对面右为上，左为下，但横额却是左起，弄得不伦不类。

二、对联的分类

（一）按使用范围分

有春联、行业联、婚联、寿联、挽联、名胜古迹联、屋宇厅堂联。

1. 春联

风移兰气入，春逐鸟声来。

冬取北国萌芳草，春来山村催杏花。

2. 行业联

宅边屋角瓜黄菜绿，池沿河畔鸭大鹅肥。（农村）

扁舟采莲女，古柳卖瓜翁。（农村）

门对千竿竹（短、无），家藏万卷书（长、有）。（农村）

莴苣不羡翡翠绿，玛瑙偏妒萝卜红。（菜店）

磨砺以须，问天下头颅有几？及锋而试，看老夫手段如何！（理发店）

一味黑时犹有骨，十分红处便成灰。（咏炭）

隔壁千家醉，开坛十里香。（酒店）

以六书传四海，愿一刻值千金。（刻字店）

梦且得官原瑞物，呼之为寿亦佳命。（寿材铺）

3. 婚联

琴韵谱成同梦语，灯花笑对含羞人。

且看淑女成佳妇，从此奇男已丈夫。

1234567，ABCDEFG。（横批：OK，OK 既是赞美，又是乐谱符号、英语）

自由恋爱无三角，人生知音有几何？（数学老师婚联）

爱情如几何曲线，幸福似小数循环。（数学老师婚联）

大圆小圆同心圆，心心相印；阴电阳电异性电，性性互吸。（数物）

4. 寿联

专为祝福，希望他们健康长寿。最早的寿联是北宋末年文士吴叔敬的："天边将满一轮月；世上还钟百岁人。"依照年龄的不同寿联也各自有别。如：

男：

甲子重新如山如阜，春秋不老大德大年。（60）

人歌上寿，天与稀龄。（70）

渭水一竿闲试钓，武陵千树笑行舟。（80）

瑶池果熟三千岁，海屋筹添九十春。（90）

人生不满公今满，世上难逢我正逢。（100）

女：

慈竹荫东阁，灵萱茂北堂。

男女双寿：

河山并寿，日月双辉。

5. 挽联

挽，一作輓，牵引。即拉着或牵引灵车为死者送葬之义。挽联和丧联不同，"丧联"指的是贴在大门上的"对联"，以小型门联的形式出现，大多表示对死者的哀念、悲切之情，不必有全面、深入、具体的评价。挽联往往是因种种原因不能亲临追悼或下葬，送挽联就有代替或代表本人到来之意。挽联像花圈一样，经常被悬挂或陈列在灵堂、追悼会、吊唁厅等宾客聚会或参拜之处，让人们在观瞻中，对死者表示深切的怀念和哀悼。因此，挽联的内容较丧联全面、深入、具体，款式也更讲究一些。

挽联由挽词演化而来，所以挽联也叫挽词、挽幛。挽联一般要恰如其分，不能褒美失实。其款式是：上款写死者的名字或称呼，一般低于联语二字或四字（字数多的四字），下写"千古"，如死者对国家有功勋，则可写"永垂不朽""万古长青"等。下款写送联者的名字、辈分。有亲属关系的可写关系规定的自我称谓，如婿、女、男、孙等。如系机关单位送的挽联，则除写单位名称外，下面应写"輓""敬輓"等语词，下面写上年月日。

第一副挽联首推苏东坡挽丫鬟朝云联：

不合时宜，惟有朝云能娱我；独弹古调，每逢暮雨便思卿。

挽联中有"他挽联""自挽联"。自挽联往往为临死前所作，可总结功过、表达对亲人的依恋，有遗嘱的性质。如清代福建有一姓林的妇女临死前的"自挽联"：

奴别良人去矣。大丈夫何患无妻，愿后日再订婚姻，莫向生妻言死妇；
儿依严父艰哉。小孩儿定仍有母，倘他时得蒙抚养，须知继母即亲娘。

上联别夫，下联嘱子，通情达理，情真意切，读之令人泪下。

从前有个大夫，从医三十年，临终前写了一副"自挽兼示儿联"：

我愧无能，卅载功夫，可谓深焉！终难治贫者病根，富家钱癖；
人死何知，五尺棺木，亦云足矣！更毋需经忏损产，苦块伤身。

上联愤世嫉俗，自责无能；下联嘱后人不搞迷信，破钞损身。可谓看破世情，词句恳切。

不同的身份，写他挽联时角度不同。普通的如：

风凄暝色愁杨柳，月吊宵声哭杜鹃。
三径寒松含露泣，半窗残竹带风号。

挽祖父：

一夜秋风狂摧祖竹，三更凉露泪洒孙兰。

挽祖母：

慈竹风摧，鹤唳一声悲属纩；
西山日落，鸠仗只影恨含饴。

挽外祖父：

厚谊附饴含，从前雅嗜枣梨，辱赐宠言蒙眷爱；
深恩承岳戴，此后傥闻丝竹，缅怀往事益欷歔。

挽外祖母：

萱幄喜长春，视外孙如孙，慈恩未报；
莲台已仙去，随老母哭母，痛泪难干。

挽父：

倚门人去三更月，泣杖儿悲五更寒。

挽母：

慈竹当风空有影，晚萱经雨不留芳。

挽岳父母：

半子无依何所赖，东床有泪几时干。

挽兄弟：

云路仰天高，谁使雁行分只影；
风亭悲月冷，忍教荆树萎连枝。

6. 名胜古迹联

专门悬挂或雕刻在山水、林园名胜地和历史人物、神话传说活动地的对联。既可借景抒情，也可帮助旅游者了解胜地的特点，增加人们的情趣和兴致。

青海湟水西石峡悬崖联：

滩浪高抛，势若三军应战；水流湍急，声如万马奔腾。

汉中天汉楼联：

到此最高，看芳树春流，一览兼收秦蜀景；
何须更上，诵好山云影，五言已尽宋元诗。

杭州西湖韬光亭联：

楼观沧海日，门对浙江潮。

乐山大佛寺联：

干青云而直上，障百川以东之。

襄阳隆中山诸葛亮故居一联：

自古宇宙垂名，布衣有几？能使山川增色，陋室何妨！

总之，历史古迹等联语，数量多，艺术价值高，多有诗情画意，我们可以从中汲取丰富的营养。

7. 屋宇厅堂联

这是专门贴、挂在家庭的客厅、书房、卧室、案头等处的对联，多为人生哲理、为人处世经验的联语。如：

郑板桥自撰书斋联：

咬定几句有用书，可以充饥；养成数竿新生竹，直似儿孙。

林则徐自撰堂联：

海纳百川，有容乃大；壁立千仞，无欲则刚。

8.一般联语

能受苦方为志士，肯吃亏不是痴人。

书从疑处翻成悟，文到穷时自有神。

（二）对联修辞

修辞中的比喻、借代、拟物、拟人、双关、设问、反问、夸张、谐音、排比、反复、反语、回文、顶针、双声、叠韵等，我们学过，好理解。下面简要介绍一下嵌字、隐字、复字、叠字、同字、析字、拆字、合字、数字、标点、哑联等。

1.嵌字

有意识地将有关的人物或事物的名称嵌进对联中，使主题突出、和谐、有趣。如：1914年，袁世凯窃取了"民国总统"，湖南王闿运撰联，骂"民国总统"袁世凯"不是东西"。

民犹是也，国犹是也，何分南北？

总而言之，统而言之，不是东西。

清大学士纪晓岚为天津牛知府的儿子送的婚联是：

绣阁团圆同望月，香闺静好对弹琴。

因姓"牛"，嵌进"犀牛望月""对牛弹琴"，谐趣嫣然。

2.隐字

在联语中隐去人们习惯上连用、连读的字。如：

一二三四五六七，孝悌忠信礼义廉。

这是骂袁世凯"王八无耻"（忘八、无耻）。

二三四五，六七八九。（横批：南北）

这是说自己"缺衣（一）少食（十）"，"没有东西（东西）"。

3. 复字

将某字在不同位置上反复出现，使主题突显、深刻。如：

清吴敬梓：

读书好、耕田好，学好便好；创业难、守成难，知难不难。

浙江天台寺：

风声水声虫声鸟声梵呗声，总合三百六十天击钟声，无声不寂；
月色山色草色树色云霞色，更兼四万八千丈峰峦色，有色皆空。
书生书生问先生，先生先生；步快步快追马快，马快马快。

前一"书生、先生"为名词，后面的"生"为形容词。
前一"步快（捕快）、马快"为专用名词，后面的"快"为形容词。

4. 叠字

同一个字在一联处重叠出现。如：

一盏灯，四个字：酒酒酒酒；三更鼓，两面锣：汤汤汤汤。

有副描绘中华人民共和国成立前军阀混战、民不聊生的对联，全面、深刻地反映了当时的现实：

南南北北、文文武武、争争斗斗，时时杀杀砍砍，搜搜刮刮，看看干干净净；
户户家家、女女男男、孤孤寡寡，处处惊惊慌慌，哭哭啼啼，真真凄凄惨惨。

山海关孟姜女庙联：

海水朝朝朝朝朝朝朝落，浮云长长长长长长长消。

浙江江心寺联：

云朝朝朝朝朝朝朝朝散，潮长长长长长长长长消。

这是将形容词"朝"zhao、"长"chang 和名词"朝"chao、动词"长"zhang 混在一起的联语，其读法为：

海水潮，朝朝潮，朝潮朝落；浮云长，常常长，常长常消。
云朝潮，朝朝潮，朝潮朝散；潮常长，常常长，常长常消。

豆芽铺联：

长长长长长长长，长长长长长长长。（横批：长长长长）

可读为：

长长，长长，长长长，长长长长长长长。（横批：长长长长）
○△　○△　○○△　△○△○△△○　　　○△△○

这是将形容词"长"chang 与动词"长"zhang 放在一起的联语，该联将掌柜盼望豆芽长得快、长得长的心情和盘托出。

5. 同字

上下联中在同一位置使用同一个字。如北京潭柘寺联：

大肚能容，容天下难容之事；开口便笑，笑世间可笑之人。

北平风沙文艺社挽鲁迅：

偏偏在战的热望中，鲁迅死了；偏偏在降的阴影里，鲁迅死了。

广州虎门同偏旁联：

烟锁池塘柳，炮镇海城楼。

该联用五行火、金、水、土、木，样样俱全。

有人怀才不遇，流落湘江，想起屈原撰联如下：

泪滴湘江流满海，嗟叹嚎啕哽咽喉。

上联偏旁用三点水，下联偏旁用口。

6. 析字、拆字、合字

这是其他文体不见的用字技巧，如纪晓岚侍奉乾隆时间长了，向皇上请假回乡省亲，乾隆答应了，然后出上联让对：

心口十思，思子思妻思父母；

纪晓岚对以：

寸身言谢，谢天谢地谢君王。

传说唐伯虎点秋香后，好友祝枝山作联祝婚：

长巾帐内女子好，少女更妙；山石岩前古木枯，此木为柴。

再如：

鸿是江边鸟，蚕为天下虫。
尖尖帽，上小下大；圆圆币，外圆内方。
少水沙即露，是土堤方成。踢破磊桥三块石，剪断出字两重山。
闲看门中月，思耕心上田。此木为柴山山出，因火成烟夕夕多。

袁世凯复辟帝制，举国声讨，福州有家报纸登《讨袁征联》：

或入园中，拖出老袁还我国。

有人以袁世凯临死自白的口气对之曰：

余临道上，不堪回首望前途。

上联表示了驱除窃国大盗袁世凯，恢复共和的愿望。下联指明袁世凯恢复帝制是穷途末路。

中华人民共和国成立前一教授控诉当时的饥饿状况：

欠食饮泉，白水何堪足饱？无才抚墨，黑土岂能充饥！

"欠食"为"饮"，"无才"成"抚"。

7. 数字

巧妙地将数字用到联语中，可使其生动活泼。

咏除夕：

一夜连双岁，五更分二年。

咏诸葛亮：

收二川，排八卦，六出七擒，五丈原前，点四十九盏明灯，一心只为酬三顾；
取西蜀，定南蛮，东和北拒，中军帐里，变金木土爻神卦，水面偏能用火攻。

冯玉祥斥国民党官僚：

三点钟开会，五点钟到齐，是否革命精神？
一桌子水果，半桌子点心，依然官僚模样。

俞樾自撰联：

叹老夫半世辛勤，藏书万卷，读书千卷，著书百卷；
看小孙连番侥幸，县试第一，会试第二，殿试第三。

铁匠门联：

三间东倒西歪屋，一个千锤百炼人。

8. 标点

指纯粹用标点或用不同的标点断句，使意义有鲜明的不同。前如原延安中央大礼堂追悼四·一惨案时贴的一副对联：

？？？？？？

！！！！！！

上用问号，接二连三向国民党政府提出质问，为何要杀爱国学生，下用叹号，表示对这种行为的惊叹，呼唤后继者奋斗、前进。

1948 年 3 月国民党开大会，中央大学教授乔大壮的联，用问号表示了反动政府耗费人民血汗不可言尽，比具体的数字更具威力：

费国民血汗已？亿，集天下混蛋于一堂。

用不同的标点断句，使意义有鲜明的区别。如：

酿酒缸缸好，造醋坛坛酸，养猪大如山，老鼠头头死。
酿酒缸缸好造醋，坛坛酸，养猪大如山老鼠，头头死。

明日逢春好，不晦气，终年倒运少，有余才。
明日逢春，好不晦气，终年倒运，少有余才。

此屋安，能居住，其人好，不悲伤。
此屋安能居住？其人好不悲伤！

下雨天，留客天，天留，我不留。
下雨天，留客天，天留我不留？
下雨天，留客天，天，留我不留？
下雨天，留客天，天留我不留。

9. 哑联

不用笔，不用嘴，借助于动作、周围景物表意。

传说苏轼与和尚佛印戏耍，两人泛舟河上，忽然苏轼让佛印看，水上一块肉骨漂到岸边，一只狗抓住它正在撕咬，佛印一看，即将苏轼写诗的纸片抛下，漂在水面。二人的联语是：

狗啃河上（和尚）骨，水漂东坡诗（尸）。

10. 回文联

正读倒读，文理都通的联语。如乾隆去北京"天然居"用餐，对该店名很感兴趣，撰上联：

客上天然居，居然天上客；

命臣下对，纪晓岚对以：

人过大佛寺，寺佛大过人。

相似的如：

雾锁山头山锁雾；天连水尾水连天。

僧游云隐寺，寺隐云游僧；雁飞平顶山，山顶平飞雁。

美言也善，善也言美；同音异容，容异音同。

人中柳如是，是如柳中人。

11. 谐顺联

即字音不变，听音解义。

画上荷花和尚画，书廊事迹侍郎书。

包里精盐经理包，图间泰山太监图。

12. 顶针联

将前面停顿处的字，作为下一句的开头的字，也叫"连环联"。

一商人女婿为有钱的岳父写的寿联：

大尊翁，尊翁在上，上至三千里凌霄，凌霄盖高楼，楼上为您祝寿，寿山寿海寿千年，千年永康健；

小晚婿，晚婿在下，下至十八层地狱，地狱掘陷阱，井下让我挖泥，泥人泥鬼泥一世，一世不出头。

把一个爱财如命、献谀讨好、寡廉鲜耻的人物丑态刻画得入木三分。

天下最长的楹联并非昆明大观楼的一百八十字长联，而是四川江津临江城楼联，共一千六百一十二字。目前公认的短联为九一八事变后，为哀悼死者，鼓舞国人士气的："死！生？"其寓意是宁肯站着死，也不能苟且委曲而生！字迹最大的联语是安徽黄山立马峰绝壁上的一副摩崖石刻联："立马空东海；登高望太平。"每字的直径平均两丈八尺，其中"平"字的一竖达两丈八尺二寸，每一笔画宽一尺八寸。而"黑发若知勤学好；白发更觉读书甜。"被苏州微雕家沈为众镌刻在黑、白两根头发上，字迹要在两百倍的显微镜下才能看清。

附五：趣联集萃

（一）

1. 龙战初平，且喜河山尽还我；鸡鸣不已，独来风雨正怀人。

2. 鹅黄、鸭绿、鸡冠紫；鹭白、鸦青、鹤顶红。

3. 母鸭无鞋空洗脚；公鸡有髻不梳头。

4. 马过木桥蹄打鼓；鸡啄铜盘嘴敲锣。

5. 黄酒白酒都不论；公鸡母鸡只要肥。

6. 好读书，不好读书；好读书，不好读书。

7. 发上等愿，享下等福；择高处立，向宽处行。

8. 风声雨声读书声声声入耳，家事国事天下事事事关心。

9. 万卷古今消永日，一窗昏晓送流年。

10. 无可奈何花落去，似曾相识燕归来。

11. 坐南朝北吃西瓜，皮往东放；自上而下看左传，书向右翻。

12. 李打鲤，鲤沉底，李沉鲤浮；风吹蜂，蜂扑地，风息蜂飞。

　　风吹蜂风，出蜂入，鲤打李，鲤落（沉）李起（浮）。

13. 两船并行，橹速不如帆快；八音齐奏，笛清不如箫和。

14. 坐，请坐，请上坐；茶，敬茶，敬香茶。

15. 天上月圆，地上月半，月月月圆逢月半；

　　今昔年尾，明朝年头，年年年尾接年头。

16. 昨夜敲棋寻子路；今朝对镜见颜回。

17. 贾岛醉来非假倒；刘伶饮尽不留零。

18. 黑发不知勤学早，白发方悔读书迟。

19. 春风放胆来梳柳，夜雨瞒人去润花。

20. 竹叶于人既无分，菊花从此不须开。

21. 二猿断木深山中小猴子也会对句（锯）；

　　一马陷足污泥内老畜生怎敢出题（蹄）！

22. 爱民如子，金子银子皆吾子也；执法如山，钱山靠山其为山乎？

23. 父进士，子进士，父子皆进士；妻夫人媳夫人，妻媳皆夫人。

　　父进土，子进土，父子皆进土；妻失夫媳失夫，妻媳皆失夫。

24. 只有几文钱，你也求他也求，给谁是好；

　　不做半点事，朝来拜夜来拜，使我为难。

25. 小童子暗藏春色，老先生明察秋毫。

26. 小书生两腿木耳，老大人一脸花椒。

27. 公羊经传，司马经史；白虎德论，雕龙文心。

28. 严复为武昌铁路学校联：

　　遵大路兮，自东自西，自南自北，为之范我驰驱，今天下车同轨；

　　登斯堂也，如切如磋，如琢如磨，尔尚一乃心力，有志者事竟成。

29. 四体不勤，五谷不分，孰为夫子；小疑必问，大事必闻，才算先生。

30. 一以贯之，自强不息；中流砥柱，其命维新。

31. 日月两轮天地眼，读书万卷古人心。

32. 傍百年树，读万卷书。

33. 琴瑟琵琶，八大王一样头面；魑魅魍魉，四小鬼各样肚肠。

34. （考生将昧昧写为妹妹）妹妹我思之，（考官批语）哥哥你错了。

35. 中国捷克日本，南京重庆成都。

36. 即墨寂寞，请到青岛；永济拥挤，心想新乡。

37. 《女青年》《追求》《健与美》，《男子汉》《探索》《大自然》。

38. 《为了孩子》，《卫生科学》希望《父母必读》；

　　《祝你健康》，《中国老人》安享《退休生活》。

39. 耗子啃铁 —— 嘴硬，骆驼看天 —— 眼高。

40. 井底下雕花 —— 深刻，头顶上点灯 —— 高明。

41.筷子夹骨头 —— 三个光棍；和尚照镜子 —— 两个葫芦。

42.阎王下文 —— 连篇鬼话；狐狸吵架 —— 一派胡言。

（二）

1.清刘凤诰殿对帝：

独眼不登龙虎榜，半月依旧照乾坤。

东启明，西长庚，南箕北斗，朕乃摘星汉；

春牡丹，夏芍药，秋菊东梅，臣是探花郎。

2.（苏小妹）人曾是僧人弗能成佛，（佛印）女卑为婢女又可称奴。

3.林则徐父联：粗菜淡饭好些茶，这个福老夫享了；齐家治国平天下，此等事儿曹任之。

4.杨升庵对弘治帝：炭黑火红灰似雪；谷黄米白饭似霜。

5.杨升庵小时在塘中洗澡，县令来而不避，县令使人将其衣服挂在树上，出联让其对：千年古树为衣架，杨升庵对：万里长江作澡盆。

6.乾隆与纪晓岚对对子，乾隆出句为"两碟豆"，纪对以"一瓯油"。乾隆说：我说的是"两蝶斗"，纪说：我说的是"一鸥游"。乾隆说"林间两蝶斗"，纪对以"水上一鸥游"。

7.乾隆下江南，要纪晓岚以眼前景物为题，吟七言绝句一首。四句中要含十个一字。遥目窗外，只见细雨霏霏的江面上，一个披蓑戴笠的老者驾一叶小舟。随即吟道：

"一蓑一笠一渔舟，一个老翁一钓钩。"

正在思索下一句时，乾隆笑了一下，一拍案，喊了一声：晓岚，这一会你可被难住了！话音刚落，纪吟道：

"一拍一呼还一笑，一人独占一江秋。"

乾隆高兴地说："你不愧我的大学士。"

8.郑板桥关于文艺创作：删繁就简三秋树，立异标新二月花。

文艺批评：隔靴搔痒赞何益，入木三分骂亦精。

板桥进一书画社,渴。有一堆文人正饮酒论文,炉上铜壶的水已烧得滚开。板桥欲饮茶,人要其属诗一首,板桥道:

"口小腹大鼻耳高,烈火烧身称英豪。量小岂能容大物,二三寸水起波涛。"

板桥出外做官,家中弟弟来信,说邻居盖房占了家中几尺墙基地,为此两家争吵,准备打官司,希望板桥帮忙打赢官司,板桥回信:

"千里修书只为墙,让他三尺又何妨?长城万里今犹在,不见当年秦始皇。"

9. 郑板桥因为民请命赈灾而罢官,携一黄狗、一盆兰花回到家中。一天夜里,月黑风高,他辗转难眠。一小偷启门进屋,如高声呼喊,一人不好对付,任他随意拿取又不甘心。略一思索,翻身朝里,低声吟道:

"细雨蒙蒙夜沉沉,梁上君子进我门。胸内诗书存万卷,床头金银无半文。"

小偷一惊,听到无钱财,心想,不偷也罢。刚欲出门,又听吟道:

"出门休惊黄尾犬,越墙莫损玉兰盆。天寒不及披衣送,趁着月黑赶豪门。"

小偷想大门上有狗,就小心绕过兰花盆翻墙而去。

10. 郑板桥在年关与书童冒雪上街,察看民情,在一家破旧门前,写着一副春联。上联是"二三四五",下联是:"六七八九"。书童心中纳闷,不知就里。郑打发书童,取些肉、面、衣给这家送去。大年初一一早,有一位老者带全家老小,来给县太爷郑拜年,感谢郑。郑感慨地对书童说:"这就是你送衣食去的那户人家。老者也是一位读书人,他家的对联意思是:缺一(衣)少十(食)。不好度过年关。"书童才恍然大悟。

11. 唐张打油《咏雪诗》:"天地一笼统,井上黑窟窿。黄狗身上白,白狗身上肿。"

12. 于谦少年时母亲给他梳了个双髻,和尚蓝古春见后说:"牛头且喜生龙角。"于谦当即回道:"狗嘴何曾长象牙。"第二天其母梳成三个髻,和尚蓝古春见后又戏道:"三角如鼓架。"于谦马上回道:"一秃似擂槌。"蓝古春见了先生说:"此小儿乃国家栋梁也。"

13. 姓石的先生见一只花猫正在房顶瓦上,便出上联:"猫踩猫头瓦。"让学生对。其一见有群鸡在啄花草,对曰:"鸡啄鸡冠花。"石先生认为瓦应与石对,与鸡对不通。正在此时,群鸡叫了起来,石先生捡一砖头打了过去,将一只鸡打死，石又出上联："细羽家禽砖后死。"让学生对。学生对以"粗毛野兽石先生。"先生虽气却无言以对。

14. 清人吴太史在某年元宵节陪某公饮酒，天阴无月某公出上联：上元不见月，点几盏灯为乾坤生色；吴一时凝思不就，忽传来一阵锣鼓声，大喜，立即对曰：惊蛰未闻雷，击数声鼓代天地宣威。可谓浑然天成。

15. 金圣叹批过不少书籍，有次到了一座寺院，半夜起来想批点佛经，对住持说了来意后，老和尚说我有个上联你能对上就容许你批。时正半夜老和尚出联：半夜二更半。金圣叹怎么都对不上，只得扫兴而去。后来因抗粮哭庙案判死刑，临刑时正值中秋。忽然想起对联应是：中秋八月中。金圣叹高兴极了，告诉儿子转告老和尚，可惜再也不能批点佛经了。

16. 梅兰芳喜欢这样一副联：看我非我，我看我，我也非我。装谁像谁，谁装谁，谁就像谁。

17. 清代贵州诗人周渔璜，年轻时在某寺挑灯苦读，有位长老想试其才，出联让他对：梅蕊未开，光棍先生白嘴；周立即对曰：椒实既熟，夹壳长老黑心。

18. 一年周渔璜任浙江主考初到杭州，考生听说他是贵州的"蛮子"，认为他没什么真才实学，借欢迎他，故意为难他，其中一位考生高声问道：洞庭八百里，波滔滔，浪滚滚，宗师由何而来？周渔璜凛然答道：巫山十二峰，云重重，雾霭霭，本院从天而降！考生听后目瞪口呆，为自己的莽撞行为后悔不迭。

19. 周渔璜奉旨阅兵江淮，有天到镇江金山寺，长老一听他生于蛮荒之地，就有点鄙夷他，这时暴雨骤至，淋打着江边的沙滩，长老说："我偶想到一上联，苦于不知下联如何对，请大人赐教：雨打沙滩，沉一渚，陈一渚。"周指着祭坛上摇曳的烛光回道："风吹蜡烛，流半边，留半边。"长老连称奇才。

20. 药店趣联：神州处处有亲人，不论生地熟地；春风来时尽著花，但闻藿香木香。

21. 苏小妹洞房夜不纳新郎，要他对："闭门推出窗前月"的下联。秦观受苏东坡投石于水的启示，对以"投石冲开水底天"。才使洞房门打开。

22. 郭沫若小时与同学偷桃吃，老师知后，责骂学生，出联曰：昨日偷桃钻狗洞，不知是谁？要求对上就可免罚，郭对之以：他年攀桂步蟾宫，必定有我。教师转怒为喜。

23. 梁启超见张之洞，投刺落款为：愚弟梁启超顿首拜。张为两广总督，生气，出联曰："披一品衣，抱九仙骨，狂生无礼称愚弟"：梁即对以"行千里路，读万卷书，侠士有志傲王侯。"张出衙见。

24. 张之洞坐镇江夏（今武汉），出联为难梁启超："四水江（长江）第一，四时夏第一，先生居江夏，谁是第一，谁是第二？"梁对以"三教儒在先，三才人在后，小子本儒人，何敢在先，何敢在后？"自卑为小子，但又自负不凡。

附六：《笠翁对韵》

上卷

一　东

天对地，雨对风。大陆对长空。山花对海树，赤日对苍穹。雷隐隐，雾蒙蒙。日下对天中。风高秋月白，雨霁晚霞红。牛女二星河左右，参商两曜斗西东。十月塞边，飒飒寒霜惊戍旅；三冬江上，漫漫朔雪冷渔翁。

其二

河对汉，绿对红。雨伯对雷公。烟楼对雪洞，月殿对天宫。云叆叇，日曈曚。蜡屐对渔篷。过天星似箭，吐魂月如弓。驿旅客逢梅子雨，池亭人把藕花风。茅店村前，皓月坠林鸡唱韵；板桥路上，青霜锁道马行踪。

其三

山对海，华对嵩。四岳对三公。宫花对禁柳，塞雁对江龙。清暑殿，广寒宫。拾翠对题红。庄周梦化蝶，吕望兆飞熊。北牖当风停夏扇，南帘曝日省冬烘。鹤舞楼头，玉笛弄残仙子月；凤翔台上，紫箫吹断美人风。

二　冬

晨对午，夏对冬。下饷对高春。青春对白昼，古柏对苍松。垂钓客，荷锄翁。仙鹤对神龙。凤冠珠闪烁，螭带玉玲珑。三元及第才千顷，一品当朝禄万钟。花萼楼间，仙李盘根调国脉；沉香亭畔，娇杨擅宠起边风。

其二

清对淡，薄对浓。暮鼓对晨钟。山茶对石菊，烟锁对云封。金菡萏、玉芙蓉。绿绮对青锋。早汤先宿酒，晚食继朝饔。唐库金钱能化蝶，延津宝剑会成龙。巫峡浪传，云雨荒唐神女庙；岱宗遥望，儿孙罗列丈人峰。

其三

繁对简，叠对重。意懒对心慵。仙翁对释伴，道范对儒宗。花灼灼，草茸茸。浪蝶对狂蜂。数竿君子竹，五树大夫松。高皇灭项凭三杰，虞帝承尧殛四凶。内苑佳人，满地风光愁不尽；边关过客，连天烟草憾无穷。

三 江

奇对偶，只对双。大海对长江。金盘对玉盏，宝烛对银钉。朱漆槛，碧纱窗。舞调对歌腔。兴汉推马武，谏夏著龙逄。四收列国群王伏，三筑高城众敌降。跨凤登台，潇洒仙姬秦弄玉；斩蛇当道，英雄天子汉刘邦。

其二

颜对貌，像对庞。步辇对徒杠。停针对搁杼，意懒对心降。灯闪闪，月幢幢。揽辔对飞艎。柳堤驰骏马，花院吠村龙。酒晕微酡琼杏颊，香尘没印玉莲双。诗写丹枫，韩女幽怀流御水；泪弹斑竹，舜妃遗憾积湘江。

四 支

泉对石，干对枝。吹竹对弹丝。山亭对水榭，鹦鹉对鸬鹚。五色笔，十香词。泼墨对传卮。神奇韩干画，雄浑李陵诗。几处花街新夺锦，有人香径淡凝脂。万里烽烟，战士边关争保塞；一犁膏雨，农夫村外尽乘时。

其二

菹对醢，赋对诗。点漆对描脂。璠簪对珠履，剑客对琴师。沽酒价，买山资。国色对仙姿。晚霞明似锦，春雨细如丝。柳绊长堤千万树，花横野寺两三枝。紫盖黄旗，天象预占江左地；青袍白马，童谣终应寿阳儿。

其三

箴对赞，缶对卮。萤照对蚕丝。轻裾对长袖，瑞草对灵芝。流涕策，断肠诗。喉舌对腰肢。云中熊虎将，天上凤凰儿。禹庙千年垂橘柚，尧阶三尺覆茅茨。湘竹含烟，腰下轻纱笼玳瑁，海棠经雨，脸边清泪湿胭脂。

其四

争对让，望对思。野葛对山栀。仙风对道骨，天造对人为。专诸剑，博浪椎。经纬对干支。位尊民物主，德重帝王师。望切不妨人去远，心忙无奈马行迟。金屋闲来，赋乞茂陵题柱笔；玉楼成后，记须昌谷负囊词。

五　微

贤对圣，是对非。觉奥对参微。鱼书对雁字，草舍对柴扉。鸡晓唱，雉朝飞。红瘦对绿肥。举杯邀月饮，骑马踏花归。黄盖能成赤壁捷，陈平善解白登危。太白书堂，瀑泉垂地三千丈；孔明祀庙，老柏参天四十围。

其二

戈对甲，幄对帏。荡荡对巍巍。严滩对邵圃，靖菊对夷薇。占鸿渐，采凤飞。虎榜对龙旗。心中罗锦绣，口内吐珠玑。宽宏豁达高皇量，叱咤喑哑霸王威。灭项兴刘，狡兔尽时走狗死；连吴拒魏，貔貅屯处卧龙归。

其三

衰对胜，密对稀。祭服对朝衣。鸡窗对雁塔，秋榜对春闱。乌衣巷，燕子矶。久别对初归。天姿真窈窕，圣德实光辉。蟠桃紫阙来金母，岭荔红尘进玉妃。霸王军营，亚父丹心撞玉斗；长安酒市，谪仙狂兴换银龟。

六　鱼

羹对饭，柳对榆。短袖对长裾。鸡冠对凤尾，芍药对芙蕖。周有若，汉相如。王屋对匡庐。月明山寺远，风细水亭虚。壮士腰间三尺剑，男儿腹内五车书。疏影暗香，和靖孤山梅蕊放；轻阴清昼，渊明旧宅柳条舒。

其二

吾对汝，尔对余。选授对升除。书箱对药柜，耒耜对耰锄。参虽鲁，回不愚。阀阅对阎闾。诸侯千乘国，命妇七香车。穿云采药闻仙犬，踏雪寻梅策蹇驴。玉兔金乌，二气精灵为日月；洛龟河马，五行生克在图书。

其三

攲对正，密对疏。囊橐对苞苴。罗浮对壶峤，水曲对山纡。骖鹤驾，待鸾舆。桀溺对长沮。搏虎卞庄子，当熊冯婕妤。南阳高士吟梁父，西蜀才人赋子虚。三径风光，白石黄花供杖履；五湖烟景，青山绿水在樵渔。

七 虞

红对白，有对无。布谷对提壶。毛锥对羽扇，天阙对皇都。谢蝴蝶，郑鹧鸪。蹈海对归湖。花肥春雨润，竹瘦晚风疏。麦饭豆糜终创汉，莼羹鲈脍竟归吴。琴调轻弹，杨柳月中潜去听；酒旗斜挂，杏花村里共来沽。

其二

罗对绮，茗对蔬。柏秀对松枯。中元对上巳，返璧对还珠。云梦泽，洞庭湖。玉烛对冰壶。苍头犀角带，绿鬓象牙梳。松阴白鹤声相应，镜里青鸾影不孤。竹户半开，对牖不知人在否？柴门深闭，停车还有客来无。

其三

宾对主，婢对奴。宝鸭对金凫。升堂对入室，鼓瑟对投壶。觇合璧，颂联珠。提瓮对当垆。仰高红日近，望远白云孤。歆向秘书窥二酉，机云芳誉动三吴。祖饯三杯，老去常斟花下酒；荒田五亩，归来独荷月中锄。

其四

君对父，魏对吴。北岳对西湖。菜蔬对茶荈，苴藤对菖蒲。梅花数，竹叶符。廷议对山呼。两都班固赋，八阵孔明图。田庆紫荆堂下茂，王裒青柏墓前枯。出塞中郎，羝有乳时归汉室；质秦太子，马生角日返燕都。

八 齐

鸾对凤，犬对鸡。塞北对关西。长生对益智，老幼对旄倪。颁竹策，剪桐圭。剥枣对蒸梨。绵腰如弱柳，嫩手似柔荑。狡兔能穿三穴隐，鹪鹩权借一枝栖。甪里先生，策杖垂绅扶少主；于陵仲子，辟纑织履赖贤妻。

其二

鸣对吠，泛对栖。燕语对莺啼。珊瑚对玛瑙，琥珀对玻璃。绛县老，伯州犁。测蠡对燃犀。榆槐堪作荫，桃李自成蹊。投巫救女西门豹，赁浣逢妻百里奚。阙里门墙，陋巷规模原不陋；隋堤基址，迷楼踪迹亦全迷。

其三

越对赵，楚对齐。柳岸对桃溪，纱窗对绣户，画阁对香闺。修月斧，上天梯。蟏蛸对虹霓。行乐游春圃，工谀病夏畦。李广不封空射虎，魏明得立为存麑。按辔徐行，细柳功成劳王敬；闻声稍卧，临泾名震止儿啼。

九 佳

门对户，陌对街。枝叶对根荄。斗鸡对挥麈，凤髻对鸾钗。登楚岫，渡秦淮。子犯对夫差。石鼎龙头缩，银筝雁翅排。百年诗礼延余庆，万里风云入壮怀。能辨明伦，死矣野哉悲季路；不由径窦，生乎愚也有高柴。

其二

冠对履，袜对鞋。海角对天涯。鸡人对虎旅，六市对三街。陈俎豆，戏堆埋。皎皎对皑皑。贤相聚东阁，良朋集小斋。梦里山川书越绝，枕边风月记齐谐。三径萧疏，彭泽高风怡五柳；六朝华贵，琅琊佳气种三槐。

其三

勤对俭，巧对乖。水榭对山斋。冰桃对雪藕，漏箭对更牌。寒翠袖，贵荆钗。慷慨对诙谐。竹径风声籁，花溪月影筛。携囊佳韵随时贮，荷锸沉酣到处埋。江海孤踪，云浪风涛惊旅梦；乡关万里，烟峦云树切归怀。

其四

杞对梓，桧对楷。水泊对山崖。舞裙对歌袖，玉陛对瑶阶。风入袂，月盈怀。虎兕对狼豺。马融堂上帐，羊侃水中斋。北面黉宫宜拾芥，东巡岱畤定燔柴。锦缆春江，横笛洞箫通碧落；华灯夜月，遗簪堕翠遍香街。

十　灰

春对夏，喜对哀。大手对长才。风清对月朗，地阔对天开。游阆苑，醉蓬莱。七政对三台，青龙壶老杖，白燕玉人钗。香风十里望仙阁，明月一天思子台。玉橘冰桃，王母几因求道降；莲舟藜杖，真人原为读书来。

其二

朝对暮，去对来。庶矣对康哉。马肝对鸡肋，杏眼对桃腮。佳兴适，好怀开。朔雪对春雷。云移鸡鹊观，日晒凤凰台。河边淑气迎芳草，林下轻风待落梅。柳媚花明，燕语莺声浑是笑；松号柏舞，猿啼鹤唳总成哀。

其三

忠对信，博对赅。忖度对疑猜。香消对烛暗，鹊喜对蛩哀。金花报，玉镜台。倒斝对衔杯。岩巅横老树，石磴覆苍苔。雪满山中高士卧，月明林下美人来。绿柳沿堤，皆因苏子来时种；碧桃满观，尽是刘郎去后栽。

十一　真

莲对菊，凤对麟。浊富对清贫。渔庄对蟹舍，松盖对花茵。萝月叟，葛天民。国宝对家珍。草迎金埒马，花醉玉楼人。巢燕三春尝唤友，塞鸿八月始来宾。古往今来，谁见泰山曾作砺；天长地久，人传沧海几扬尘。

其二

兄对弟，吏对民。父子对君臣。勾丁对甫甲，赴卯对同寅。折桂客，簪花人。四皓对三仁。王乔云外舃，郭泰雨中巾。人交好友求三益，士有贤妻备五伦。文教南宣，武帝平蛮开百越；义旗西指，韩侯扶汉卷三秦。

其三

申对午，侃对訚。阿魏对茵陈。楚兰对湘芷，碧柳对青筠。花馥馥，叶蓁蓁。粉颈对朱唇。曹公奸似鬼，尧帝智如神。南阮才郎差北富，东邻丑女效西颦。色艳北堂，草号忘忧忧甚事；香浓南国，花名含笑笑何人。

十二 文

忧对喜，戚对欣。五典对三坟。佛经对仙语，夏耨对春耘。烹早韭，剪春芹。暮雨对朝云。竹间斜白接，花下醉红裙。掌握灵符五岳箓，腰悬宝剑七星纹。金锁未开，上相趋听宫漏永；珠帘半卷，群僚仰对御炉熏。

其二

词对赋，懒对勤。类聚对群分。鸾箫对凤笛，带草对香芸。燕许笔，韩柳文。旧话对新闻。赫赫周南仲，翩翩晋右军。六国说成苏子贵，两京收复郭公勋。汉阙陈书，侃侃忠言推贾谊；唐廷对策，岩岩直谏有刘蒉。

其三

言对笑，绩对勋。鹿豕对羊羵。星冠对月扇，把袂对书裙。汤事葛，说兴殷。萝月对松云。西池青鸟使，北塞黑鸦军。文武成康为一代，魏吴蜀汉定三分。桂苑秋宵，明月三杯邀曲客；松亭夏日，薰风一曲奏桐君。

十三 元

卑对长，季对昆。永巷对长门。山亭对水阁，旅舍对军屯。扬子渡，谢公墩。德重对年尊。承乾对出震，叠坎对重坤。志士报君思犬马，仁王养老察鸡豚。远水平沙，有客泛舟桃叶渡；斜风细雨，何人携榼杏花村。

其二

君对相，祖对孙。夕照对朝暾。兰台对桂殿，海岛对山村。碑堕泪，赋招魂。报怨对怀恩。陵埋金吐气，田种玉生根。相府珠帘垂白昼，边城画角对黄昏。枫叶半山，秋去烟霞堪倚杖；梨花满地，夜来风雨不开门。

十四 寒

家对国，治对安。地主对天官。坎男对离女，周诰对殷盘。三三暖，九九寒。杜撰对包弹。古壁蚕声匝，闲亭鹤影单。燕出帘边春寂寂，莺闻枕上漏珊珊。池柳烟飘，日夕郎归青锁闼；砌花雨过，月明人倚玉栏杆。

其二

肥对瘦，窄对宽。黄犬对青鸾。指环对腰带，洗钵对投竿。诛佞剑，进贤冠。画栋对雕栏。双垂白玉箸，九转紫金丹。陕右棠高怀召伯，河南花满忆潘安。陌上芳春，弱柳当风披彩线；池中清晓，碧荷承露捧珠盘。

其三

行对卧，听对看。鹿洞对鱼滩。蛟腾对豹变，虎踞对龙蟠。风凛凛，雪漫漫，手辣对心酸。莺莺对燕燕，小小对端端。蓝水远从千涧落，玉山高并两峰寒。至圣不凡，嬉戏六龄陈俎豆；老莱大孝，承欢七衮舞斑斓。

十五 删

林对坞，岭对峦。昼永对春闲。谋深对望重，任大对投艰。裙袅袅，佩珊珊。守塞对当关。密云千里合，新月一钩弯。叔宝君臣皆纵逸，重华父母是嚚顽。名动帝畿，西蜀三苏来日下；壮游京洛，东吴二陆起云间。

其二

临对仿，吝对悭。讨逆对平蛮。忠肝对义胆，雾鬓对云鬟。埋笔冢，烂柯山。月貌对天颜。龙潜终得跃，鸟倦亦知还。陇树飞来鹦鹉绿，池筠密处鹧鸪斑。秋露横江，苏子月明游赤壁；冻云迷岭，韩公雪拥过蓝关。

下卷

一 先

寒对暑，日对年。蹴鞠对秋千。丹山对碧水，淡雨对覃烟。歌婉转，貌婵娟。雪鼓对云笺。荒芦栖南雁，疏柳噪秋蝉。洗耳尚逢高士笑，折腰肯受小儿怜。郭泰泛舟，折角半垂梅子雨；山涛骑马，接䍦倒着杏花天。

其二

轻对重，肥对坚。碧玉对青钱。郊寒对岛瘦，酒圣对诗仙。依玉树，步金莲。凿井对耕田。杜甫清宵立，边韶白昼眠。豪饮客吞波底月，醉游人醉水中天。斗草青郊，几行宝马嘶金勒；看花紫陌，千里香车拥翠钿。

其三

吟对咏，授对传。乐矣对凄然。风鹏对雪雁，董杏对周莲。春九十，岁三千。钟鼓对管弦。入山逢宰相，无事即神仙。霞映武陵桃淡淡，烟荒隋堤柳绵绵。七碗月团，啜罢清风生腋下；三杯云液，饮余红雨晕腮边。

其四

中对外，后对先。树下对花前。玉柱对金屋，叠巘对平川。孙子策，祖生鞭。盛席对华筵。解醉知茶力，消愁识酒权。丝剪芰荷开东沼，锦妆凫雁泛温泉。帝女衔石，海中遗魄为精卫；蜀王叫月，枝上游魂化杜鹃。

二 萧

琴对管，斧对瓢。水怪对花妖。秋声对春色，白缣对红绡。臣五代，事三朝。斗柄对弓腰。醉客歌金缕，佳人品玉箫。风定落月闲不扫，霜余残叶湿难烧。千载兴周，尚父一竿投渭水；百年霸越，钱王万弩射江潮。

其二

荣对悴，夕对朝。露地对云霄。商彝对周鼎，殷溥对虞韶。樊素口，小蛮腰。六诏对三苗。朝天车奕奕，出塞马萧萧。公子幽兰重泛舸，王孙芳草正联镳。潘岳高怀，曾向秋天吟蟋蟀；王维清兴，尝于雪夜画芭蕉。

其三

耕对读，牧对樵。琥珀对琼瑶。兔毫对鸿爪，桂楫对兰桡。鱼潜藻，鹿藏蕉。水远对山遥。湘灵能鼓瑟，嬴女解吹箫。雪点寒梅横小院，风吹弱柳覆平桥。月牖通宵，绛蜡罢时光不减；风帘当昼，雕盘停后篆难消。

三 肴

诗对礼，卦对爻。燕引对莺调。晨钟对暮鼓，野馈对山肴。雉方乳，鹊始巢。猛虎对神獒。疏星浮荇叶，皓月上松梢。为邦自古推瑚琏，从政于今愧斗筲。管鲍相知，能交忘形胶漆友；蔺廉有隙，终为刎颈死生交。

其二

歌对舞，笑对嘲。耳语对神交。焉乌对亥豕，獭髓对鸾胶。宜久敬，莫轻抛。一气对同胞。祭遵甘布被，张禄念绨袍。花径风来逢客访，柴扉月到有僧敲。夜雨园中，一颗不雕王子柰；秋风江上，三重曾卷杜公茅。

其三

衙对舍，廥对庖。玉磬对金铙。竹林对梅岭，起凤对腾蛟。鲛绡帐，兽锦袍。露果对风梢。扬州输橘柚，荆土贡菁茅。断蛇埋地称孙叔，渡蚁作桥识宋郊。好梦难成，蛩响阶前偏唧唧；良朋远到，鸡声窗外正嘐嘐。

四 豪

茭对茨，荻对蒿。山麓对江皋。莺簧对蝶板，麦浪对桃涛。骐骥足，凤凰毛。美誉对嘉褒。文人窥蠹简，学士书兔毫。马援南征载薏苡，张骞西使进葡萄。辩口悬河，万语千言长亹亹；词源倒峡，连篇累牍自滔滔。

其二

梅对杏，李对桃。械朴对旌旄。酒仙对诗史，德泽对恩膏。悬一榻，梦三刀。拙逸对贵劳。玉堂花烛绕，金殿月轮高。孤山看鹤盘云下，蜀道闻猿向月号。万事从人，有花有酒应自乐；百年皆客，一丘一壑尽吾豪。

其三

台对省，署对曹。分袂对同胞。鸣琴对击剑，返辙对回艚。良借箸，操提刀。香茗对醇醪。滴泉归海大，篑土积山高。石室客来煎雀舌，画堂宾至饮羊羔。被谪贾生，湘水凄凉吟鵩鸟；遭谗屈子，江潭憔悴著离骚。

五 歌

微对巨，少对多。直干对平柯。蜂媒对蝶使，雨笠对烟蓑。眉淡扫，面微酡。妙舞对清歌。轻衫裁夏葛，薄袂剪春罗。将相兼行唐李靖，霸王杂用汉萧何。月本阴精，岂有羿妻曾窃药；星为夜宿，浪传织女漫投梭。

其二

慈对善，虐对苛。缥缈对婆娑。长杨对细柳，嫩蕊对寒莎。追风马，挽日戈。玉液对金波。紫诏衔丹凤，黄庭换白鹅。画阁江城梅作调，兰舟野渡竹为歌。门外雪飞，错认空中飘柳絮；岩边瀑响，误疑天半落银河。

其三

松对竹，荇对荷。薜荔对藤萝。梯云对步月，樵唱对渔歌。升鼎雉，听经鹅。北海对东坡。吴郎哀废宅，邵子乐行窝。丽水良金皆待冶，昆山美玉总须磨。雨过皇州，琉璃色灿华清瓦；风来帝苑，荷芰香飘太液波。

其四

笼对槛，巢对窝。及第对登科。冰清对玉润，地利对人和。韩擒虎，荣驾鹅。青女对素娥。破头朱泚笏，折齿谢鲲梭。留客酒杯应恨少，动人诗句不须多。绿野凝烟，但听村前双牧笛；沧江积雪，唯看滩上一渔蓑。

六 麻

清对浊，美对嘉。鄙吝对矜夸。花须对柳眼，屋角对檐牙。志和宅，博望槎。秋实对春华。乾炉烹白雪，坤鼎炼丹砂。深宵望冷沙场月，边塞听残野戍笳。满院松风，钟声隐隐为僧舍；半窗花月，锡影依依是道家。

其二

雷对电，雾对霞。蚁阵对蜂衙。寄梅对怀橘，酿酒对烹茶。宜男草，益母花。杨柳对兼葭。班姬辞帝辇，蔡琰泣胡笳。舞榭歌楼千万尺，竹篱茅舍两三家。珊枕半床，月明时梦飞塞外；银筝一奏，花落处人在天涯。

其三

圆对缺，正对斜。笑语对咨嗟。沈腰对潘鬓，孟笋对卢茶。百舌鸟，两头蛇。帝里对仙家。尧仁敷率土，舜德被流沙。桥上授书曾纳履，壁间题句已笼纱。远塞迢迢，露碛风沙何可极；长沙渺渺，雪涛烟浪信无涯。

其四

疏对密，朴对华。义鹊对慈鸦。鹤群对雁阵，白苎对黄麻。读三到，吟八叉。肃静对喧哗。围棋兼把钓，沉李对浮瓜。羽客片时能煮石，狐禅千劫似蒸沙。党尉粗豪，金帐笼香斟美酒；陶生清逸，银铛融雪啜团茶。

七 阳

台对阁，沼对塘。朝雨对夕阳。游人对隐士，谢女对秋娘。三寸舌，九回肠。玉液对琼浆。秦皇照胆镜，徐肇返魂香。青萍夜啸芙蓉匣，黄卷时摊薜荔床。元亨利贞，天地一机成化育；仁义礼智，圣贤千古立纲常。

其二

红对白，绿对黄。昼永对更长。龙飞对凤舞，锦缆对牙樯。云弁使，雪衣娘。故国对他乡。雄文能徙鳄，艳曲为求凰。九日高峰惊落帽，暮春曲水喜流觞。僧占名山，云绕茂林藏古殿；客栖胜地，风飘落叶响空廊。

其三

衰对壮，弱对强。艳饰对新妆。御龙对司马，破竹对穿杨。读班马，识求羊。水色对山光。仙棋藏绿橘，客枕梦黄粱。池草入诗因有梦，海棠带恨为无香。风起画堂，帘箔影翻青荇沼；月斜金井，辘轳声度碧梧墙。

其四

臣对子，帝对王。日月对风霜。乌台对紫府，雪牖对云房。香山社，昼锦堂。蔀屋对岩廊。芬椒涂内壁，文杏饰高梁。贫女幸分东壁影，幽人高卧北窗凉。绣阁探春，丽日半笼青镜色；水亭醉夏，薰风常透碧筒香。

八 庚

形对貌，色对声。夏邑对周京。江云对涧树，玉磬对银筝。人老老，我卿卿。晓燕对春莺。玄霜春玉杵，白露贮金茎。贾客君山秋弄笛，仙人缑岭夜吹笙。帝业独兴，尽道汉高能用将；父书空读，谁言赵括善知兵。

其二

功对业，性对情。月上对云行。乘龙对附骥，阆苑对蓬瀛。春秋笔，月旦评。东作对西成。隋珠光照乘，和璧价连城。三箭三人唐将勇，一琴一鹤赵公清。汉帝求贤，诏访严滩逢故旧；宋廷优老，年尊洛社重耆英。

其三

昏对旦，晦对明。久雨对新晴。蓼湾对花港，竹友对梅兄。黄石叟，丹丘生。犬吠对鸡鸣。暮山云外断，新水月中平。半榻清风宜午梦，一犁好雨趁春耕。王旦登庸，误我十年迟作相；刘蕡不第，愧他多士早成名。

九　青

庚对甲，己对丁。魏阙对彤庭。梅妻对鹤子，珠箔对银屏。鸳浴沼，鹭飞汀。鸿雁对鹡鸰。人间寿者相，天上老人星。八月好修攀桂斧，三春须系护花铃。江阁凭临，一水净连天际碧；石栏闲倚，群山秀向雨余青。

其二

危对乱，泰对宁。纳陛对趋庭。金盘对玉箸，泛梗对浮萍。群玉圃，众芳亭。旧典对新型。骑牛闲读史，牧豕自横经。秋首田中禾颖重，春余园内菜花馨。旅次凄凉，塞月江风皆惨淡；筵前欢笑，燕歌赵舞独娉婷。

十　蒸

蘋对藻，芡对菱。雁弋对鱼罾。齐纨对鲁绮，蜀锦对吴绫。星渐没，日初升。九聘对三征。萧何曾作吏，贾岛昔为僧。贤人视履循规矩，大匠挥斤校准绳。野渡春风，人喜乘潮移酒舫；江天暮雨，客愁隔岸对渔灯。

其二

谈对吐，谓对称。冉闵对颜曾。侯嬴对伯嚭，祖逖对孙登。抛白纻，宴红绫。胜友对良朋。争名如逐鹿，谋利似趋蝇。仁杰姨惭周不仕，王陵母识汉方兴。句写穷愁，浣花寄迹传工部；诗吟变乱，凝碧伤心叹右丞。

十一　尤

荣对辱，喜对忧。缱绻对绸缪。吴娃对越女，野马对沙鸥。茶解渴，酒消愁。白眼对苍头。马迁修《史记》，孔子作《春秋》。莘野耕夫闲举耜，渭滨渔父晚垂钓。龙马游河，羲帝因图而画卦；神龟出洛，禹王取法以明畴。

其二

冠对履，舄对裘。院小对庭幽。面墙对膝地，错智对良筹。孤嶂耸，大江流。芳泽对圆丘。花潭来越唱，柳屿起吴讴。莺懒燕忙三月雨，蛩摧蝉退一天秋。钟子听琴，荒径入林山寂寂；谪仙捉月，洪涛接岸水悠悠。

其三

鱼对鸟，鸽对鸠。翠馆对红楼。七贤对三友，爱日对悲秋。虎类狗，蚁如牛。列辟对诸侯。陈唱临春乐，隋歌清夜游。空中事业麒麟阁，地下文章鹦鹉洲。旷野平原，猎士马蹄轻似箭；斜风细雨，牧童牛背稳如舟。

十二　侵

歌对曲，啸对吟。往古对来今。山头对水面，远浦对遥岑。勤三上，惜寸阴。茂树对平林。卞和三献玉，杨震四知金。青皇风暖催芳草，白帝城高急暮砧。绣虎雕龙，才子窗前挥彩笔；描鸾刺凤，佳人帘下度金针。

其二

登对眺，涉对临。瑞雪对甘霖。主欢对民乐，交浅对言深。耻三战，乐七擒。顾曲对知音。大车行槛槛，驷马骤骎骎。紫电青虹腾剑气，高山流水识琴心。屈子怀君，极浦吟风悲泽畔；王郎忆友，扁舟卧雪访山阴。

十三　覃

宫对阙，座对龛。水北对天南。蜃楼对蚁郡，伟论对高谈。遵杞梓，树楩楠。得一对函三。八宝珊瑚枕，双珠玳瑁簪。萧王待士心唯赤，卢相欺君面独蓝。贾岛诗狂，手拟敲门行处想；张颠草圣，头能濡墨写时酣。

其二

闻对见，解对谙。三橘对双柑。黄童对白叟，静女对奇男。秋七七，径三三。海色对山岚。莺声何哕哕，虎视正眈眈。仪封疆吏知尼父，函谷关人识老聃。江相归池，止水自盟真是止；吴公作宰，贪泉虽饮亦何贪。

十四　盐

宽对猛，冷对炎。清直对尊严。云头对雨脚，鹤发对龙髯。风台谏，肃堂廉。保泰对鸣谦。五湖归范蠡，三径隐陶潜。一剑成功堪佩印，百钱满卦便垂帘。浊酒停杯，客我半酣愁际饮；好花傍座，看他微笑悟时拈。

其二

连对断，减对添。淡泊对安恬。回头对极目，水底对山尖。腰袅袅，手纤纤。凤卜对鸾占。开田多种粟，煮海尽成盐。居同九世张公艺，恩给千人范仲淹。箫弄凤来，秦女有缘能跨羽；鼎成龙去，轩臣无计得攀髯。

其三

人对己，爱对嫌。举止对观瞻。四知对三语，义正对辞严。勤雪案，课风檐。漏箭对书签。文繁归獭祭，体艳别香奁。昨夜题诗更一字，早春来燕卷重帘。诗以史名，愁里悲歌怀杜甫；笔经人索，梦中显晦老江淹。

十五　咸

栽对植，薙对芟。二伯对三监。朝臣对国老，职事对官衔。鹿麌麌，兔毚毚。启牍对开缄。绿杨莺睍睆，红杏燕呢喃。半篱白酒娱陶令，一枕黄粱度吕岩。九夏炎飙，长日风亭留客骑；三冬寒冽，漫天雪浪驻征帆。

其二

梧对杞，柏对杉。夏澩对韶咸。涧瀍对溱洧，巩洛对崤函。藏书洞，避诏岩。脱俗对超凡。贤人羞献媚，正士嫉工谗。霸越谋臣推少伯，佐唐藩将重浑瑊。邺下狂生，羯鼓三挝羞锦袄；江州司马，琵琶一曲湿青衫。

其三

袍对笏，履对衫。匹马对孤帆。琢磨对雕镂，刻画对镌镵。星北拱，日西衔。厄漏对鼎馋。江边生桂若，海外树都咸。但得恢恢存利刃，何须咄咄达空函。彩凤知音，乐典后夔须九奏；金人守口，圣如尼父亦三缄。

参考书目

[1] 王力 . 汉语诗律学 [M]. 上海：上海教育出版社，1979.

[2] 王力 . 诗词格律 [M]. 北京：中华书局，1977.

[3] 龙榆生 . 唐宋词格律 [M]. 上海：上海古籍出版社，1978.

[4] 涂宗涛 . 诗词曲格律纲要 [M]. 天津：天津人民出版社，1982.

[5] 吕树坤 . 诗词趣话与诗词格律 [M]. 北京：中国文联出版社，1991.

[6] 林庚，冯沅君 . 中国历代诗歌选 [M]. 北京：人民文学出版社，1979.

[7] 王季思，洪泊昭 . 元散曲选注 [M]. 北京：北京出版社，1981.

[8] 张葆全 . 诗话和词话 [M]. 上海：上海古籍出版社，1983.